STS
山田社

山田社

山田社日檢書 ここまでやる、だから合格できる 竭盡所能，所以絕對合格

絕對合格全攻略！

新制日檢 必背 かならずあんしょう 必出 かならずでる 聽力

N4

吉松由美・西村惠子・田中陽子
山田社日檢題庫小組

◉ 合著

愛因斯坦說
「人的差異就在業餘時間，
業餘時間生產著人才。」

從現在開始，每天日語進步一點點，可別小看日復一日的微小累積，它可以水滴石穿，讓您從 N5 到 N1 都一次考上。

多懂一種語言，就多發現一個世界；多一份能力，多一份大大的薪水！

25 開本的小巧尺寸，方便放入包包，
利用等公車、坐捷運、喝咖啡，或是等人的時間，
走到哪，學到哪，一點一滴增進日語力，無壓力通過新制日檢！
還有精心編排的漂亮版型，好設計可以讓您全神貫注於內文，
更能一眼就看到重點！

本書精華：

- 幫您統整「問事、人物、順序…」等 11 大出題方向，並將題歸納成 5W2H，摸透日檢出題模式。
- 解析採用日中對照翻譯＋清楚詳盡解題，讓您迅速理解吸收！
- 精選必考同級單字、文法延伸學習，幫您擴充詞彙輕鬆應試！
- 「m 和 b 發音在聽力中如何區別」等發音比較，讓您巧妙避開陷阱。
- 難倒大家的口語公式，這裡讓您反覆咀嚼，練就紮實的「基本功」。
- 尊敬、謙讓及寒暄用語大熱身，幫助您撒出記憶巨網，加深記憶軌跡，加快思考力、反應力！

「聽力」一直是所有日語學習者最大的磨難所在。

磨難 1　每次日檢考試總是因為聽力而失敗告終。

磨難 2　做了那麼多練習，考試還是鴨子聽雷。

磨難 3　複雜多變的口語用法、細節繁多的攏長內容經常令人頭痛不已。

不要再浪費時間！靠攻略聰明取勝吧！
讓這本書成為您的秘密武器，提供您 100% 掌握考試的技巧；
為您披上戰袍，教您如何突破自我極限，快速攻下日檢！

本書特色：

100% 充足
題型完全掌握

新日檢 N4 聽力測驗共有 4 大主題：理解問題、理解重點、適切話語、即時應答。本書籍依照新日檢官方出題模式，完整收錄 168 題模擬試題，並把題型加深加廣。100% 充足您所需要的練習，短時間內有效提升實力！

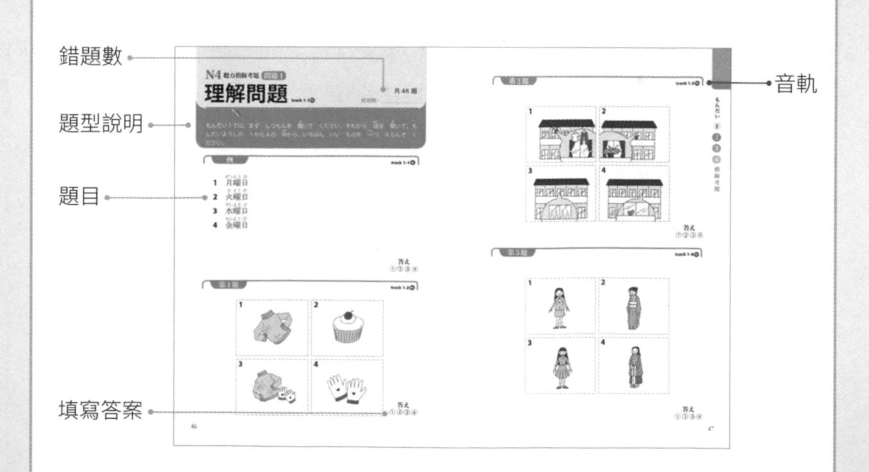

100% 準確
命中精準度高

在為了掌握最新出題趨勢，《絕對合格 全攻略！新制日檢 N4 必背必出聽力》特別邀請多位金牌日籍教師，在日本長年持續追蹤新日檢出題內容，分析並比對近 10 年新、舊制的日檢 N4 聽力出題頻率最高的題型、場景、慣用語、寒暄語…等。同時，特別聘請專業日籍老師錄製符合 N4 程度的標準東京腔光碟，不管日檢考試變得多刁鑽，掌握了原理原則，就能 100% 準確命中考題，直搗閱讀核心！

100% 攻略
4 大題型
各個擊破

本書依照 N4 考試的 4 大題型分類編排，讓讀者能集中練習並熟透每種題型。而在每個題型開始前，本書將給予讀者們不同的攻略指南，完全針對日檢題型分析，讀完即刻應用，聰明過關。

コラム 1 破解 11 種出題方向＋ 5W2H 題型大統整

所有題目開始前，幫您將考題歸類出 11 種出題方式，指引您破題需掌握的重點關鍵字和問題重點，並培養聽到問句就能猜測考題方向的能力。不論題目是要問時間、地點、人物還是天氣，都能從容不迫的掌握關鍵對話。

了解出題方向後，再循序漸進幫您清楚明瞭的歸類成 5W2H，讓您對日檢的考法有更清晰的概念，還能事先歸納出解題的技巧、步驟和常見的出題陷阱。正式面對聽力考試時，也能不慌不忙、全心投入、一步步化解難題，穩拿高分。

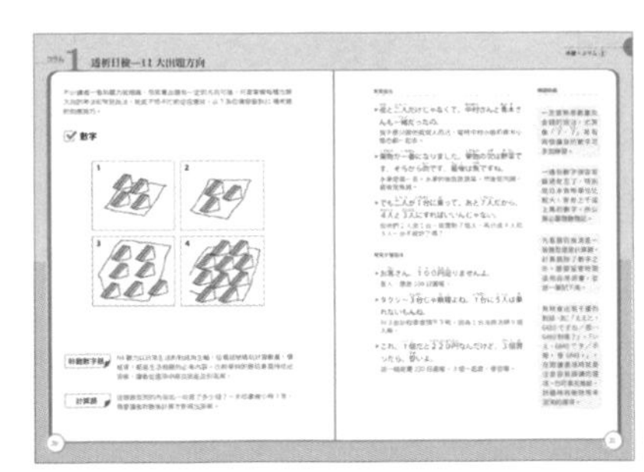

コラム 2 發音＋口語特訓課

良好的發音基礎，有助於聆聽時對詞彙的正確掌握；與教科書上迥然不同的口語用法，才是日本人習以為常的交談方式。本書將為您釐清促音與直音、〔 n 〕與〔 r 〕等易混發音，並為您統整符合 N4 程度的口語用法。磨練耳朵的日文敏銳度，再也不會聽得霧撒撒。

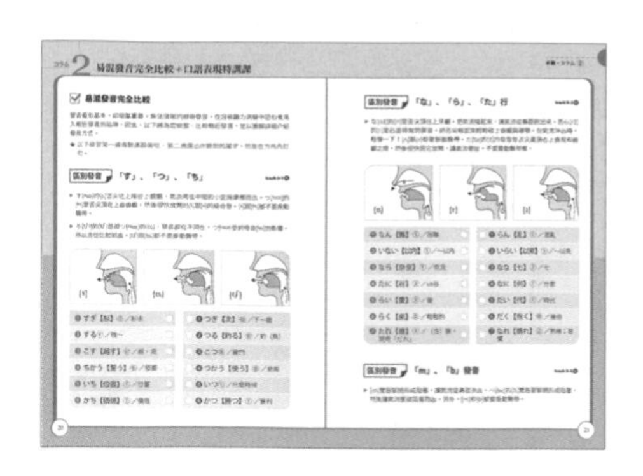
易混發音完全比較＋口語表現特訓課

易混發音完全比較

區別發音 「す」、「つ」、「ち」

區別發音 「な」、「ら」、「だ」行

區別發音 「m」、「b」發音

コラム 3 一次搞懂尊敬語和謙讓語

N4 聽力的第 3 題針對日常生活中的對話應答，測驗考生什麼情境，該說什麼話？其中考生們最不熟悉的，大概就是尊敬語和謙讓語的應答與使用了。「ご存知」、「頂く」和「おっしゃる」分別是什麼意思？我們將用詳細的統整幫您熱身補給，熟悉到能聽到單字立即反應，聽力也就迎刃而解了！

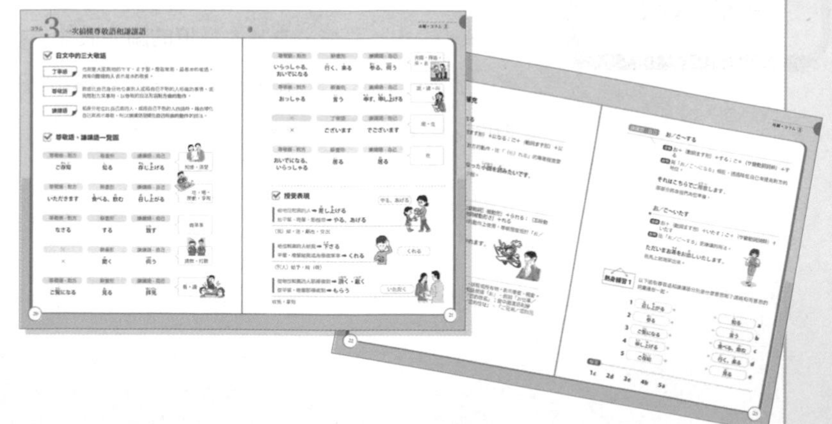
一次搞懂尊敬語和謙讓語

日文中的三大敬語

尊敬語・謙讓語一覽

授受表現

コラム 4 寒暄語用法加油站

問題 4 讀者則必須聆聽日文問句，並選擇適當的回應方式。在此將補充寒暄用語的使用實例與情境，除了用語的意思之外，還為您補充怎麼用、什麼時候用，除了幫助讀者能順利應答的題目，也有助於活用在會話中。

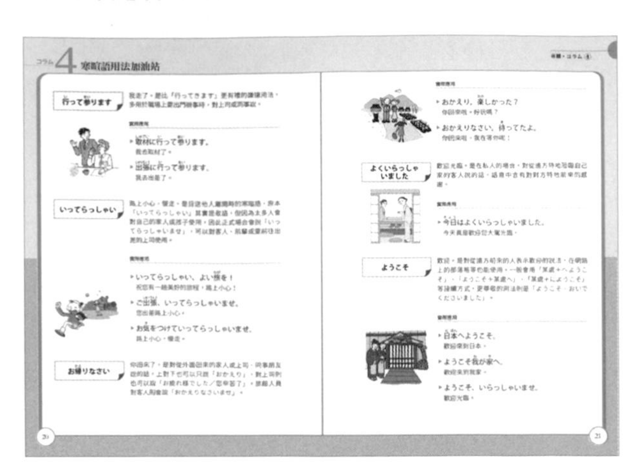

100% 有效
翻譯＋題解
全面教授

本書模擬考題皆附日中對照翻譯，任何不懂的地方一秒就懂，而藉由兩種語言對照閱讀，可一舉數得，增加您的理解力及翻譯力，詳細題解。此外，本書還會為您分析該題的破解小技巧，並了解如何攻略重點，對症下藥，快速解題。100% 有效的重點式攻擊，立馬 K.O 聽力怪獸！

100% 滿意
單字、文法一把抓

聽力測驗中，掌握單字和文法往往是解題的關鍵，因此本書從考題中精心挑選 N4 單字和文法，方便讀者對照並延伸學習，學習最全面！另建議搭配《絕對合格！新制日檢 必勝 N4,N5 情境分類單字》和《精修版新制對應絕對合格！日檢必背文法 N4》，建構腦中的 N4 單字、文法資料庫，學習效果包準 100% 滿意！

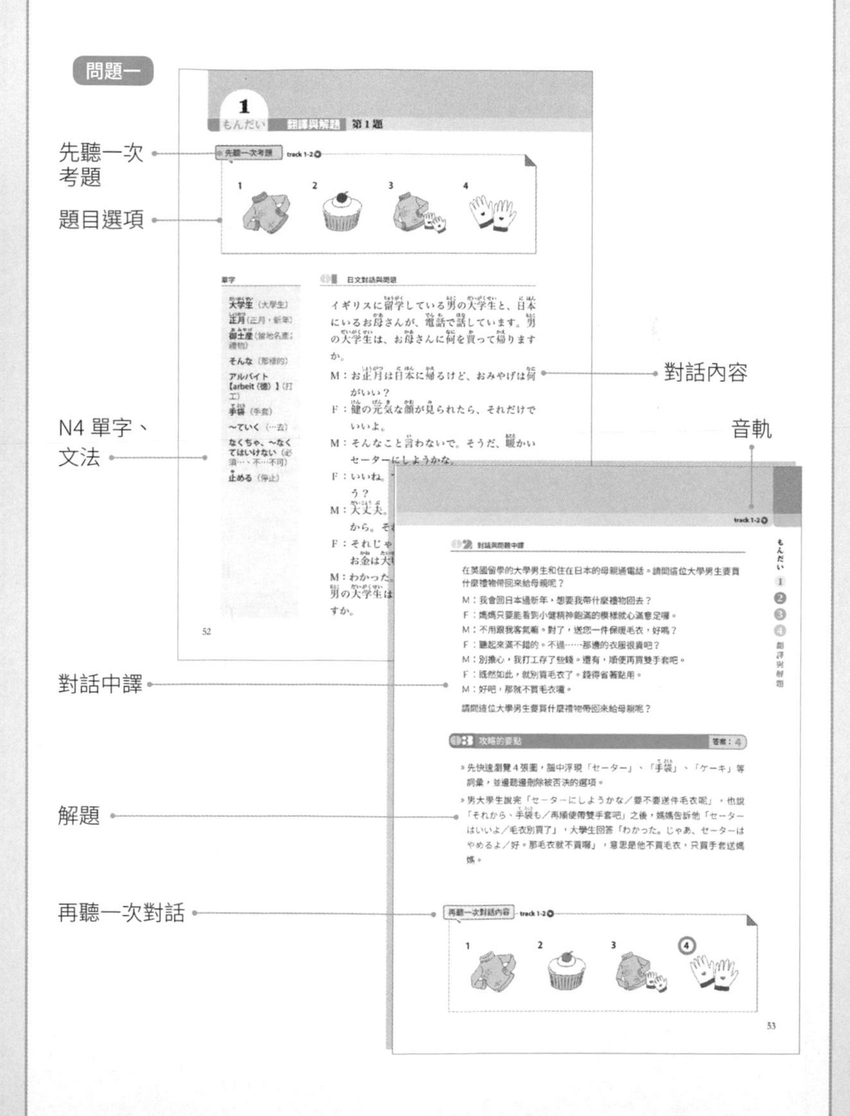

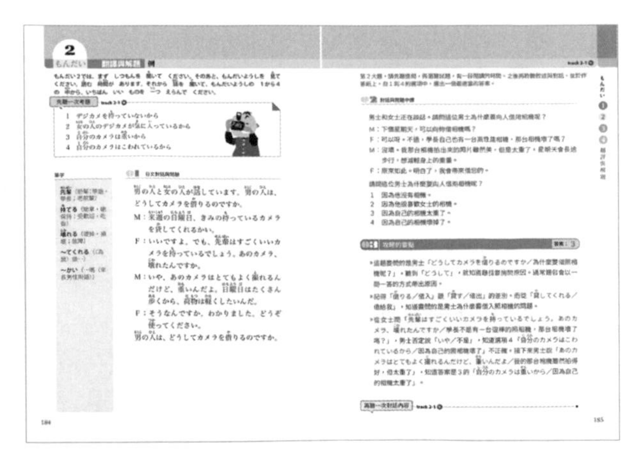

問題三

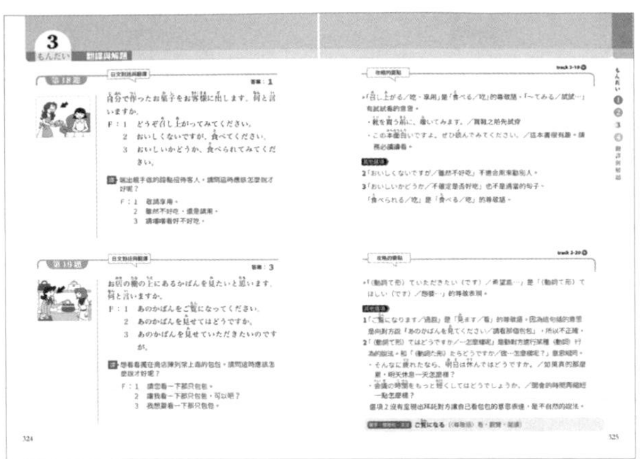

問題四

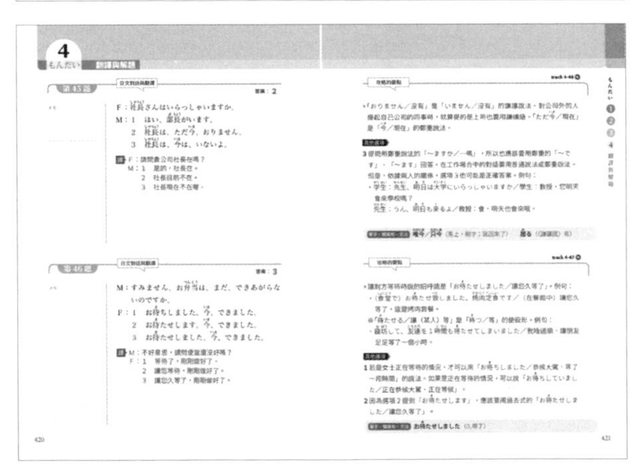

目錄
contents

JLPT

一、什麼是新日本語能力試驗呢

1. 新制「日語能力測驗」

從2010年起實施的新制「日語能力測驗」（以下簡稱為新制測驗）。

1－1 實施對象與目的

新制測驗與舊制測驗相同，原則上，實施對象為非以日語作為母語者。其目的在於，為廣泛階層的學習與使用日語者舉行測驗，以及認證其日語能力。

1－2 改制的重點

改制的重點有以下四項：

1 測驗解決各種問題所需的語言溝通能力

新制測驗重視的是結合日語的相關知識，以及實際活用的日語能力。因此，擬針對以下兩項舉行測驗：一是文字、語彙、文法這三項語言知識；二是活用這些語言知識解決各種溝通問題的能力。

2 由四個級數增為五個級數

新制測驗由舊制測驗的四個級數（1級、2級、3級、4級），增加為五個級數（N1、N2、N3、N4、N5）。新制測驗與舊制測驗的級數對照，如下所示。最大的不同是在舊制測驗的2級與3級之間，新增了N3級數。

N1	難易度比舊制測驗的1級稍難。合格基準與舊制測驗幾乎相同。
N2	難易度與舊制測驗的2級幾乎相同。
N3	難易度介於舊制測驗的2級與3級之間。（新增）
N4	難易度與舊制測驗的3級幾乎相同。
N5	難易度與舊制測驗的4級幾乎相同。

＊「N」代表「Nihongo（日語）」以及「New（新的）」。

3　施行「得分等化」

由於在不同時期實施的測驗，其試題均不相同，無論如何慎重出題，每次測驗的難易度總會有或多或少的差異。因此在新制測驗中，導入「等化」的計分方式後，便能將不同時期的測驗分數，於共同量尺上相互比較。因此，無論是在什麼時候接受測驗，只要是相同級數的測驗，其得分均可予以比較。目前全球幾種主要的語言測驗，均廣泛採用這種「得分等化」的計分方式。

4　提供「日本語能力試驗Can-do自我評量表」（簡稱JLPT Can-do）

為了瞭解通過各級數測驗者的實際日語能力，新制測驗經過調查後，提供「日本語能力試驗Can-do自我評量表」。該表列載通過測驗認證者的實際日語能力範例。希望通過測驗認證者本人以及其他人，皆可藉由該表格，更加具體明瞭測驗成績代表的意義。

1－3　所謂「解決各種問題所需的語言溝通能力」

我們在生活中會面對各式各樣的「問題」。例如，「看著地圖前往目的地」或是「讀著說明書使用電器用品」等等。種種問題有時需要語言的協助，有時候不需要。

為了順利完成需要語言協助的問題，我們必須具備「語言知識」，例如文字、發音、語彙的相關知識、組合語詞成為文章段落的文法知識、判斷串連文句的順序以便清楚說明的知識等等。此外，亦必須能配合當前的問題，擁有實際運用自己所具備的語言知識的能力。

舉個例子，我們來想一想關於「聽了氣象預報以後，得知東京明天的天氣」這個課題。想要「知道東京明天的天氣」，必須具備以下的知識：「晴れ（晴天）、くもり（陰天）、雨（雨天）」等代表天氣的語彙；「東京は明日は晴れでしょう（東京明日應是晴天）」的文句結構；還有，也要知道氣象預報的播報順序等。除此以外，尚須能從播報的各地氣象中，分辨出哪一則是東京的天氣。

如上所述的「運用包含文字、語彙、文法的語言知識做語言溝通，進而具備解決各種問題所需的語言溝通能力」，在新制測驗中稱為「解決各種問題所需的語言溝通能力」。

新制測驗將「解決各種問題所需的語言溝通能力」分成以下「語言知識」、「讀解」、「聽解」等三個項目做測驗。

語言知識	各種問題所需之日語的文字、語彙、文法的相關知識。
讀　解	運用語言知識以理解文字內容，具備解決各種問題所需的能力。
聽　解	運用語言知識以理解口語內容，具備解決各種問題所需的能力。

作答方式與舊制測驗相同，將多重選項的答案劃記於答案卡上。此外，並沒有直接測驗口語或書寫能力的科目。

2. 認證基準

新制測驗共分為N1、N2、N3、N4、N5五個級數。最容易的級數為N5，最困難的級數為N1。

與舊制測驗最大的不同，在於由四個級數增加為五個級數。以往有許多通過３級認證者常抱怨「遲遲無法取得2級認證」。為因應這種情況，於舊制測驗的2級與3級之間，新增了N3級數。

新制測驗級數的認證基準，如表1的「讀」與「聽」的語言動作所示。該表雖未明載，但應試者也必須具備為表現各語言動作所需的語言知識。

N4與N2主要是測驗應試者在教室習得的基礎日語的理解程度；N1與N2是測驗應試者於現實生活的廣泛情境下，對日語理解程度；至於新增的N3，則是介於N1與N2，以及N4與N5之間的「過渡」級數。關於各級數的「讀」與「聽」的具體題材（內容），請參照表1。

表1 新「日語能力測驗」認證基準

	級數	認證基準 各級數的認證基準，如以下【讀】與【聽】的語言動作所示。各級數亦必須具備為表現各語言動作所需的語言知識。
↑	N1	能理解在廣泛情境下所使用的日語 【讀】・可閱讀話題廣泛的報紙社論與評論等論述性較複雜及較抽象的文章，且能理解其文章結構與內容。 ・可閱讀各種話題內容較具深度的讀物，且能理解其脈絡及詳細的表達意涵。 【聽】・在廣泛情境下，可聽懂常速且連貫的對話、新聞報導及講課，且能充分理解話題走向、內容、人物關係、以及說話內容的論述結構等，並確實掌握其大意。
困難*	N2	除日常生活所使用的日語之外，也能大致理解較廣泛情境下的日語 【讀】・可看懂報紙與雜誌所刊載的各類報導、解說、簡易評論等主旨明確的文章。 ・可閱讀一般話題的讀物，並能理解其脈絡及表達意涵。 【聽】・除日常生活情境外，在大部分的情境下，可聽懂接近常速且連貫的對話與新聞報導，亦能理解其話題走向、內容、以及人物關係，並可掌握其大意。
	N3	能大致理解日常生活所使用的日語 【讀】・可看懂與日常生活相關的具體內容的文章。 ・可由報紙標題等，掌握概要的資訊。 ・於日常生活情境下接觸難度稍高的文章，經換個方式敘述，即可理解其大意。 【聽】・在日常生活情境下，面對稍微接近常速且連貫的對話，經彙整談話的具體內容與人物關係等資訊後，即可大致理解。
*容易	N4	能理解基礎日語 【讀】・可看懂以基本語彙及漢字描述的貼近日常生活相關話題的文章。 【聽】・可大致聽懂速度較慢的日常會話。
↓	N5	能大致理解基礎日語 【讀】・可看懂以平假名、片假名或一般日常生活使用的基本漢字所書寫的固定詞句、短文、以及文章。 【聽】・在課堂上或周遭等日常生活中常接觸的情境下，如為速度較慢的簡短對話，可從中聽取必要資訊。

*N1最難，N5最簡單。

3. 測驗科目

新制測驗的測驗科目與測驗時間如表2所示。

■ 表2　測驗科目與測驗時間＊①

<table>
<tr><th>級數</th><th colspan="3">測驗科目
（測驗時間）</th><th></th><th></th></tr>
<tr><td>N1</td><td colspan="2">語言知識（文字、語彙、文法）、讀解
（110分）</td><td>聽解
（60分）</td><td>→</td><td rowspan="2">測驗科目為「語言知識（文字、語彙、文法）、讀解」；以及「聽解」共2科目。</td></tr>
<tr><td>N2</td><td colspan="2">語言知識（文字、語彙、文法）、讀解
（105分）</td><td>聽解
（50分）</td><td>→</td></tr>
<tr><td>N3</td><td>語言知識
（文字、語彙）
（30分）</td><td>語言知識
（文法）、讀解
（70分）</td><td>聽解
（40分）</td><td>→</td><td rowspan="3">測驗科目為「語言知識（文字、語彙）」；「語言知識（文法）、讀解」；以及「聽解」共3科目。</td></tr>
<tr><td>N4</td><td>語言知識
（文字、語彙）
（30分）</td><td>語言知識
（文法）、讀解
（60分）</td><td>聽解
（35分）</td><td>→</td></tr>
<tr><td>N5</td><td>語言知識
（文字、語彙）
（25分）</td><td>語言知識
（文法）、讀解
（50分）</td><td>聽解
（30分）</td><td>→</td></tr>
</table>

N1與N2的測驗科目為「語言知識（文字、語彙、文法）、讀解」以及「聽解」共2科目；N3、N4、N5的測驗科目為「語言知識（文字、語彙）」、「語言知識（文法）、讀解」、「聽解」共3科目。

由於N3、N4、N5的試題中，包含較少的漢字、語彙、以及文法項目，因此當與N1、N2測驗相同的「語言知識（文字、語彙、文法）、讀解」科目時，有時會使某幾道試題成為其他題目的提示。為避免這個情況，因此將「語言知識（文字、語彙、文法）、讀解」，分成「語言知識（文字、語彙）」和「語言知識（文法）、讀解」施測。

＊①：聽解因測驗試題的錄音長度不同，致使測驗時間會有些許差異。

4. 測驗成績

4－1　量尺得分

舊制測驗的得分，答對的題數以「原始得分」呈現；相對的，新制測驗的得分以「量尺得分」呈現。

「量尺得分」是經過「等化」轉換後所得的分數。以下，本手冊將新制測驗的「量尺得分」，簡稱為「得分」。

4－2　測驗成績的呈現

新制測驗的測驗成績，如表3的計分科目所示。N1、N2、N3的計分科目分為「語言知識（文字、語彙、文法）」、「讀解」、以及「聽解」3項；N4、N5的計分科目分為「語言知識（文字、語彙、文法）、讀解」以及「聽解」2項。

會將N4、N5的「語言知識（文字、語彙、文法）」和「讀解」合併成一項，是因為在學習日語的基礎階段，「語言知識」與「讀解」方面的重疊性高，所以將「語言知識」與「讀解」合併計分，比較符合學習者於該階段的日語能力特徵。

■ 表3　各級數的計分科目及得分範圍

級數	計分科目	得分範圍
N1	語言知識（文字、語彙、文法）	0～60
	讀解	0～60
	聽解	0～60
	總分	0～180
N2	語言知識（文字、語彙、文法）	0～60
	讀解	0～60
	聽解	0～60
	總分	0～180

N3	語言知識（文字、語彙、文法） 讀解 聽解	0～60 0～60 0～60
	總分	0～180
N4	語言知識（文字、語彙、文法）、讀解 聽解	0～120 0～60
	總分	0～180
N5	語言知識（文字、語彙、文法）、讀解 聽解	0～120 0～60
	總分	0～180

各級數的得分範圍，如表3所示。N1、N2、N3的「語言知識（文字、語彙、文法）」、「讀解」、「聽解」的得分範圍各為0～60分，三項合計的總分範圍是0～180分。「語言知識（文字、語彙、文法）」、「讀解」、「聽解」各占總分的比例是1：1：1。

N4、N5的「語言知識（文字、語彙、文法）、讀解」的得分範圍為0～120分，「聽解」的得分範圍為0～60分，二項合計的總分範圍是0～180分。「語言知識（文字、語彙、文法）、讀解」與「聽解」各占總分的比例是2：1。還有，「語言知識（文字、語彙、文法）、讀解」的得分，不能拆解成「語言知識（文字、語彙、文法）」與「讀解」二項。

除此之外，在所有的級數中，「聽解」均占總分的三分之一，較舊制測驗的四分之一為高。

4－3　合格基準

舊制測驗是以總分作為合格基準；相對的，新制測驗是以總分與分項成績的門檻二者作為合格基準。所謂的門檻，是指各分項成績至少必須高於該分數。假如有一科分項成績未達門檻，無論總分有多高，都不合格。

新制測驗設定各分項成績門檻的目的，在於綜合評定學習者的日語能力，須符合以下二項條件才能判定為合格：①總分達合格分數（＝通過標準）以上；②各分項成績達各分項合格分數（＝通過門檻）以上。如有一科分項成績未達門檻，無論總分多高，也會判定為不合格。

N1～N3及N4、N5之分項成績有所不同，各級總分通過標準及各分項成績通過門檻如下所示：

級數	總分		分項成績					
			言語知識（文字・語彙・文法）		讀解		聽解	
	得分範圍	通過標準	得分範圍	通過門檻	得分範圍	通過門檻	得分範圍	通過門檻
N1	0～180分	100分	0～60分	19分	0～60分	19分	0～60分	19分
N2	0～180分	90分	0～60分	19分	0～60分	19分	0～60分	19分
N3	0～180分	95分	0～60分	19分	0～60分	19分	0～60分	19分

級數	總分		分項成績			
			言語知識（文字・語彙・文法）・讀解		聽解	
	得分範圍	通過標準	得分範圍	通過門檻	得分範圍	通過門檻
N4	0～180分	90分	0～120分	38分	0～60分	19分
N5	0～180分	80分	0～120分	38分	0～60分	19分

※上列通過標準自2010年第1回(7月)【N4、N5為2010年第2回(12月)】起適用。

缺考其中任一測驗科目者，即判定為不合格。寄發「合否結果通知書」時，含已應考之測驗科目在內，成績均不計分亦不告知。

4－4　測驗結果通知

依級數判定是否合格後，寄發「合否結果通知書」予應試者；合格者同時寄發「日本語能力認定書」。

■ N1, N2, N3

得点区分別得点 Scores by Scoring Section			総合得点 Total Score
言語知識（文字・語彙・文法） Language Knowledge (Vocabulary/ Grammar)	読解 Reading	聴解 Listening	
50／60	30／60	40／60	120／180

⬇

参考情報 ReferenceInformation	
文字・語彙 Vocabulary	文法 Grammar
A	B

■ N4, N5

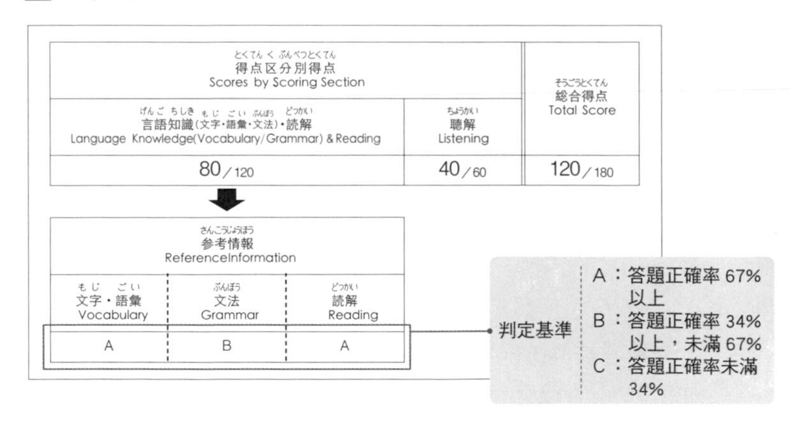

得点区分別得点 Scores by Scoring Section		総合得点 Total Score
言語知識（文字・語彙・文法）・読解 Language Knowledge(Vocabulary/Grammar) & Reading	聴解 Listening	
80／120	40／60	120／180

⬇

参考情報 ReferenceInformation		
文字・語彙 Vocabulary	文法 Grammar	読解 Reading
A	B	A

※各節測驗如有一節缺考就不予計分，即判定為不合格。雖會寄發「合否結果通知書」但所有分項成績，含已出席科目在內，均不予計分。各欄成績以「*」表示，如「**／60」。

※所有科目皆缺席者，不寄發「合否結果通知書」。

N4 題型分析

<table>
<tr><th rowspan="2" colspan="2">測驗科目
（測驗時間）</th><th colspan="5">試題內容</th></tr>
<tr><th colspan="3">題型</th><th>小題
題數＊</th><th>分析</th></tr>
<tr><td rowspan="5">語言知識（30分）</td><td rowspan="5">文字、語彙</td><td>1</td><td>漢字讀音</td><td>◇</td><td>9</td><td>測驗漢字語彙的讀音。</td></tr>
<tr><td>2</td><td>假名漢字寫法</td><td>◇</td><td>6</td><td>測驗平假名語彙的漢字寫法。</td></tr>
<tr><td>3</td><td>選擇文脈語彙</td><td>○</td><td>10</td><td>測驗根據文脈選擇適切語彙。</td></tr>
<tr><td>4</td><td>替換類義詞</td><td>○</td><td>5</td><td>測驗根據試題的語彙或說法，選擇類義詞或類義說法。</td></tr>
<tr><td>5</td><td>語彙用法</td><td>○</td><td>5</td><td>測驗試題的語彙在文句裡的用法。</td></tr>
<tr><td rowspan="6">語言知識、讀解（60分）</td><td rowspan="3">文法</td><td>1</td><td>文句的文法1
（文法形式判斷）</td><td>○</td><td>15</td><td>測驗辨別哪種文法形式符合文句內容。</td></tr>
<tr><td>2</td><td>文句的文法2
（文句組構）</td><td>◆</td><td>5</td><td>測驗是否能夠組織文法正確且文義通順的句子。</td></tr>
<tr><td>3</td><td>文章段落的文法</td><td>◆</td><td>5</td><td>測驗辨別該文句有無符合文脈。</td></tr>
<tr><td rowspan="3">讀解＊</td><td>4</td><td>理解內容
（短文）</td><td>○</td><td>4</td><td>於讀完包含學習、生活、工作相關話題或情境等，約100~200字左右的撰寫平易的文章段落之後，測驗是否能夠理解其內容。</td></tr>
<tr><td>5</td><td>理解內容
（中文）</td><td>○</td><td>4</td><td>於讀完包含以日常話題或情境為題材等，約450字左右的簡易撰寫文章段落之後，測驗是否能夠理解其內容。</td></tr>
<tr><td>6</td><td>釐整資訊</td><td>◆</td><td>2</td><td>測驗是否能夠從介紹或通知等，約400字左右的撰寫資訊題材中，找出所需的訊息。</td></tr>
<tr><td rowspan="4" colspan="2">聽解（35分）</td><td>1</td><td>理解問題</td><td>◇</td><td>8</td><td>於聽取完整的會話段落之後，測驗是否能夠理解其內容（於聽完解決問題所需的具體訊息之後，測驗是否能夠理解應當採取的下一個適切步驟）。</td></tr>
<tr><td>2</td><td>理解重點</td><td>◇</td><td>7</td><td>於聽取完整的會話段落之後，測驗是否能夠理解其內容（依據剛才已聽過的提示，測驗是否能夠抓住應當聽取的重點）。</td></tr>
<tr><td>3</td><td>適切話語</td><td>◆</td><td>5</td><td>於一面看圖示，一面聽取情境說明時，測驗是否能夠選擇適切的話語。</td></tr>
<tr><td>4</td><td>即時應答</td><td>◆</td><td>8</td><td>於聽完簡短的詢問之後，測驗是否能夠選擇適切的應答。</td></tr>
</table>

＊「小題題數」為每次測驗的約略題數，與實際測驗時的題數可能未盡相同。此外，亦有可能會變更小題題數。

＊有時在「讀解」科目中，同一段文章可能會有數道小題。

＊符號標示：「◆」舊制測驗沒有出現過的嶄新題型；「◇」沿襲舊制測驗的題型，但是更動部分形式；「○」與舊制測驗一樣的題型。

資料來源：《日本語能力試驗JLPT官方網站：分項成績・合格判定・合否結果通知》。2016年1月11日，取自：http://www.jlpt.jp/tw/guideline/results.html

JLPT・Listening
日本語能力試驗　試題開始

測驗前，請模擬演練，參考試前說明。測驗時間35分鐘！

解答用紙

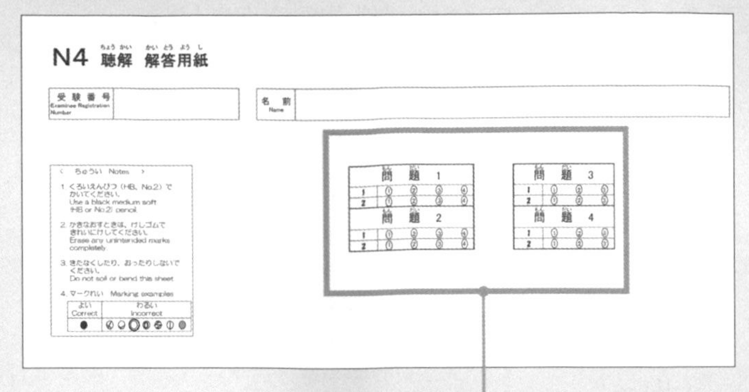
N4 聴解　解答用紙

受験番号 Examinee Registration Number	

名前 Name	

〈ちゅうい Notes〉

1. くろいえんぴつ（HB、No.2）でかいてください。
   Use a black medium soft (HB or No.2) pencil.
2. かきなおすときは、けしゴムできれいにけしてください。
   Erase any unintended marks completely.
3. きたなくしたり、おったりしないでください。
   Do not soil or bend this sheet.
4. マークれい　Marking examples

よい Correct	わるい Incorrect
●	⊘ ◎ ◯ ◉ ⊛ ⦶ ◍

問題 1				
1	①	②	③	④
2	①	②	③	④
問題 2				
1	①	②	③	④
2	①	②	③	④

問題 3			
1	①	②	③
2	①	②	③
問題 4			
1	①	②	③
2	①	②	③

Listening

問題用紙

N4

聴解

(35分)

注　意

Notes

1. 試験が始まるまで、この問題用紙を開けないでください。
   Do not open this question booklet until the test begins.

2. この問題用紙を持って帰ることはできません。
   Do not take this question booklet with you after the test.

3. 受験番号と名前を下の欄に、受験票と同じように書いてください。
   Write your examinee registration number and name clearly in each box below as written on your test voucher.

4. この問題用紙は、全部で____ページあります。
   This question booklet has __ pages.

5. 問題には解答番号の 1 、 2 、 2 … があります。解答は、解答用紙にある同じ番号のところにマークしてください。
   One of the row numbers 1 , 2 , 3 …is given for each question. Mark your answer in the same row of the answer sheet.

受験番号　Examinee Registration Number	

名　前　Name	

コラム 1

透析日檢 -11 大出題方向＋ 5W2H 聽力 技巧大公開

透析日檢 -11 大出題方向

不少讀者一看到聽力就頭痛，但其實出題有一定的方向可循，只要掌握每種出題方向的考法和常見說法，就能不慌不忙的從容應試。以下為您傳授面對11 種考題的對應技巧。

數字

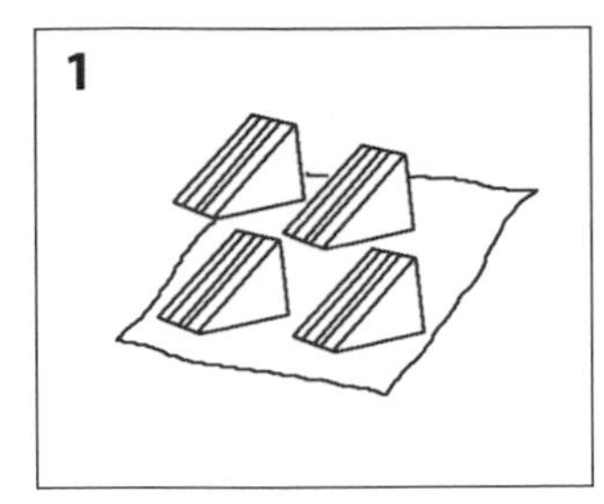

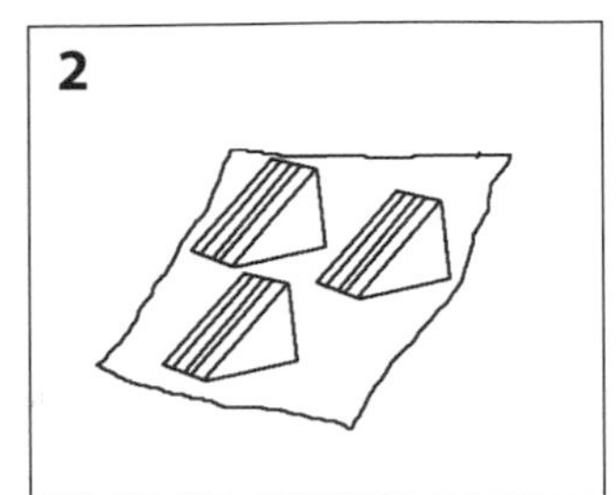

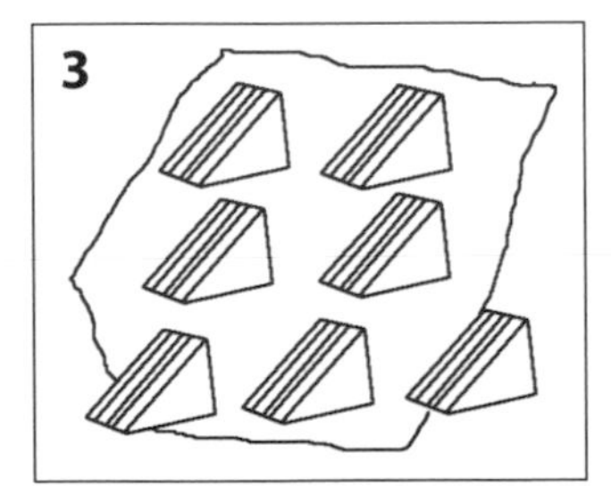

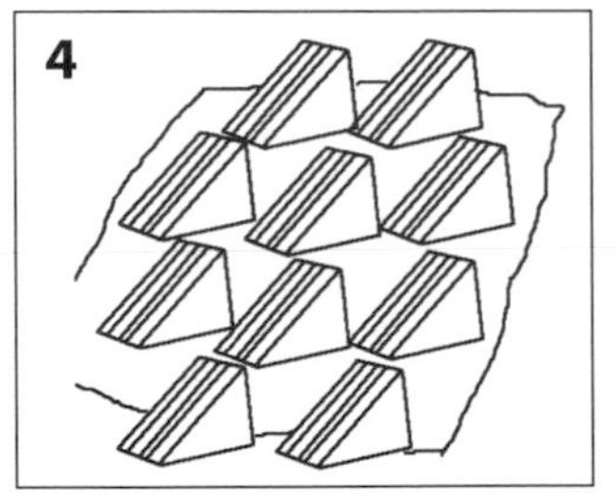

聆聽數字題

N4 聽力以日常生活的對話為主軸，從電話號碼到計算數量、價格等，都是生活相關的必考內容。比較單純的題目會直接唸出答案，讀者從選項中尋找就能找到答案。

計算題

這類題型問的內容如一共買了多少錢？一天唸書幾小時？等，需要讀者聆聽後計算才能得出答案。

常見說法

- 彼と二人だけじゃなくて、中村さんと青木さんも一緒だったの。

  我不是只跟他兩個人而已，當時中村小姐和青木小姐也都一起去。

- 果物が一番になりました。果物の次は野菜です。そらから肉です。最後は魚ですね。

  水果是第一名。水果的後面是蔬菜。然後是肉類。最後是魚類。

- でも二人が１台に乗って、あと７人だから、４人と３人にすればいいんじゃない。

  但他們２人坐１台，就還剩７個人，再分成４人和３人一台不就好了嗎？

常見干擾說法

- お客さん、100 円足りませんよ。

  客人，還差 100 日圓喔。

- タクシー３台じゃ無理よね。１台に５人は乗れないもんね。

  叫３台計程車會擠不下啦。因為１台沒辦法擠５個人嘛。

- これ、１個だと 220 円なんだけど。３個買ったら、安いよ。

  這一個是賣 220 日圓喔。３個一起買，便宜喔。

解題訣竅

一定要熟悉數量及金錢的說法，尤其像「7（しち）、7（なな）」等有兩個讀音的數字可多加練習。

一遇到數字很容易聽過就忘了，特別是日本貨幣單位比較大，常有上千或上萬的數字，所以務必要隨聽隨記。

先看題目推測是一般題型還是計算題，計算題除了數字之外，還要留意時間或物品等詞彙，並逐一筆記下來。

有時會出現干擾的對話，如:「ええと、6480 ですね／恩…6480 對嗎？」、「いえ、6840 です／不是，是 6840。」，在閱讀選項時就要注意容易誤讀的選項，也可事先推敲，聆聽時再刪除用來混淆的選項。

時間

N4 聽力主要會考驗學生是否能抓住生活中的重要訊息，其中時間又是言談中的關鍵部分，從年代、日月到分秒都是時間的範圍。

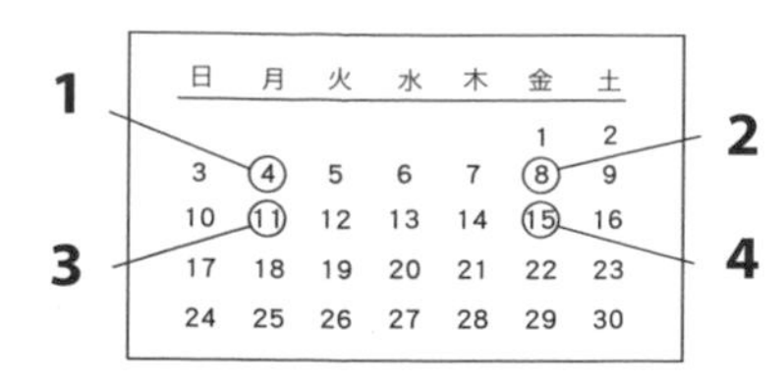

解題訣竅：

掌握必考單字是解題的關鍵，一定要熟悉時間、日期和星期等的說法，尤其有特殊讀音的日期部分可多加練習。

時間考題的特色在於，如果對話直接道出明確時間，就會有幾個干擾項目混淆。出現許多干擾項目時，不需著急，用刪去法刪掉被否決的時段。

有些題目則不會直接說出與選項一致的時間，而是拐彎抹角的說出幾個時間，需要計算才能得出答案，考生可多加留意「その前(まえ)に／在那之前」、「次(つぎ)の日(ひ)／隔天」或「てから／之後」等說法。

常見說法

▶ 日曜日(にちようび)の朝(あさ)の予定(よてい)が変(か)わりました。。
禮拜天早上的行程變更了。

▶ 8時(じ)はどう。
8點如何？

▶ 4日(よっか)にするか。
那就4號如何？

▶ いつがいいですか。
約什麼時候好呢？

▶ 金曜日(きんようび)にもできるといいんだけど。どう。
如果禮拜五也可以的話就好了。如何？

常見拒絕說法

▶ それはちょっと。すみません。
那有點不大方便。抱歉！

▶ 金曜日(きんようび)は仕事(しごと)があってだめなんだ…。
禮拜五有工作不行耶…。

▶ あっ、その日(ひ)は無理(むり)です。
啊、那天不行。

場所

空間題

場所也是日常生活話題中的關鍵，經常出現在有圖片的問題１。問題包含事物存在的位置、人物活動的場所等等。

地圖題

考題會給讀者幾張地圖，要選出對話人物想前往的地方，或是動作、行為的目的地等等。

常見說法

▶ この先(さき)の３本目(ぼんめ)を右(みぎ)に入(はい)って２軒目(けんめ)だよ。
它是在這前面的第３條巷子，右轉進去第２間喔。

▶ ここから 100 メートルぐらい行(い)ったところにあります。
它在離這裡約 100 公尺的地方。

▶ 右側(みぎがわ)には建物(たてもの)があります。
它的右邊有棟建築物。

解題訣竅：

為了找到正確的場所，必須隨著引導目標，是左邊還是右邊，是大樓的前面還是後面，因此關鍵就在指示方位的詞，及各種場所名詞了，務必要記熟！

除了方向感以外，題目經常會詢問建築物或物品的位置，因此常考的建築物和物品名稱也務必要聽熟。考試時也應先瀏覽圖片或選項以便掌握內容。

▶ 上（うえ）のほうにある。その丸（まる）いの。
在上面。那個圓的。

常見干擾說法

▶ いいえ、それは２本目（ほんめ）です。
不，那是第２條巷子。

▶ ビルの前（まえ）はだめなんですよ。
大廈前不行這樣喔。

▶ あっ、右（みぎ）じゃなくて。
啊！不是右邊。

人物

親人關係題 當事人談論自己的家族、朋友等的問題。

穿著外型題 此題型會通常會通過人物的外表、長相及人物的動作來談論話題中的人物。

常見人物動作說法

▶ 花(はな)の横(よこ)の手(て)を上(あ)げている人(ひと)。

在花的旁邊舉著手的人。

▶ 今隣(いまとなり)の人(ひと)を見(み)て、話(はな)している人(ひと)。

現在看著旁邊的人在講話的人。

▶ コップを持(も)っている人(ひと)。

拿著杯子的人。

常見人物特徵說法

▶ メガネをかけてるの。

有戴眼鏡嗎？

▶ 妹(いもうと)は２年前(ねんまえ)、背(せ)が低(ひく)かったが、今(いま)は私(わたし)と同(おな)じくらいです。

妹妹兩年前個子雖矮，但現在跟我差不多高。

▶ ずいぶん痩(や)せたのね。

瘦了真多呀！

▶ 顔(かお)が丸(まる)くて、かわいい人ですよ。

臉圓圓的，很可愛的人喔！

解題訣竅：

這類考題中，家族成員和形容外觀的日文是關鍵，例如爺爺奶奶、身高和頭髮長短等等，有時還會考人物所在的位置是在哪裡等。

談論人物，還包括人物的年齡、職業、國籍等，內容是比較廣泛的。所以要聽準這樣的對話，不僅要特別注意人物的外表和動作，還要聽準對話中的「どの」、「どれ」等人稱指示詞，注意可別張冠李戴喔！

留意看照片介紹人物的題型，有時會描述現在的外觀來干擾作答，要留意「あの頃(ころ)／那時」和過去式的說法。

順序

動作順序題

動作的先後順序，或是事物的排列順序，也是日常生活中，常聽到的對話。例如，先做什麼，再做什麼，最後做什麼；由大到小、由好到差等等。

交通工具順序題

從出發點到目的地，依序要搭乘什麼交通工具呢？交通工具的名稱會是此題型的關鍵。

解題訣竅：

這類考題首先必須掌握日常生活中的動作和交通工具的說法。

常見說法

▶ 始(はじ)めにこれをファックスしてください。それからファイルに保存(ほぞん)しておいて。

首先傳一下這個。然後再收到檔案夾裡。

▶ 次(つぎ)に確認(かくにん)の電話(でんわ)を入(い)れてください。

接下來再打通電話確認。

▶ 英語(えいご)以外(いがい)全部(ぜんぶ)ひどかったよ。

英語以外的科目都很糟糕呢。

▶ 国語(こくご)もすごく悪(わる)かったよ。でも数学(すうがく)ほどじゃなかったけど。

國語也考得很差啦！雖然沒有數學那麼糟。

常見干擾說法

▶あっ、そうだ。醤油(しょうゆ)は魚(さかな)を入(い)れる前(まえ)に入(い)れてください。

啊！對了。放魚進去前請加醬油。

▶あっ、思(おも)い出(だ)した。途中(とちゅう)、郵便局(ゆうびんきょく)に寄(よ)ってきたわ。

啊！我想起來了。我途中順便去了郵局。

▶じゃあ、最初(さいしょ)に京都(きょうと)に行(い)ってから、支店(してん)に行(い)きます。

那麼，我先去京都，再去分店。

這類題目的訊息量較大，建議用時間軸的方式做筆記。

有時會先給一長串資訊混淆讀者，再反駁說出真正的答案，因此從頭到尾都要集中注意力！

既然是跟動作順序有關，那麼就要多注意動作順序相關的接續詞了。例如「まず／首先」、「それから／接著」、「次(つぎ)に／接著」、「最後(さいご)／最後」、「その後(あと)／之後」、「…後(あと)／之後」、「たあと／之後」、「…てから／先…」、「その前(まえ)／之前」以及「て形」等等。另外，還要聽準時間詞，因為動作的先後順序，一定跟時間有緊密的關係囉！

判斷

外型判斷題

此題型常見問法之一是要判斷對話中談的是哪個東西，也就是從對話中，聽出形容該物的形狀、顏色或是量詞等關鍵詞語，來判斷出談論的是哪個東西。

物品及數量判斷題

此題型大多是要紀錄對話中出現的物品及數量，最後選出與對話內容相符的答案，物品名稱及量詞為其中的關鍵詞語。

解題訣竅：

這類考題必須掌握生活用品、蔬菜水果以及形容詞的說法，數量詞也一定要記熟喔！

先看題目，猜測能出現的詞彙，邊聽邊用刪去法刪掉不可能的選項。

購買東西的情境經常出現「これにします／我要這個」和「これはちょっと…／這個實在有點不太…」等句型，非常關鍵請務必記下來。

常見狀況說明的說法

▸ お皿はテーブルの真ん中においてね。
盤子要放在餐桌的正中央喔。

▸ テレビの下に花瓶が倒れてる。
花瓶倒在電視的下面。

▸ ドアを開けておいて。でも、電気は消してください。
門就開著，但請關掉電燈。

▸ コンピューターは音は出るんだけど、画面が出ないです。
電腦是有聲音，但卻沒畫面。

▸ 最近、村は、人も多くなり、若い人も住むようになりました。
近來村莊人口增多，年輕人也搬來這裡住了。

常見判斷關鍵字

▸ 病人の世話はいつ何があるかわかりません。—看護士。
照顧病人是不分時間跟事情的。—護士。

▸ 次の渋谷駅で降ります。—乗り物の中。
我要在下一站的涉谷站下車。—交通工具裡面。

▸ 切手の本を借りてくる。—図書館へ行く。
我去借郵票相關書籍。—去圖書館。

問事

問要做的事

日常生活中，人們常談到誰做了什麼事，有幾件事情是必須要做的，這就是問事的考題。

問不能做的事

部分題目會反過來詢問不能做的事，對話中會出現做了也沒關係的事，和不能做的事，必須不被混淆的抓出關鍵句。

常見說法

▶ あなたはご近所(きんじょ)の挨拶(あいさつ)に、私(わたし)は荷物(にもつ)の片付(かたづ)けをやる。

你負責去跟鄰居打個招呼，我負責整理行李。

解題訣竅：

問事題內容通常較長，且陷阱百出，經常一連串的對話都在最後被否定，因此從頭到尾都要謹慎聆聽。

有些考題會提示關鍵詞，讀者必須由關鍵詞來聯想出答案，如上方答題關鍵句的例子。

留意否定轉折「でも／可是」，還有表示提議或做總結的用語「そうします／就這麼辦」、「～しましょう／做…吧」和「じゃ／那麼」等等。

▶ 結婚（けっこん）パーティーの時（とき）、歌（うた）か挨拶（あいさつ）をお願（ねが）いしたいんですが…。
結婚喜宴時，我想拜託您唱首歌或上台講幾句話。

▶ 熱（ねつ）がなければ、買（か）い物（もの）とか散歩（さんぽ）ぐらいならいいでしょう。
如果沒發燒，買買東西啦！散個步啦！是沒問題的。

▶ 日曜日（にちようび）はうちで掃除（そうじ）も洗濯（せんたく）もしたんですよ。
禮拜天我可是在家裡又打掃又洗了衣服呢。

常見干擾說法

▶ そうですか。会社（かいしゃ）に行（い）くんじゃなかったんですか。
這樣啊。原來不是要去公司啊。

▶ あ、日曜日（にちようび）はテニスをしたかったんですけど…。
啊！禮拜天本來想要打網球的…。

▶ 本当（ほんとう）は洗濯（せんたく）も掃除（そうじ）もしなければならなかったのに…。
本來是要洗衣服和打掃的…。

動向

在日常生活中常會有某人接下來要做什麼？或接下來該怎麼做？的問題，而這就是常考的動向的問題了。

常見說法

- 僕は先に帰ろうかな。
  我先回家好了吧！
- スーパーで醤油を買ってきて。その前に肉屋で豚肉もね。
  你去超市買一下醬油。在那之前也要先到肉舖買一下豬肉喔。
- 踊り始めてから、まだ 20 分ですよ。あと 10 分がんばりましょう。
  從開始跳舞到現在也才過了 20 分鐘。再練個 10 分鐘吧！

常見干擾說法：

- 食事の後一緒に行こう。いや、やっぱ、食事の前のほうが…。
  吃完飯後一起去吧。不、還是吃飯前去比較…。
- 「もう一度ここに来てください。」「いえ、ここで待ちます。」
  「請再來這裡一次。」「不，我要在這裡等。」
- 先生のところへ行ってから帰るか。じゃ、僕は先に帰ろうかな。
  你要先到老師那裡再回去？那我先回家好了。

解題訣竅：

這種題型內容上多談論行為，而且是多種行為，然後答案會是其中的一項，通常要能掌握兩人的對話內容才能作答。

動向題的設問常常令人感到意外，關鍵在有圖時要預覽插圖，並根據插圖來預測測試點。沒有插圖時，要注意一開始設問的地方。

問物

生活中購物的時候，經常要從多個選項裡挑出一個想要的，有時還會比較一下不同款式的功能和差異。問物題，就是要考考聽者能否從眾多讓人混淆的選項中，選出正確的答案。

1	2	3	4

解題訣竅：

問物的考題一般在對話中，常會出現談論幾個物，內容偏多，大都出現在有圖的「問題Ｉ」。可先仔細觀察選項，再由線索抓出解題關鍵，要破解此題型，必須熟悉形容物品形狀、功能和顏色等單字。

常會出現談論幾個物，來預設干擾，可用刪去法刪掉被否定的答案。

和問事題型類似，要留意否定轉折「でも／可是」，還有表示提議或做總結的用語「そうします／就這麼辦」、「～しましょう／做…吧」和「じゃ／那麼」等等。

常見問法

▶ あれ、僕（ぼく）アイスクリームと紅茶（こうちゃ）は頼（たの）んだけど、ケーキは頼（たの）んでないよ。
咦？我是有點冰淇淋和紅茶，但沒點蛋糕啊！

▶ 玉（たま）ちゃんのプレゼント、何（なに）がいい？帽子（ぼうし）か、靴（くつ）か…。
小玉你禮物想要什麼？帽子？鞋子？…

▶ 太郎（たろう）は子供（こども）の時（とき）は、玉（たま）ねぎとかにんじんとか野菜（やさい）が嫌（きら）いでした。
太郎小時候，討厭洋蔥啊、紅蘿蔔之類的蔬菜。

常見答題關鍵句

▶ うーん、それもあまり好（す）きじゃないですね。
嗯～，那個我也不大喜歡耶。

▶ テーブルはやめようよ。重（おも）いから。
桌子就免了吧。太重了。

▶ ビール。いや、やっぱりワインだな。
啤酒！不，還是葡萄酒好了。

原因

「為什麼？」也是日常談話永恆的話題，這也是訓練聽力的重要部分喔！談原因的對話，有時候是單純的一方問原因，一方直接回答。但也有，對話中提到多種原因，但真正的原因只有一項的。

常見理由說法

▶ 車が壊れちゃったので、遅くなった。
因為車子壞了，所以遲到了。

▶ これからまだ仕事がありますので、お酒は飲めないです。
我待會兒還有工作，所以不喝酒。

▶ でも、私は英語が話せないです。
但是，我不會說英語。

▶ 実は、これもう買ってあるんです。
其實，這個我已經買了。

解題訣竅：

如果是一方問原因，一方直接回答的考題，問句會用「どうして」、「なぜ」或「なんで」來詢問，３者都是「為什麼」的意思。

常見干擾說法

▶ かわいいとか声がいいとかじゃないと思うよ。
我想那不是長得可愛或是聲音甜美就好了。

▶ うーん、前の彼女もやさしいしきれいでよかったんですが…。
嗯～，之前的女友雖然很不錯，人也溫柔又美麗…。

▶ 台風が来ても地震が起きても大丈夫だったのに、本当に気の毒です。
之前不管是颱風，還是地震都熬過去了，現在卻…，真可憐！

表示原因的用法最常見的就是「から／（主觀）因為」和「ので／（客觀）因為」，不過有時也會出現在陷阱句中，不能聽到「因為」就貿然作答。

有時不會直接說出「因為」兩個字，需要讀者從對話進行推論。

天氣

今天要不要帶傘，需不需要多加一件衣服，先看一下天氣預報吧！天氣預報或談論天氣，在人們的生活中已經是一個重要的話題了。而能否聽懂談話中，提到的天氣狀況，是這類對話的聽力訓練重點了。

解題訣竅：

由於天氣內容比較單純，表達固定，用語也有限，因此，想要聽懂天氣的內容，瞭解必要的信息，掌握有關天氣、氣象報告的表達詞語和句式就是關鍵了。

答題前可先看從題目推敲，聽的時候須留意時間、地點以及天氣狀態。

有時會有讓人混淆的陷阱，可用刪去法刪掉被否定的答案。

常見談論天氣說法

▸ 天気予報では午前中は雨だそうですよ。
氣象報告說上午會下雨喔！

▸ 午後は雪だけど、夕方には止むと天気予報で言っていました。
氣象報告說下午會下雪，但傍晚就會停。

▸ あっ、雨降りそうよ。空、暗いし。
啊！好像要下雨了。天空暗暗的。

▸ 寒いから、これから雪になるかもしれないね。
好冷喔！說不定就要下雪了。

常見氣象報導說法

▸ では、続いて天気予報です。
那麼，接下來是氣象報告。

▸ では、各地の今日の天気予報です。
那麼，接下來是各地的氣象報告。

▸ こんばんは。7時のニュースです。まず初めに、台風のニュースです。
晚安！為您報導 7 點的新聞。首先是颱風的消息。

意圖

日語的特點之一就是說話委婉、含蓄。一般日本人不把自己的看法說得太直接、肯定，而是點到為止，留有餘地。至於對方是肯定還是否定，就要聽者自己去揣摩了。這類聽力訓練著重在能否領悟出談話中的含意是什麼？

解題訣竅：

這類型的考題看似困難其實相對單純，日本人在表達否定的意見時多半不會太過直接，將常見的用法記熟，應該不難克服，同時也可以應用在生活上。

常見問法

- 今度の土曜日の晩、カラオケに行きましょう。
  這禮拜六晚上，一起去唱歌吧！
- 入場券が１枚余っているので、一緒に見に行きませんか。
  我多了一張入場券，要不要一起去看？
- 週末、うちに遊びに来ませんか。
  這個週末要不要來我家玩啊？

常見答題關鍵句

- やりたい気持ちはやまやまなんですけど…。
  我是很想做啦。
- ありがとうございます。実は明日は仕事がありまして…。
  謝謝！是這樣的，我明天有工作要做…。
- 近くに駐車場があるほうが助かるけど。でも…。
  附近有停車場是很好啦！但…。

日語聽力就是這樣練出來的！ 5W2H 技巧大公開：

日語聽力似乎是大家最感到頭痛的項目，就讓本書告訴你5W2H 是什麼，一起輕鬆攻下聽力魔王堡壘。

聽力就像絆腳石，讓人很煎熬，但一旦攻下，就是找到一塊閃亮發光的寶石，讓您發出亮光，世界也跟著發亮。因為您就能聽懂日語新聞、日劇、搞笑劇、旅遊、美食…等節目。

5W2H 就是 What、Who、When、Where、Why 和 How、How much。5W2H 的技巧就是提供一個做筆記或是考聽力的好方法，讓您在聽力考試時不再驚慌失措！

What	なに（物・事）[是什麼？目的是什麼？主旨與大意是什麼]	物
Who	だれ（人物）[什麼樣的人？外貌特徵如何？]	人
When	いつ（時間）[什麼時候發生的？事件發生順序如何？]	時間
Where	どこ（場所、空間、場面）[在哪個方位及路線？怎麼組合及擺放的？]	場所
Why	なぜ（原因）[事情發生的原因]	場所
how	どのように、どうやって（動作、手段、事情、様子、程度）[接下來怎麼做？談了什麼事？怎麼發生的？天氣如何？]	動作、手段等
How much	どれくらい [做到什麼程度？數量如何？水平如何？費用多少？]	多少

掌握了5W2H，就更能聽清楚題目，對話裡表示5W2H 的關鍵詞。可以試著問自己，5W2H 各是什麼：發生了什麼事（**W**hat）、在什麼地方發生（**W**here）、什麼時候發生（**W**hen）、影響到誰或誰參與其中（**W**ho）、為什麼發生（**W**hy）、如何發生（**H**ow）和發生的程度（**H**ow much），透過這些重要線索，就能迅速地找到答案。

例如題目問場所，就注意對話裡跟選項，表示場所的關鍵詞，就能迅速地找到答案。

 What （なに／什麼）

▶ 要聽懂一個對話，首先是 What（なに／什麼），也就是對話中發生了什麼或是對話和哪一方面的主題有關，目的是什麼。要點就是「邊聽邊抓關鍵字」，不需聽懂每個單字，千萬別因為聽不懂一個字就糾結半天喔。常見的題型有：

問物

▶ 物品特徵的考題，一般多為有 4 張圖或 4 個句子的題型，所以對話內容一般會先圍繞在這 4 張圖或 4 個句子上，然後再鎖定在差異較小的兩張圖上，透過一問一答，有肯定有否定，來進行干擾，或以平行線的方式兩人各談一個，或一口氣完整敘述該物，因此，聽解考題不到最後是絕不妄下判斷的。

▶ 當然一開始快速瀏覽這 4 張圖或 4 個句子，馬上反應相關的單字，再抓住設問要的對象的特徵，會是致勝的關鍵。

 Who （だれ／誰？）

▶ Who（だれ／誰？），也就是什麼樣的人？外貌特徵如何？相對於 What，Who 是非常好掌握的，一般而言Who 要問的就是誰。常見的題型有：

人物

- 人物是聽力考試中經常出現的題型，聽錄音前，請先迅速瀏覽試卷上的 4 張圖或 4 個句子，並找出這 4 張圖或句子不同的地方，聽到關鍵詞後，選出正確的答案。這樣的考題，一般對話中不會直接描寫人物的全貌，而是通過一問一答，有肯定有否定，來對照人物的特徵、人物的動作及位置關係，所以用排除法就可以得到答案了。
- 跟人物有關的考題，一般是從人物的外貌特徵、動作及表情或心情等 3 個方面出題，來測試考生能否辨識，對話中提到的人物是誰。從外表上，內容一般談論的是人物的性別、身高、髮型、長相、胖瘦、穿戴跟穿戴的顏色等等。從動作上，一般是談論人物在看報、打手機、抽煙、招手、談話及玩耍等動作。
- 從表情或心情上，一般是提到幾個表情或心情的詞語，透過這些詞語，來判斷人物的表情或心情，所以要能聽出並抓住表情或心情相關的詞語。接下來排除否定的說法，還有附加的干擾項。

☑ When（いつ／什麼時候？）

- When（いつ／什麼時候？），也就是什麼時候發生的？事件發生順序如何？也是屬於比較好掌握的 W，基本上都是年、月、日，或是事件發生的先後順序。一般而言When 要問的就是時間。常見的題型有：

時間

- 時間考題的答案不是間接的暗示，就是需要一點計算，通常很少直接在對話中說出答案要的時間點。為了提高答題的精準度跟速度，如果是題目卷上有圖或句子的考題，請先迅速瀏覽試卷上的圖或句子。
- 時間考題對話中出現的時間詞較多，有「時、星期、上下午」等，有一定的複雜度。這類考題，前面往往會有幾個干擾項，對話後部分才是關鍵內容。所以需要邊聽邊判斷，還要邊排除干擾，最後進行簡單的計算。
- 如果是題目卷上沒有圖或句子的考試形式。沒有圖或句子的輔助，會有一定的難度，有必要邊聽邊做簡單的紀錄。要聽懂同位語關係的時間詞。譬如：聽準「明日」就是「20 日」，才能往後推「21 日」是「明後日」等等。

順序

- 要聽解順序的題型，就要注意聽好一些相關的接續詞，如「まず、はじめに、それから、次に、また、その後、てから、最後、～後、ついでに、先に」等表示動作順序的詞。這些詞可以說，是這類題的特色，只有抓住它們，才有可能理順動作順序。
- 另外，動作順序的發生，常跟時間詞有關，因為動作總是在時間軸上出現，動作跟時間詞關係可是很密切的喔！

Where （どこ／在哪裡？）

- Where（どこ／在哪裡？），也就是在哪個方位及路線？怎麼組合及擺放的？Where 又更好掌握了，說的是事情是在哪裡發生的，除了地名、國家或是都市名之外，場所、空間、場面都屬於Where。常見的題型有：

組合及擺放

- 先快速預覽試卷上的 4 張圖或 4 個句子以後，比對它們的差異，然後抓住對話中人物想要的條件。這是一道通過比對間接判斷場所、位置的特徵的題型。對話中一般不會直接說出對話中人物想要什麼樣的組合或擺設，而是透過一問一答，有肯定有否定的方式，讓考生去推測，兩人想要什麼樣的組合或擺設，雖有一定的干擾性，但只要抓住提問要的關鍵句，就可以得到答案了。
- 這類考題中通常出現的話題較多，當然方向詞也多，所以聽解這類考題，就要聽準對話中的物品跟它們相對的位置了。

方位及路線

- 方位或路線的考題，在對話中不會直接說出要找的位置，而大多是先提到多個間接的目標，把訊息量提高，來設置迷惑，增加難度，最後才提到要找的地方，所以聽解這類考題，要注意引導的目標，隨著引導的目標，一步步找出設問要的方位。
- 方位及路線考題，對話中常常出現幾個指示方位詞，很難一聽就記住，所以為了選擇時不會忘記，請邊聽邊簡單在空白處，記下指示方位地點的詞。例如「玄関の横」記為「げん、よこ」；「ベッドの下」記為「べ、した」。

Why（なぜ、どうして／為什麼？）

▶ Why（なぜ、どうして／為什麼？），也就是事情發生的原因。要聽出Why，常常會有因果關係，表達因果關係最常見的詞就是 なぜ（因為）和 どうして（因為），但必須要注意的事情是，有時候不能過度依賴なぜ 和どうして，有些句子的因果關係是順著句子順序，自然發展而成，反而沒有用到關鍵字。一般而言Why 要問的就是原因。常見的題型有：

原因

▶ 原因的題型，一般有在一段對話中，只有一對因果關係，例如，一方詢問某事的原因，另一方直接說出。文中會出現較多複雜的文法，提高了一定的難度。對話中出現了許多原因，例如，又便宜品質又好、機能簡單又好用等，但要區別哪些是干擾項，答案就呼之欲出了。

▶ 原因相關指標字詞：「～から～」、「～ので～」、「～ために～」、「これは～のです」、「これは～からです」。也可以找出結果的接續詞：「それで」、「だから」、「ですから」、「というわけで」、「そういうわけで」。

▶ 另外，看到表示說明的「のだ」、「のです」，大都也可以充分判斷為是有因果關係的邏輯在內。

 How （どのように、どうやって／如何呢？怎麼做？）

▶ How（どのように、どうやって／如何呢？怎麼做？）也就是接下來怎麼做？談了什麼事？怎麼發生的？天氣如何？掌握的原則就是要注意對話裡面，有沒有提到以上的要素。How 一般而言就是要達到某一個目的的動作、手段或是方式，或某狀況（如天氣）如何了？常見的題型有：

動向

▶ 什麼是動向呢？也就是指行為，即人物「接下來打算做什麼」。動向的考題，內容上大都談論多個行為，但有時候即使聽懂每個行為，但測試點的設置，往往令人意外，要一下子跟上有其困難度，如果聽不仔細，容易答非所問。所以需要跟上談話的思路，從前言後語的接續上，從整個談話中領悟出人物接下來要做的動作，才能選到正確的答案。

▶ 如上所述，動向考題在內容上會提到多個行為，所以不僅要仔細聽，也要跟上談話的速度，為了擔心注意力不集中、漏聽了，在聽解時，務必要邊聽邊記，再邊聽解邊排除干擾項。留下來的就是正確的答案了。

▶ 聽解動向考題，請邊聽邊記下關鍵字如「公園」→「弁当」→「自由」→「バス」。再簡單一點就是「公」→「弁」→「自」→「バ」。更簡單就是用假名代替了。

問事

▶ 「問事」就是「談論事情」，既然是問事，從出題的角度來看，會話中肯定會談論幾件事，讓考生從對話中，聽解出設問要的事情了。

▶ 「問事」題型，一般內容多，對話較長，需要仔細分析跟良好的短期記憶。這類題型屬略聽，不需要每個字都能聽懂。重點在抓住對話的主題或整體的談話方向，就不難找出答案了。

天氣

▶ 天氣的題型，一般內容較多，很難聽一遍就一一記住，所以屬略聽。另外，天氣的題型看似複雜，但如果跟新聞報導比起來，又單純多了。原因是天氣內容表達固定，用語有限。因此，掌握跟天氣相關的詞語跟表現句式，也是一個關鍵。

- 例如典型的颱風預報題型，一般包括「颱風的類型和強弱、颱風所在位置和經過的地點、進路和風速以及影響的範圍」。「 」中可是一套颱風報導公式喔！請記住喔！
- 天氣題型除了對話之外，也常出現氣象報告類的長篇報導。這類考題用字及文法較為艱深，所以又增加了困難度。但因為使用的詞彙有限，表達固定，所以只要常看NHK，多看報紙，多熟悉相關說法，就是解題的關鍵。

How much（どれくらい／多少？）

- How much（どれくらい／多少？），也就是做到什麼程度？數量如何？水平如何？費用多少？掌握 How much 的原則就是要注意對話裡面，有沒有提到一些做到什麼程度？數量如何？水平如何？費用多少？一般而言How 要問的就是多少。常見的題型有：

數字

- 數字的題型，往往出現許多的數量詞。也因此，不要說是外國人，即使是母語的日本人，也很容易混淆的。由於聽力只播放一次，不一定能把數字記得一清二楚，所以邊聽邊記，是十分必要的。
- 聽解數字題型的訣竅在：一是迅速預覽試卷上的 4 張圖或 4 個句子；二是要聽準數量或號碼；三是一定要邊聽邊記下數量或號碼。
- 對話中的數字詞，直接出現在選項中，一般是陷阱，要注意喔！

メモ

N4 聽力模擬考題 問題 1

理解問題

track 1-1

共 48 題

錯題數：

もんだい１では、まず　しつもんを　聞いて　ください。それから　話を　聞いて、もんだいようしの　１から４の　中から、いちばん　いい　ものを　一つ　えらんで　ください。

例

track 1-1

1 月曜日
2 火曜日
3 水曜日
4 金曜日

答え
①②③④

第 1 題

track 1-2

1
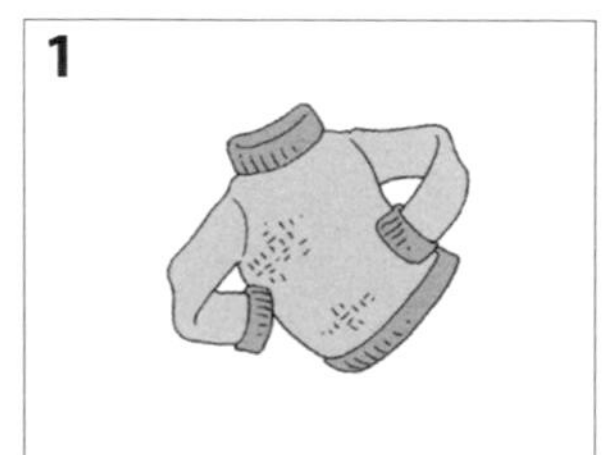

2

3

4

答え
①②③④

第2題

track 1-3

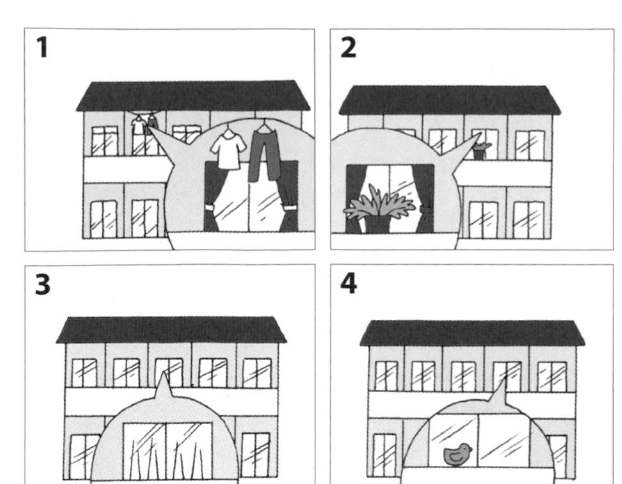

答え

①②③④

第3題

track 1-4

1

2

3

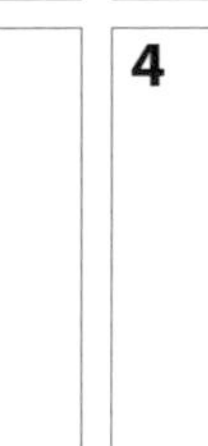

4

答え

①②③④

第4題

track 1-5

1 午前　4時半

2 午前　5時8分

3 午前　5時35分

4 午前　6時

答え
①②③④

第5題

track 1-6

1 田中先生に　本を　返し、図書館で　本を　借りる

2 一度　田中先生に　返して　から、また、自分で　借りる

3 田中先生に　返さないで、そのまま　自分で　借りて　おく

4 田中先生に　本を　貸して　ほしいと　電話する

答え
①②③④

第6題

track 1-7

1

2

3
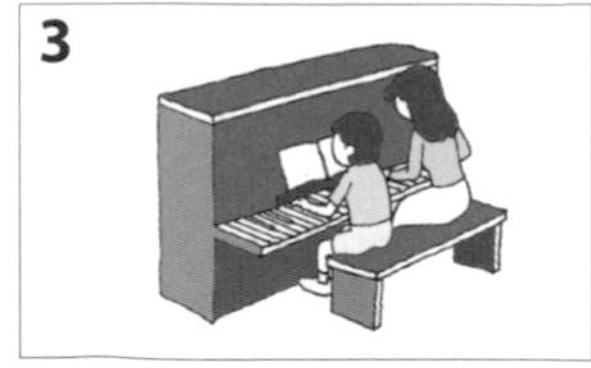

3

答え
①②③④

第7題

track 1-8

1 目(め)を　あらう

2 めがねを　かける

3 医者(いしゃ)に　行(い)く

4 花粉症(かふんしょう)の　薬(くすり)を　飲(の)む

答え
①②③④

第8題

track 1-9

1 50メートル先(さき)の　角(かど)の　駐車場(ちゅうしゃじょう)

2 デパートの　駐車場(ちゅうしゃじょう)

3 公園(こうえん)の　そばの　駐車場(ちゅうしゃじょう)

4 スーパーの　駐車場(ちゅうしゃじょう)

答え
①②③④

1 もんだい　翻譯與解題　れい

もんだい１では、まず　しつもんを　聞いて　ください。それから　話を　聞いて、もんだいようしの　１から４の　中から、いちばん　いい　ものを　一つ　えらんで　ください。

先聽一次考題　track 1-1

1　月曜日　　2　火曜日
3　水曜日　　4　金曜日

單字

近所（附近）

燃えるごみ（可燃垃圾）

引っ越す（搬家）

塵／芥（垃圾）

間違える（錯；弄錯）

～ように（為了…）

日文對話與問題

男の人と近所の女の人が話しています。男の人は、燃えるごみを次にいつ出しますか。

M：すみません。おととい引っ越してきたんですが、ごみの出し方を教えてください。

F：ここでは、ごみを出すのは、１週間に３回です。月曜日と水曜日と金曜日です。

M：きょうは火曜日だから、明日、燃えるごみを出すことができますね。

F：いいえ。明日は、燃えないごみを出す日です。燃えるごみは出すことができません。

M：燃えるごみを出す日は、いつですか。

F：月曜日と金曜日です。

M：ああ、そうですか。では、間違えないように出します。

男の人は、燃えるごみを次にいつ出しますか。

第１大題，請先聽提問，在聆聽敘述與對話之後，於作答紙上，自１到４的選項中，選出一個最適當的答案。

2 對話與問題中譯

男士和住在附近的女士正在交談。請問這位男士接下來哪一天能夠丟棄可燃垃圾呢？

M：不好意思，我前天剛搬來，想請教這個地區關於丟棄垃圾的規定。

F：這裡每星期有３天可以丟垃圾，分別是星期一、星期三和星期五。

M：昨天是星期二，也就是說，明天可以丟可燃垃圾囉？

F：不是的，明天是不可燃垃圾的丟棄日，不收可燃垃圾。

M：那麼，哪幾天可以丟可燃垃圾呢？

F：星期一和星期五。

M：喔，原來如此。好的，我會遵守規定。

請問這位男士接下來哪一天能夠丟棄可燃垃圾呢？

1　星期一　　2　星期二　　3　星期三　　4　星期五

3 攻略的要點　答案：4

» 看到選項，可以先列出一星期的表格，以便記筆記。聆聽題目時，重點在於「次(つぎ)にいつ／接下來哪一天」。本題出現了好幾個時間，除了必須記錄每個時間可以丟棄的垃圾之外，還要知道目前是星期幾才能解題。

» 這題要問的是「燃(も)えるゴミを次(つぎ)にいつ出(だ)しますか／下一次可燃垃圾什麼日子丟呢？」。從對話中，男士說了「今日(きょう)は火曜日(かようび)だから／因為今天是星期二」，又問女士「燃(も)えるゴミを出(だ)す日(ひ)はいつですか／什麼日子可以丟可燃垃圾呢？」，女士回答「月曜日(げつようび)と金曜日(きんようび)です／星期一跟星期五」，知道答案是４「金曜日(きんようび)／星期五」了。

再聽一次對話內容 — track 1-1

1　月曜日(げつようび)　　2　火曜日(かようび)

3　水曜日(すいようび)　　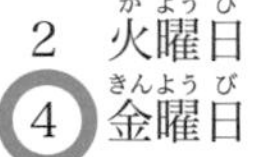

1 もんだい　翻譯與解題　第1題

先聽一次考題　track 1-2

1

2

3

4

單字

大学生（大學生）

正月（正月，新年）

御土産（當地名產；禮物）

そんな（那樣的）

アルバイト【arbeit（德）】（打工）

手袋（手套）

～ていく（…去）

なくちゃ、～なくてはいけない（必須…、不…不可）

止める（停止）

日文對話與問題

イギリスに留学している男の大学生と、日本にいるお母さんが、電話で話しています。男の大学生は、お母さんに何を買って帰りますか。

M：お正月は日本に帰るけど、おみやげは何がいい？

F：健の元気な顔が見られたら、それだけでいいよ。

M：そんなこと言わないで。そうだ、暖かいセーターにしようかな。

F：いいね。でも、そっちの服は高いんでしょう？

M：大丈夫。アルバイトをしてお金をためたから。それから、手袋も買っていくよ。

F：それじゃ、ほんとにセーターはいいよ。お金は大切にしなくちゃ。

M：わかった。じゃあ、セーターはやめるよ。

男の大学生は、お母さんに何を買って帰りますか。

02 對話與問題中譯

在英國留學的大學男生和住在日本的母親通電話。請問這位大學男生要買什麼禮物帶回來給母親呢？

M：我會回日本過新年，想要我帶什麼禮物回去？

F：媽媽只要能看到小健精神飽滿的模樣就心滿意足囉。

M：不用跟我客氣嘛。對了，送您一件保暖毛衣，好嗎？

F：聽起來滿不錯的。不過……那邊的衣服很貴吧？

M：別擔心，我打工存了些錢。還有，順便再買雙手套吧。

F：既然如此，就別買毛衣了。錢得省著點用。

M：好吧，那就不買毛衣囉。

請問這位大學男生要買什麼禮物帶回來給母親呢？

03 攻略的要點　答案：4

» 先快速瀏覽４張圖，腦中浮現「セーター」、「手袋（てぶくろ）」、「ケーキ」等詞彙，並邊聽邊刪除被否決的選項。

» 男大學生說完「セーターにしようかな／要不要送件毛衣呢」，也說「それから、手袋（てぶくろ）も／再順便帶雙手套吧」之後，媽媽告訴他「セーターはいいよ／毛衣別買了」，大學生回答「わかった。じゃあ、セーターはやめるよ／好。那毛衣就不買囉」，意思是他不買毛衣，只買手套送媽媽。

再聽一次對話內容 track 1-2

1
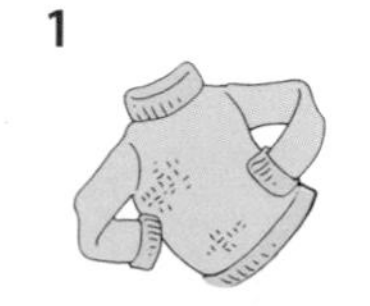

2

3

④

先聽一次考題 track 1-3

1

2

3

4

單字

お宅（府上；您府上，貴宅）

伺う（拜訪）

見える（看見；看得見；看起來）

カーテン【curtain】（窗簾）

てある（有、已…了）

植える（種植；培養）

日文對話與問題

女の人と男の人が話しています。女の人はどの部屋に行きますか。

Ｆ：川田さんのお宅にうかがいたいのですが、たしか、このアパートですよね。

Ｍ：そうです。このアパートの２階です。

Ｆ：ここから２階の窓が見えますが、あの中のどの部屋ですか。

Ｍ：ほら、あの、角から２軒目の、カーテンが開いている部屋です。

Ｆ：服が干してある部屋ですか。

Ｍ：いえ、左から２軒目ではなく、右から２軒目の、木が植えてある部屋ですよ。

女の人はどの部屋に行きますか。

02 對話與問題中譯

女士和男士正在交談。請問這位女士要拜訪的是哪一戶呢？

F：我想到川田先生府上拜訪，請問是在這棟公寓吧？

M：是的，在這棟公寓的２樓。

F：從這裡可以看到２樓的窗戶，請問是哪一戶呢？

M：就是那戶呀……從轉角數來第２間、沒拉上窗簾的那戶。

F：是晾著衣服的那戶嗎？

M：不，不是從左邊數來的第２戶，而是從右邊數來的第２戶，有盆栽的那一戶。

請問這位女士要拜訪的是哪一戶呢？

03 攻略的要點　答案：2

» 先快速瀏覽４張圖，比較圖片的差異，並在腦中浮現「服」、「カーテン」、「鳥」、「盆栽」等詞彙，同時，因為是空間場所題，也要留意每間房間的位置，並邊聽邊刪除被否決的選項。

» 因為報路的男士說的是「右から２軒目の、木が植えてある部屋／從右邊數來第２間、有盆栽的那間屋子」。

選項

» 選項１是「服が干してある／晾著衣服」，選項３是「カーテンが閉まっている／拉上窗簾」。選項４雖是「右から２軒目／從右邊數來第２間」，但是圖上有小鳥，所以不正確。

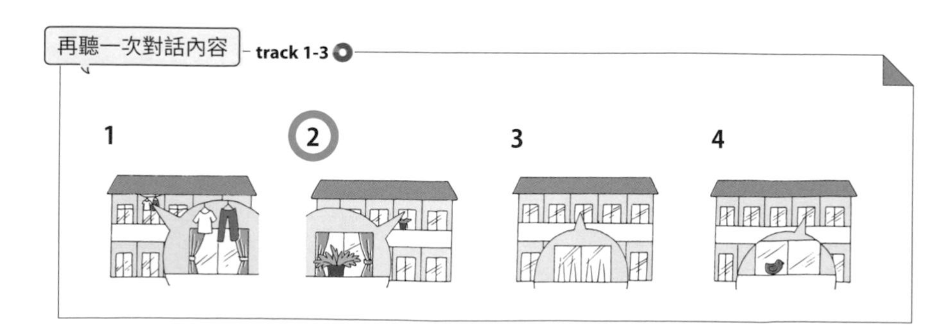

先聽一次考題　track 1-4

1

2

3

4

單字

卒業式(畢業典禮)

格好／恰好(樣子，適合;外表，裝扮)

考える(思考，考慮)

お祝い(慶祝，祝福)

着物(衣服;和服)

思う(認為;覺得，感覺)

機会(機會)

スーツ【suit】(套裝)

日文對話與問題

男の学生と女の学生が話しています。女の学生は、卒業式にどんな格好で行きますか。

M：中山さんは、卒業式には何を着て行くの？

F：今、考えているの。おばあちゃんがお祝いにお金をくれたから、それで、着物を買おうかと思ってるの。

M：ふうん。でも、着物は卒業式の後、あんまり着る機会がないと思うけど。ぼくは、前に買った黒いスーツにしようと思ってるんだ。赤いネクタイも持ってるしね。

F：じゃあ、私も前に買った青いワンピースにしようかな。お祝いのお金は貯金することにしよう。

女の学生は、卒業式にどんな格好で行きますか。

02 對話與問題中譯

男同學和女同學正在交談。請問這位女同學要穿什麼服裝參加畢業典禮呢？

M：中山同學，妳打算要穿什麼衣服參加畢業典禮呢？

F：我還在想。外婆給了我紅包祝賀畢業，正在考慮要不要拿去買一套和服。

M：這樣哦。可是，我覺得參加完畢業典禮之後恐怕就沒什麼場合穿和服了。我要穿之前買的黑色西裝，而且原本就有條紅色領帶可以搭配了。

F：那麼，我也穿以前買的藍色洋裝好了，這樣還可以把紅包錢存下來。

請問這位女同學要穿什麼服裝參加畢業典禮呢？

03 攻略的要點　　答案：3

» 先快速瀏覽４張圖，可知題目要問的應該是關於女孩的穿著，並在腦中浮現「ワンピース」、「制服」、「スーツ」、「着物」等詞彙，並邊聽邊刪除被否決的選項。

» 因為女學生說「前に買った青いワンピースにしようかな／（那我也）穿之前買的那件藍色洋裝吧」。

» 所謂的洋裝即是仕女連身裙。答案１的「スーツ／套裝」是指外套和下身的裙子或長褲搭配成套的服裝。

再聽一次對話內容 track 1-4

1

2

3

4

1 もんだい　翻譯與解題　第4題

先聽一次考題　track 1-5

1　午前4時半
2　午前5時8分
3　午前5時35分
4　午前6時

單字

起こす（喚醒；扶起；叫醒；引起）
集まる（集合；聚集）
少ない（少）
必ず（必定；一定，務必，必須）
あげる（給；送）

日文對話與問題

男の子とお母さんが話しています。お母さんは、明日、何時に男の子を起こさなければなりませんか。

M：明日、5時8分の電車に乗るんだから、4時半に起こしてね。
F：学校に集まるのは6時でしょう？うちから学校までは30分ぐらいなんだから、早すぎるんじゃないの？
M：朝、早い時間は電車が少ないんだよ。5時8分の次の電車は5時35分なんだ。それだと、遅くなるよ。
F：わかった。必ずおこしてあげるね。
お母さんは、明日、何時に男の子を起こさなければなりませんか。

02 對話與問題中譯

男孩和母親正在交談。請問這位母親明天必須在幾點叫醒男孩呢？

M：明天我得搭５點８分的電車，所以４點半要叫我起床喔。

F：到校集合時間是６點吧？從我們家到學校頂多 30 分鐘，會不會太早了？

M：清晨時段的電車班次不多，５點８分的下一班是５點 35 分，要是搭那班就來不及了。

F：知道了，一定會準時叫醒你的。

請問這位母親明天必須在幾點叫醒男孩呢？

1　上午　４點半
2　上午　５點８分
3　上午　５點 35 分
4　上午　６點

03 攻略的要點　答案：1

» 這題是時間題，對話中出現好幾個時間，可直接在選項旁邊做筆記，並邊聽邊刪除被否決的、不相干的選項。

» 學校的集合時間是６點，從家裡到學校要花30分鐘。清晨的電車班次５點８分的下一班是５點35分，如果搭後面那班車就要遲到了。

» 男孩一開始表明自己要搭５點８分那班車，提醒媽媽「４時半(じはん)に起(お)こしてね／記得４點半叫醒我喔」，所以正確答案是４點半。

再聽一次對話內容 - track 1-5

1　午前(ごぜん)４時半(じはん)
2　午前(ごぜん)５時(じ)８分(ぷん)
3　午前(ごぜん)５時(じ)35分(ふん)
4　午前(ごぜん)６時(じ)

第5題

先聽一次考題　track 1-6

1　田中先生に本を返し、図書館で本を借りる
2　一度田中先生に返してから、また、自分で借りる
3　田中先生に返さないで、そのまま自分で借りておく
4　田中先生に本を貸してほしいと電話する

單字

研究室（研究室）
戻る（返回，回到；回到手頭；折回）
レポート【report】（報告）
～ところだ（剛要…、正要…）
すごい（厲害）
役に立つ（有益處，有幫助，有用）

日文對話與問題

大学で男の人と女の人が話しています。女の人は本をどうしますか。

M：田中先生見なかった？
F：田中先生なら、授業のあと研究室に戻られましたよ。どうして？
M：この本、レポートを書くために田中先生に借りたんだけど、もう書いてしまったから返そうと思って。
F：あ、私、ちょうど田中先生の研究室に行くところだけど。
M：じゃ、悪いけど、この本、田中先生に返してくれる？
F：いいですよ。私もまだレポート書いてないから、この本借りようかな。
M：そうすればいい。すごく役に立ったよ。

女の人は本をどうしますか。

02 對話與問題中譯

男生和女生正在大學校園裡交談。請問這個女生將如何處理那本書呢？

M：妳有沒有看到田中教授？

F：田中教授上完課後就回研究室了呀。怎麼了？

M：我向田中教授借了這本書寫報告，現在報告已經寫完了，所以想還給他。

F：喔，我正好要去田中教授的研究室。

M：那麼，不好意思，可以幫我還給田中教授嗎？

F：可以啊。我的報告也還沒寫，是不是該向教授借回去參考呢？

M：我建議妳這麼做。這本書很值得參考。

請問這個女生將如何處理那本書呢？

1　把書還給田中教授，然後到圖書館借書。
2　先還給田中教授，再自己借一次。
3　不還給田中教授，就這樣自己借閱。
4　打電話和田中教授說想要借書。

03 攻略的要點　答案：2

» 先看選項並比較相同、相異處，然後專注於聆聽對話。這題並沒有直接說出女生要做的動作，需靠讀者推斷人物的想法及後續的發展。

» 男生詢問女生「この本(ほん)、田中先生(たなかせんせい)に返(かえ)してくれる？／可以幫我把這本書還給田中老師嗎？」女生回答「いいですよ／可以呀」。接著，女生又說「私(わたし)も～この本(ほん)借(か)りようかな／我也…不如也把這本書借回去參考吧」，所以答案是選項2。

選項

1 由於女生說「私(わたし)も～借(か)りようかな／我也…不如也借回去參考吧」，表示她打算和男生一樣向老師借書。

3 女生說的「いいですよ／可以呀」是指代為歸還田中老師。

4 並未提到打電話。

再聽一次對話內容 track 1-6

先聽一次考題 track 1-7

1

2

3

4

單字

送る（寄送；送行）

無理（不可能，不合理；勉強；逞強；強求）

水泳（游泳）

～でも（就連…也）

ピアノ【piano】（鋼琴）

日文對話與問題

家で女の人と男の人が話しています。二人は子どもに何を習わせますか。

F：実に、そろそろなにか習わせたいと思うんだけど、どうかな。

M：いいね。この辺は少年サッカーチームが強いから、そこに入れようか。

F：サッカーチームに入れると、土曜日はいつも私が実を送っていかなければならないから、ちょっとそれは無理。

M：じゃあ、スイミングスクールはどう？駅前にスクールがあったよね。駅前までなら、一人でも行かせられるし。

F：そうね、水泳はいいかもしれない。でも、ピアノも習わせたいな。英語もこれから役に立ちそうだし。

M：そんなにいくつもやらせないで、まず、水泳だけにしようよ。体が一番大切だから。

F：それもそうね。

二人は子どもに何を習わせますか。

02 對話與問題中譯

女士和男士正在家中交談。請問他們決定讓孩子學習哪種才藝呢？

F：我覺得是時候讓小實學些才藝了，你的看法呢？

M：很好啊。這附近的少年足球隊實力堅強，讓他參加吧？

F：加入足球隊的話，我每週六都得接送小實，恐怕沒辦法騰出時間。

M：那麼，游泳課呢？車站前不是有一間游泳教室嗎？從家裡到車站的短短距離，孩子自己去就可以了。

F：也好，學游泳或許是個好主意。不過，我還想讓他學鋼琴。另外，英文對將來也很有幫助。

M：別同時讓他學那麼多，先讓他學游泳這項就好。身體健康最重要。

F：說得也是。

請問他們決定讓孩子學習哪種才藝呢？

03 攻略的要點　答案：1

» 先快速瀏覽 4 張圖，並在腦中浮現「英語（えいご）」、「スイミング」、「サッカー」、「ピアノ」等詞彙，並邊聽邊刪除被否決的選項。

» 因為男士表示「まず、水泳（すいえい）だけにしようよ／先讓他只學游泳這一項吧」。即使不知道「スイミングスクール／游泳教室」這個名詞，也能夠從女士說的「そうね、水泳（すいえい）はいいかもしれない／也好，學游泳或許是個好主意」這句話推測出答案。

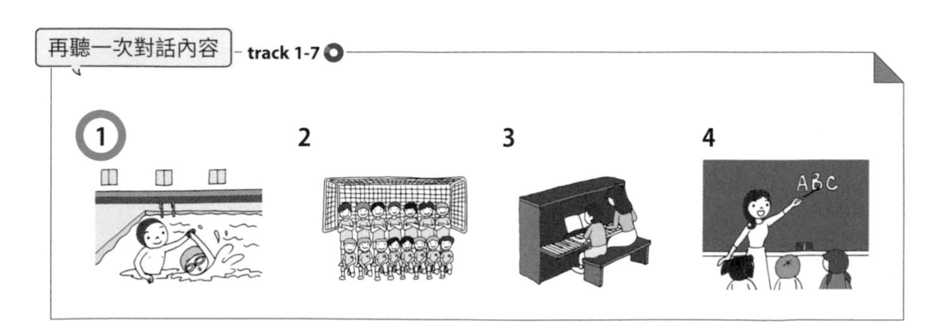

先聽一次考題　track 1-8

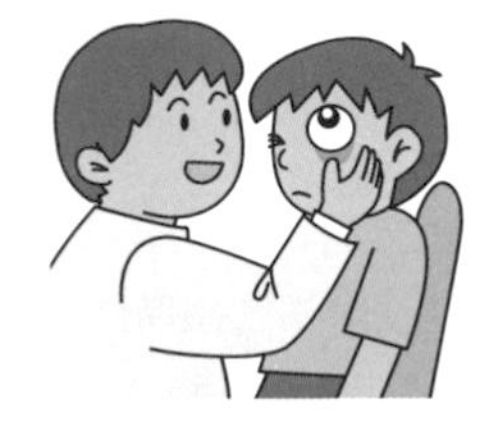

1　目をあらう
2　めがねをかける
3　医者に行く
4　花粉症の薬を飲む

單字

花粉症（花粉症，因花粉而引起的過敏鼻炎）
急に（急迫；突然）
～らしい（說是…、好像…）
先ず（首先，總之）
貰う（接受，收到，拿到）

日文對話與問題

女の人と男の人が話しています。男の人は、どうしますか。

F：あれ、田中さん、どうしたの？目が赤いね。
M：外から帰ってくると、目がかゆいんだよ。
F：花粉症かもしれないね。いつから？去年は大丈夫だったよね。
M：今年から急になんだ。
F：眼鏡をかけると、いいらしいよ。でも、まずは医者に行って、花粉症かほかの目の病気か、診てもらったほうがいいよ。
M：そうだね。そうするよ。

男の人は、どうしますか。

02 對話與問題中譯

女士和男士正在交談。請問這位男士接下來會怎麼做呢？

F：咦，田中先生，您怎麼了嗎？眼睛紅通通的。

M：我剛從外面回來，覺得眼睛好癢。

F：可能是花粉熱。從什麼時候開始這樣的呢？印象中您去年沒發生過這種情況。

M：從今年才忽然變成這樣的。

F：聽說可以戴眼鏡預防喔。不過，建議您還是先去請醫師診斷究竟是花粉熱或是其他的眼睛疾病，比較妥當。

M：妳說得對，我會去就診的。

請問這位男士接下來會怎麼做呢？

1　洗眼睛。　2　戴眼鏡。　3　看醫生。　4　服用花粉症的藥。

03 攻略的要點　答案：3

» 這是「動向」題，會談論多個行為，且不一定會明確否定去做某個行為，因此要掌握兩人的談話內容，並留意「そうする」等表明意願的說法。

» 女士建議「まずは医者に行って～／還是先去給醫師診察…」，男士表示「そうだね。そうするよ／說得也是，我會照妳的建議去做」。由於女士說的是「眼鏡をかけるといいらしいよ。でも、～／聽說可以戴眼鏡預防喔。不過…」所以重點應該放在「でも／不過」之後的話，先去看醫生。

» 這道題目即使不知道「花粉症／花粉熱」這個名詞，也能夠找出正確答案。

再聽一次對話內容 track 1-8

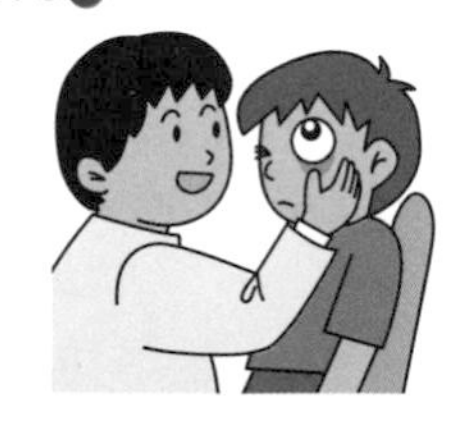

1　目をあらう

2　めがねをかける

3　医者に行く

4　花粉症の薬を飲む

1 もんだい　翻譯與解題　第8題

先聽一次考題　track 1-9

1　50メートル先の角の駐車場
2　デパートの駐車場
3　公園のそばの駐車場
4　スーパーの駐車場

單字

止める（關掉，停止）

デパート【department store 之略】（百貨公司）

一杯（充滿，很多）

駐車場（停車場）

角（角落）

駄目（不行；沒用；無用）

～ため（に）（以…為目的，做…、為了…）

日文對話與問題

女の人と男の人が、車の中で話しています。男の人は、車を止めるために、まず、どこに行きますか。

F：私、この先のデパートに買い物に行きたいの。デパートの駐車場に車を止めてくれる？

M：でも、デパートの駐車場は、この前もいっぱいで止められなかったよ。

F：じゃあ、50メートルぐらい先の角にある駐車場はどう？

M：ああ、でも、あの駐車場は料金がすごく高いんだよ。公園のそばの駐車場じゃだめ？

F：公園は遠いでしょう。あんまり遠い所はいやだな。

M：わかった、わかった。まずデパートの駐車場に行ってみて、いっぱいだったら角の駐車場にしよう。

男の人は、車を止めるために、まず、どこに行きますか。

02 對話與問題中譯

女士和男士正在車裡談話。請問這位男士為了找停車位，會先去哪裡呢？

F：我想到前面那家百貨公司買東西，可以把車子停在百貨公司的附設停車場嗎？

M：可是以前每一次到那家百貨公司的時候停車場總是客滿，找不到停車位呀。

F：如果改去大約 50 公尺前方轉角的那家停車場呢？

M：喔，可是那家停車場的收費相當高。不能停到公園旁邊的停車場嗎？

F：公園太遠了吧。我不想停到那麼遠的地方。

M：好好好，先去百貨公司的附設停車場試試運氣，萬一客滿了再去轉角那家停車場吧。

請問這位男士為了找停車位，會先去哪裡呢？

1　位於 50 公尺前方轉角的停車場。
2　百貨公司的附設停車場。
3　公園旁的停車場。
4　超市的停車場。

03 攻略的要點　　答案：2

» 這題是順序題，看到題目的「まず」就要留意相關的接續詞。並在題目開始前瀏覽選項、快速記憶。

» 對話中提到多個地點，但都有缺點，最後因為男士表示「まず、デパートの駐車場に行ってみて、～／我先去百貨公司的附設停車場看看，…」可知順序。

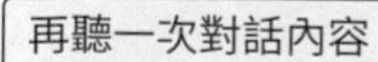

track 1-9

1　50 メートル先の角の駐車場
2　デパートの駐車場
3　公園のそばの駐車場
4　スーパーの駐車場

第9題

track 1-10

答え
①②③④

第10題

track 1-11

1　12時(じ)

2　11時(じ)

3　10時(じ)15分(ふん)

4　10時(じ)30分(ぷん)

答え
①②③④

第11題

track 1-12

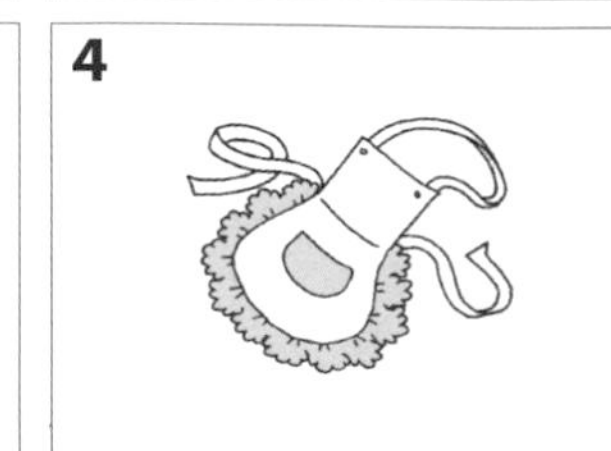

答え
①②③④

第12題

track 1-13

答え
①②③④

第13題

track 1-14

1
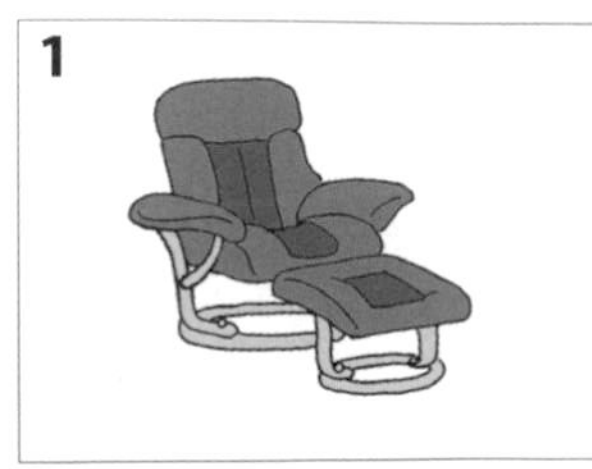

2

3
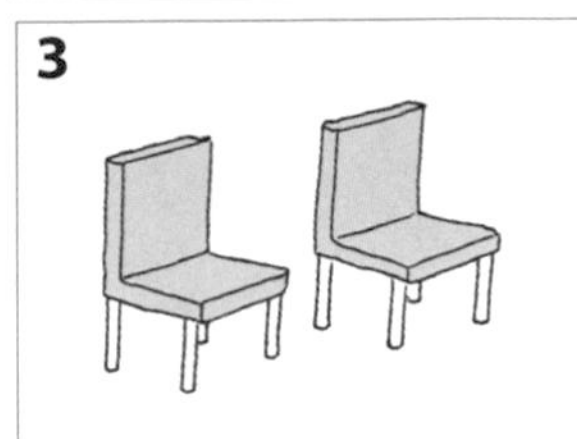

4

答え
①②③④

第14題

track 1-15

1 3月(がつ) 29日(にち)と　30日(にち)の　2日間(かかん)

2 4月(がつ) 12日(にち)と　13日(にち)の　2日間(かかん)

3 4月(がつ) 19日(にち)と　20日(か)の　2日間(かかん)

4 4月(がつ) 18日(にち)から　20日(か)までの　3日間(かかん)

答え
①②③④

第15題

track 1-16

1 8人分（にんぶん）
2 12人分（にんぶん）
3 13人分（にんぶん）
4 4人分（にんぶん）

答え
①②③④

第16題

track 1-17

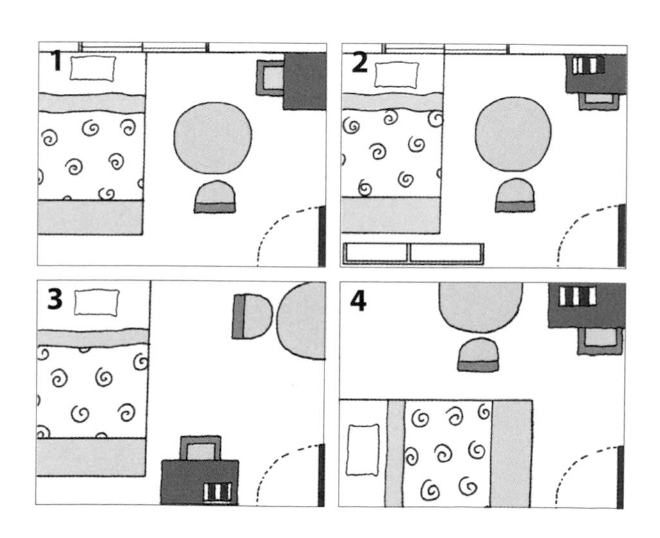

答え
①②③④

先聽一次考題　track 1-10

1

2

3

4

單字

予定（預定）

会場（會場）

～かもしれない（也許…、可能…）

着く（到達）

～そうだ（聽說…、據說…）

代（費用）

日文對話與問題

駅で男の人と女の人が話しています。二人は何で卒業式の会場に行きますか。

M：予定より遅くなったな。卒業式が始まるまで、あと 20 分だよ。歩いたら間に合わないかもしれない。

F：駅から卒業式の会場まで行くバスがあるらしいよ。それで行けば 5 分で着くそうだけど……、ああ、でも次のバスが出るのは 10 分後だ。

M：じゃ、タクシーに乗ろう。

F：でも、タクシーはお金が高いからやめよう。

M：二人で乗るんだから、一人分は、バス代よりちょっと高くなるだけだよ。

F：そうだね。あ、ちょうどタクシーが来た。

二人は何で卒業式の会場に行きますか。

02 對話與問題中譯

男士和女士正在車站交談。請問兩人將搭乘哪種交通工具前往畢業典禮會場呢？

M：快遲到了，只剩 20 分鐘畢業典禮就要開始啦！走過去恐怕趕不上。

F：好像有巴士可以從車站搭到畢業典禮的會場。搭巴士去的話只要 5 分鐘……唉，可惜下一班巴士要 10 分鐘後才發車。

M：那就搭計程車吧。

F：可是搭計程車太貴了，不要啦。

M：兩個人一起搭的話，每個人分攤的錢只比搭巴士多一點點而已。

F：也對。啊，正好有輛計程車來囉！

請問兩人將搭乘哪種交通工具前往畢業典禮會場呢？

03 攻略的要點

答案：2

» 先快速瀏覽 4 張圖，並在腦中浮現「歩く」、「タクシー」、「バス」、「駅」等詞彙，並邊聽邊在圖片旁記下筆記。

» 女生說「タクシーはお金が高いからやめよう／不要啦，搭計程車太貴了」，男生勸她「一人分は、バス代よりちょっと高くなるだけだよ。（そんなに高くない）／平均一人分攤下來只比搭巴士稍微貴一點點而已嘛（意思就是沒有想像中那麼貴）」，女生聽完表示「そうだね／有道理」。由於「歩いたら間に合わない／步行前往會遲到」所以選項 1 不正確，而「次のバスが出るのは10分後／下一班巴士10分鐘後才來」所以選項 3 也不正確，至於選項 4 並非計程車而是準備搭電車。

1

もんだい　翻譯與解題　第 10 題

先聽一次考題　track 1-11

1　12 時
2　11 時
3　10 時 15 分
4　10 時 30 分

單字

迎える（迎接）
伺う（拜訪）
約束（約定，商訂；規定，規則；〈有〉指望，前途）
探す／捜す（尋找，找尋）
頃（時候）

日文對話與問題

男の人と女の人が話しています。男の人は、明日何時に女の人の家に迎えに行きますか。

M：明日、先生のお宅に 12 時にうかがう約束だよね。君の家に何時に迎えに行こうか。

F：そうね。うちから地下鉄の駅まで歩いて 10 分、それから先生のお宅までだいたい 40 分かかるから、11 時でいいんじゃないかな。

M：でも、先生のお宅には初めてうかがうんだから、家を探すのに時間がかかるかもしれないよ。だから、10 時半頃行くよ。

F：では、待っています。

男の人は、明日何時に女の人の家に迎えに行きますか。

02 對話與問題中譯

男士和女士正在交談。請問這位男士明天將於幾點前往女士家接她呢？

M：我們約好明天 12 點拜訪老師家，對吧？幾點去妳家接妳？

F：我想一下……從我家走到地鐵站差不多 10 分鐘，從那邊到老師家大約花 40 分鐘，所以訂在 11 點左右應該可以吧。

M：但是我們是第一次去老師家，可能會花些時間找路，所以我還是 10 點半左右去接妳吧。

F：好喔，那我等你囉。

請問這位男士明天將於幾點前往女士家接她呢？

1　12 點。
2　11 點。
3　10 點 15 分。
4　10 點 30 分。

03 攻略的要點　答案：4

» 時間題有時會讓讀者計算或推算，所以一定要做筆記。這題則是用好幾個時間來干擾，但只要能抓住兩人都同意的時間就能解題。

» 雖然女生說了「11時でいい／差不多11點吧」，但是男生說「10時半ごろ行くよ／10時半左右去接妳喔」，小心不要被陷阱誤導了。

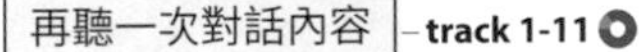

1　12時
2　11時
3　10時 15分
④　10時 30分

1

もんだい　翻譯與解題　第 11 題

先聽一次考題　track 1-12

1

2

3

4

單字

こんな（這樣的、這麼的、如此的）

ハンドバッグ（手提包）

そんなに（那麼）

～てもらう（〈我〉請〈某人為我做〉…）

～とか（…或…）

喜ぶ（喜悅，高興）

日文對話與問題

デパートで、女の子とお父さんが話しています。女の子はどのプレゼントを選びますか。

F：お父さん、お母さんの誕生日のプレゼントに、これを買おうと思うんだけど、どう？

M：え、こんないいハンドバッグを買うなんて、夏美、そんなにお金持ってるの？

F：お父さんにも少しお金を出してもらいたいと思って、いっしょに来てもらったのよ。

M：だめだよ。夏美からお母さんへのプレゼントなんだから、自分で買いなさい。ハンカチとか、いろいろあるだろう？

F：去年もハンカチだったし、お母さんバッグが喜びそうなのよ。

M：ほら、このバラの絵のついたバッグなら、そんなに高くないよ。

F：そうね。

女の子はどのプレゼントを選びますか。

02 對話與問題中譯

女孩和父親正在百貨公司裡交談。請問這個女孩會挑哪一個禮物呢？

F：爸爸，我想買這個送給媽媽當生日禮物，好嗎？

M：咦，買這麼高級的包包？夏美有那麼多錢嗎？

F：就是想請爸爸也幫忙出點錢，才找您一起來的嘛！

M：那怎麼行！這是夏美要送給媽媽的禮物，要自己買才好。其他不是還有手帕之類的各種選擇嗎？

F：手帕去年送過了，而且我覺得媽媽收到包包會很開心。

M：妳看，這個有玫瑰圖案的包包，價格不算太高。

F：對耶！

請問這個女孩會挑哪一個禮物呢？

03 攻略的要點　答案：1

» 先快速瀏覽４張圖，並在腦中浮現「エプロン」、「ハンドバッグ」、「ハンカチ」等詞彙，並邊聽邊在圖片旁記下筆記或刪除被否定的選項。

» 因為爸爸說「バラの絵(え)のついたバッグなら／如果選有玫瑰圖案的包包」而女孩也說「そうね／好呀」，「バラ／玫瑰」是花卉名稱，而上面有圖案的包包是選項１。選項２是「ハンカチ／手帕」。選項３是女孩一開始挑選的那一只上面沒有圖案的「いいハンドバッグ／高級手提包」。

再聽一次對話內容 track 1-12

2

3

4

1

もんだい

翻譯與解題 第12題

先聽一次考題 track 1-13

1

2

3

4

單字

冷房（冷氣）

ありがとうございます（謝謝）

飲み物（飲料）

差し上げる（奉送；給〈「あげる」謙讓語〉）

日文對話與問題

男の人と女の客が話しています。男の人はどうしますか。

M：こんにちは。外は暑かったでしょう。今、冷房をつけますね。

F：ありがとうございます。でも、大丈夫です。今、風邪をひいていますし、冷房は好きではありませんので。

M：そうですか。では、冷たい飲み物を差し上げましょう。オレンジジュースがいいですか。りんごジュースがいいですか。

F：あのう、すみませんが、熱いお茶をいただけますか。

M：わかりました。

男の人はどうしますか。

02 對話與問題中譯

男士和女性顧客正在交談。請問這位男士接下來要做什麼呢？

M：您好，外頭很熱吧？馬上為您開冷氣。

F：謝謝您，不過沒關係，我感冒了，而且也不太喜歡吹冷氣。

M：是嗎？那麼為您送上冷飲吧。您喜歡柳橙汁，還是蘋果汁呢？

F：嗯……不好意思，可以給杯熱茶嗎？

M：好的。

請問這位男士接下來要做什麼呢？

03 攻略的要點

答案：1

» 先快速瀏覽４張圖，留意男士的動作並在腦中浮現「お茶」、「冷房」、「扇風機」等詞彙，並邊聽邊在圖片旁記下筆記或刪除被否定的選項。

» 因為女性客人表示「すみませんが、熱いお茶をいただけますか／不好意思，可以向您要杯熱茶嗎？」而選項１即為熱的日本茶。選項２，從茶杯的形狀和加了糖的線索判斷，不是日本茶而是紅茶。至於選項３，女性客人已經表明「冷房は好きではありませんので／因為不喜歡吹冷氣」所以並非正確答案。

※日文中的「お茶」通常是指「日本茶」。

再聽一次對話內容 track 1-13

1　2　3　4

1 もんだい　翻譯與解題　**第 13 題**

先聽一次考題　track 1-14

1

2

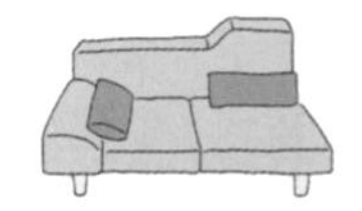

3

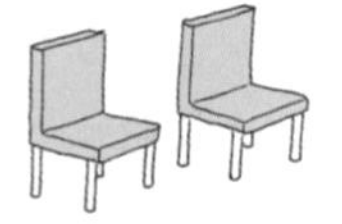

4

單字

(さ) せる（讓…）

～ようだ（好像…）

～すぎる（太…、過於…）

こっち（這邊）

やっぱり（仍然）

一人（一個人）

日文對話與問題

男の人と女の人が、店で椅子を選んでいます。男の人は、どの椅子を買いますか。

M：この椅子、足を乗せる台がついていて、座りやすいようだね。

F：ほんとね。でも、大きすぎると思う。うちの部屋に置いたらほかに何も置けないよ。

M：じゃあ、こっちは？寝ながらテレビが見られるよ。

F：こっちは、もっと大きいでしょう。あなたがこれに寝たら、私はどこに座るの。やっぱり、一人用の椅子を二つ買いましょうよ。

M：そうだね。

男の人は、どの椅子を買いますか。

02 對話與問題中譯

男士和女士正在店裡挑選椅子。請問這位男士會挑選哪一張椅子呢？

M：這張椅子附有置腳台，坐起來應該很舒服。

F：真的耶，可惜太大了。如果把它放進我們房間，其他家具都擺不下了。

M：那麼這張呢？可以躺著看電視喔。

F：這張更大了呀！而且你躺在這上面，我要坐在哪裡呢？我看還是買兩張單人椅吧。

M：說得也是。

請問這位男士會挑選哪一張椅子呢？

03 攻略的要點　答案：3

» 先快速瀏覽 4 張圖，並留意圖片的相異之處，還要邊聽邊刪除被否定的選項喔。

» 這題因為女士表示「やっぱり、一人用の椅子を二つ買いましょうよ／我看還是買兩把單人椅吧」。男士也說「そうだね／說得也是」表示認同。

選項

1 是「足を乗せる台がついている／附擱腳凳」的椅子，女士覺得很佔地方。

2 是「寝ながらテレビが見られる／可以躺著看電視」的椅子，女士認為比剛才那把椅子更佔地方。

4 是「二人用の椅子／雙人椅」而不是「一人用／單人椅」，所以不是正確答案。

再聽一次對話內容 track 1-14

1

2

3

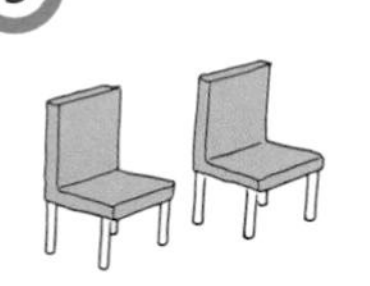

4

先聽一次考題　track 1-15

1　3月29日と30日の2日間
2　4月12日と13日の2日間
3　4月19日と20日の2日間
4　4月18日から20日までの3日間

單字

所（地方）
旅行（旅行）
なるべく（盡可能，盡量）
咲く（綻放）
偶に（偶然，偶爾）

日文對話與問題

女の人と男の人が話しています。二人は、いつ旅行をしますか。

F：桜がきれいな所に旅行に行かない？
M：いいね。来週の土曜日と日曜日はどう？
F：3月の29日・30日か……。そのころは学校が春休みだから、どこも人がいっぱいでしょうね。
M：でも、桜を見るんだったらなるべく早く行ったほうがいいと思う。
F：北の方なら4月に入ってからでも咲いているよ。4月12日・13日はどう？
M：12日の土曜日はゴルフの約束があるんだ。もう1週間遅くして、19日・20日にしよう。
F：それでもいいけど、たまには休みをとって、18日の金曜日から 3日間行こうよ。
M：わかった。そうしよう。

二人は、いつ旅行をしますか。

02 對話與問題中譯

女士和男士正在交談。請問兩人決定什麼時候去旅行呢？

F：要不要去能夠欣賞到美麗櫻花的地方旅行呢？

M：好啊。下週六日兩天如何？

F：３月 29、30 號哦……那時正好學校放春假，到處都人擠人吧。

M：可是賞櫻還是趁早比較好。

F：如果是北部地區，即使４月以後櫻花也還開得很漂亮。訂在４月 12、13 號，你看怎麼樣？

M：12 號星期六已經和人約好打高爾夫球了。不如再往後延一週，19、20 號去吧。

F：那兩天也不錯……或者你乾脆請個假，從 18 號星期五開始我們去玩３天嘛。

M：好，就這麼決定。

請問兩人決定什麼時候去旅行呢？

1　３月 29 日和 30 日兩天。　　2　４月 12 日和 13 日兩天。

3　４月 19 日和 20 日兩天。　　4　４月 18 日到 20 日３天。

03 攻略的要點　　答案：4

» 從選項就可看到題目問的是日期以及天數兩個問題，再仔細觀察可發現選項３和４的內容特別相近，可多加留意。

» 面對這類稍微複雜的題目，讀者一定要邊聽邊在選項旁做筆記，並刪除被否定的選項。

» 因為對話的結尾處是「18日の金曜日から３日間いこうよ／就挑18號星期五出發玩３天嘛」、「わかった。そうしよう／好，就這麼決定。」

再聽一次對話內容 track 1-15

1　3月29日と30日の2日間

2　4月12日と13日の2日間

3　4月19日と20日の2日間

④　4月18日から20日までの3日間

先聽一次考題 track 1-16

1　8人分
2　12人分
3　13人分
4　4人分

單字

出席（出席）
机（桌子）
～ておく（先…、暫且…）
続く（繼續）
弁当（便當）
あ（っ）（啊〈突然想起、吃驚的樣子〉哎呀;〈打招呼〉喂）

日文對話與問題

会社で、部長が女の人に話しています。女の人は弁当を何人分用意しますか。

M：今日の会議は、会社からは私のほか８名が出席、ほかの会社からお客様が４人いらっしゃるので、この用紙をコピーしておいてください。

F：わかりました。出席者のつくえの上に、コピーを置いておきます。

M：それから、会議は午後まで続くから、お弁当も用意しておいてください。

F：はい、会議に参加する 12 人のお弁当を用意しておきます。

M：弁当は僕のも忘れないでくださいね。

F：あ、そうですね。わかりました。

女の人は弁当を何人分用意しますか。

02 對話與問題中譯

經理和女士正在公司裡交談。請問這位女士將準備幾人份的盒餐呢？

M：今天的會議，公司這邊除了我還有 8 人參加，其他公司將有 4 位與會，請先影印這份文件。

F：了解。文件印好之後會先擺到與會者的桌上。

M：還有，會議將持續到下午，也請準備盒餐。

F：好的，我會備妥與會者 12 人份的盒餐。

M：別忘了訂我的那一份喔。

F：啊，您說得是。了解。

請問這位女士將準備幾人份的盒餐呢？

1　8 人份。　2　12 人份。　3　13 人份。　4　4 人份。

03 攻略的要點　答案：3

» 這是一題計算題，題目沒有直接說出人數，聽懂兩人的對話才能解題。

» 一開始男士表示「会社からは私のほか８名が出席、ほかの会社からお客様が４人いらっしゃる／我們公司除了我以外有８名參加，別家公司則有４位與會」，「私のほか８名／除了我以外有８名參加」也就是一共９人，加上來自其他公司的４人，總共13人出席會議。

» 此外，當男士聽到女士說「会議に参加する12人のお弁当を用意しておきます／我會準備與會12人份的餐盒」，立刻提醒她「弁当は僕のも忘れないでくださいね／便當可別忘了準備我的那一份喔」，由此也可以判斷共有13人份。

再聽一次對話內容 track 1-16

1　8人分
2　12人分
3　13人分
4　4人分

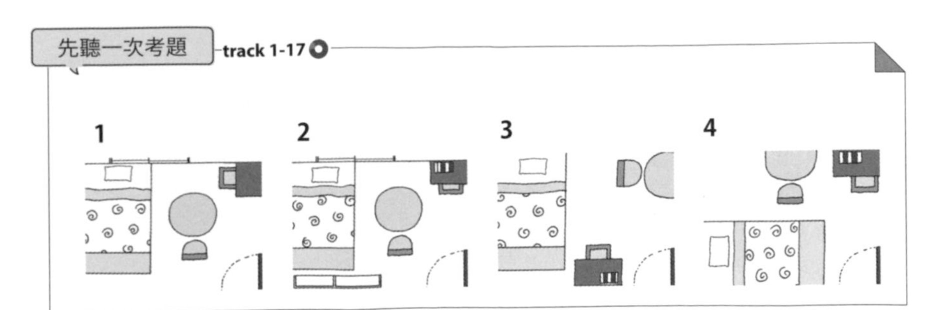

單字

- **置く**（放置）
- **壁**（牆壁；障礙）
- **こう**（這樣）
- **本棚**（書架）
- **小さな**（小，小的；年齡幼小）
- **真ん中**（正中間）

日文對話與問題

男の人と女の人が話しています。男の人は、ベッドをどこに置きますか。

M：ベッドは、どこに置きますか。

F：壁につけてください。

M：こうですね？

F：いえ、窓の方が頭になるようにしてください。

M：分かりました。本棚は、どうしますか。

F：ベッドの足の方に置きます。丸い小さなテーブルと椅子は、部屋の真ん中に置いてください。

男の人は、ベッドをどこに置きますか。

02 對話與問題中譯

男士和女士正在交談。請問這位男士會將床擺放在什麼位置呢？

M：請問床要擺在哪裡呢？

F：請靠著牆放。

M：這樣嗎？

F：不是，床頭請朝窗戶那邊。

M：好的。書櫃呢？要擺哪裡？

F：放在床尾那邊。小圓桌和椅子請放在房間正中央。

請問這位男士會將床擺放在什麼位置呢？

03 攻略的要點　答案：2

» 先快速瀏覽4張圖，並留意圖片的相異之處，解題關鍵在於聽準對話中物品跟物品的相對位置。

» 首先聽到「窓(まど)の方(ほう)が頭(あたま)になるように／（床）頭要靠窗」就可以刪去4，接下來聽到「本棚(ほんだな)は～ベッドの足(あし)の方(ほう)に／書架…放在床腳」可以刪去3，最後「丸(まる)い小(ちい)さなテーブルと椅子(いす)は、部屋(へや)の真(ま)ん中(なか)に／小圓桌跟椅子放在房間的正中間」，知道答案是2了。

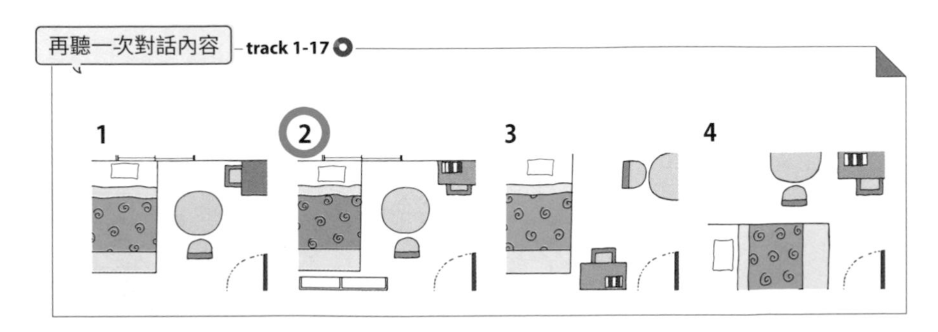

第 17 題

track 1-18

答え

①②③④

第 18 題

track 1-19

1 車(くるま)の　運転(うんてん)を　する

2 後(うし)ろの　座席(ざせき)で　眠(ねむ)る

3 子(こ)どもの　世話(せわ)を　する

4 車(くるま)の　案内(あんない)を　する

答え

①②③④

第19題

track 1-20

1 テレビを　見(み)るのを　やめる

2 テレビの　音(おと)を　イヤホーンで　聞(き)く

3 自分(じぶん)の　部屋(へや)の　暖房(だんぼう)を　つける

4 自分(じぶん)の　部屋(へや)で　勉強(べんきょう)する

答え
①②③④

第20題

track 1-21

1

2

3

4

答え
①②③④

第21題

track 1-22

1 午前（ごぜん） 9時（じ）
2 午前（ごぜん） 8時（じ）30分（ぷん）
3 午後（ごご） 2時（じ）30分（ぷん）
4 午前（ごぜん） 11時（じ）30分（ぷん）

答え
①②③④

第22題

track 1-23

答え
①②③④

第23題

track 1-24

1 午前中、山中歯医者に　行く

2 午後、大月歯医者に　行く

3 来週、大月歯医者に　行く

4 午後、山中歯医者に　行く

答え
①②③④

第24題

track 1-25

答え
①②③④

1 もんだい　翻譯與解題　第 17 題

先聽一次考題　track 1-18

1

2

3

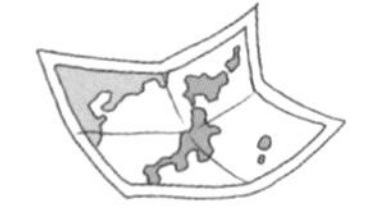

4

單字

出かける（出門）
内（…之內）
～まま（…著）
消す（關）
暖房（暖氣）
勿論（當然）
場所（地方，場所；席位，座位；地點，位置）

日文對話與問題

男の人と女の人が話しています。男の人は、何を持って出かけますか。

M：カーテンは閉めておきましょうか。
F：暗くならないうちに帰るので、カーテンは開けたままでいいですよ。
M：暖房は、消しますか。
F：もちろん、そうしてください。お金は私が持っています。
M：店の場所を知らないんですが、ご存じですか。
F：いいえ。初めて行く所なので、知りません。
M：そうですか。じゃ、僕、地図を持って行きます。鍵は持ちましたか。
F：はい。ドアは私が閉めていきます。

男の人は、何を持って出かけますか。

02 對話與問題中譯

男士和女士正在交談。請問這位男士會帶什麼東西出門呢？

M：我把窗簾先拉上吧？

F：天黑前就會回來，窗簾這樣敞著就好。

M：要關暖氣嗎？

F：當然要，請關掉。錢我帶著了。

M：我不知道店家在哪裡，您知道嗎？

F：不，那裡我第一次去，所以不曉得。

M：是嗎？那麼，我帶地圖去。鑰匙帶了嗎？

F：帶了。門我來關。

請問這位男士會帶什麼東西出門呢？

03 攻略的要點　答案：3

» 先快速瀏覽 4 張圖，並在腦中浮現「お金（かね）」、「鍵（かぎ）」、「水（みず）」等詞彙，並邊聽邊在圖片旁記下筆記或刪除被否定的選項。注意，題目問的是「男士」要帶的東西喔。

» 最後因為男士說「じゃ、僕（ぼく）、地図（ちず）を持（も）って行（い）きます／那，我帶地圖去」，可知答案。

再聽一次對話內容 — track 1-18

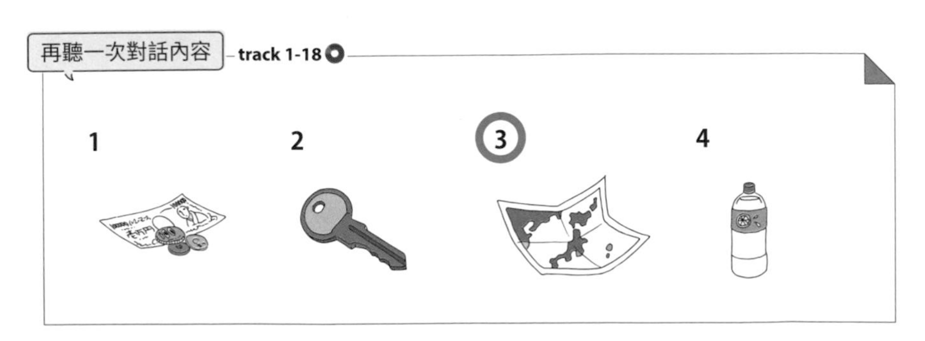

1 もんだい　翻譯與解題　第 18 題

先聽一次考題　track 1-19

1　車の運転をする
2　後ろの座席で眠る
3　子どもの世話をする
4　車の案内をする

單字

運転（運轉；開車；周轉）

途中（半路上，中途；半途）

僕（我）

君（你〈男性對同輩以下的親密稱呼〉）

全然（〈接否定〉完全不…，一點也不…；根本）

案内（陪同遊覽，帶路）

日文對話與問題

車の横で、女の人と男の人が話しています。女の人は何をしますか。

F：私が運転しましょうか。

M：いや、途中で代わってもらうかもしれないけど、しばらく僕が運転するよ。君は、後ろの席で子どもたちの世話をして。寝ていてもいいよ。

F：子どもたち、もう寝ちゃった。

M：じゃ、君も後ろの座席で寝ていったら。

F：全然眠くない。

M：えーっと、地図は持ったかな。

F：そうだ、今日行くところは初めてのところだから、私、前の席で案内するね。

女の人は何をしますか。

02 對話與問題中譯

女士和男士正在車子旁邊交談。請問這位女士將會做什麼呢？

F：我來開車吧。

M：先不用，或許半路得換手，現在先由我開。妳在後座照顧孩子，也可以睡一會兒。

F：孩子們已經睡了。

M：那妳也在後座睡一下吧？

F：我一點都不睏。

M：呃……地圖帶了嗎？

F：對了，今天要去的地方是第一次去，我坐前座幫忙看路吧。

請問這位女士將會做什麼呢？

1　開車。
2　在後座休息。
3　照護孩子。
4　替駕駛指引道路。

03 攻略的要點　答案：4

» 先看選項並快速記在腦中，推測對話中會出現許多動作，要邊聽邊在選項旁做筆記，並刪除被否定的選項。

» 因為女士表示「私(わたし)、前(まえ)の席(せき)で案内(あんない)するね／我坐在副駕駛座幫忙看路吧」，可知答案。

再聽一次對話內容 track 1-19

1　車(くるま)の運転(うんてん)をする
2　後(うし)ろの座席(ざせき)で眠(ねむ)る
3　子(こ)どもの世話(せわ)をする
4　車(くるま)の案内(あんない)をする

1 もんだい 翻譯與解題 第 19 題

先聽一次考題 track 1-20

1 テレビを見るのをやめる
2 テレビの音をイヤホーンで聞く
3 自分の部屋の暖房をつける
4 自分の部屋で勉強する

單字

煩い（吵鬧；囉唆）
番組（節目）
どうして（為什麼）
テスト【test】（考試）
仕方（方法，做法）

日文對話與問題

部屋で兄と妹が話しています。兄はどうしますか。

F：お兄ちゃん、テレビ消してくれない？
M：え、どうして。これから大好きな番組が始まるところだよ。
F：うるさくて勉強ができないよ。明日、テストなのに。
M：勉強なら自分の部屋でやれよ。
F：私の部屋は暖房が壊れて寒いの。だからお兄ちゃん、自分の部屋でテレビ見てよ。お兄ちゃんの部屋は、暖房あるんだから。
M：しかたないな。じゃ、そうするか。

兄はどうしますか。

02 對話與問題中譯

哥哥和妹妹正在房間交談。請問哥哥會怎麼做呢？

F：老哥，可以把電視關掉嗎？

M：咦，為什麼？我喜歡的節目正要開始耶。

F：吵死了沒法讀書嘛。我明天要考試啦。

M：要讀書在自己的房間讀啊！

F：我房間的暖氣壞了冷得要命。所以老哥在自己的房間看電視嘛，你的房間有暖氣呀。

M：真是的。好吧，就這樣吧。

請問哥哥會怎麼做呢？

1　不看電視了。
2　戴耳機看電視。
3　開自己房間的暖氣。
4　在自己的房間讀書。

03 攻略的要點　答案：3

» 先看選項，知道本題可能會問動作和場所。

» 妹妹嫌哥哥看電視的聲音太吵了。由於妹妹房間的暖氣故障了，所以要求哥哥回他的房間開暖氣看電視，這樣就可以解決困擾了。

» 因此，哥哥接下來要做的事除了「自分（じぶん）の部屋（へや）でテレビをみる／回自己房裡看電視」，同時也會打開房間的暖氣。

再聽一次對話內容 track 1-20

1　テレビを見（み）るのをやめる
2　テレビの音（おと）をイヤホーンで聞（き）く
3　自分（じぶん）の部屋（へや）の暖房（だんぼう）をつける
4　自分（じぶん）の部屋（へや）で勉強（べんきょう）する

先聽一次考題 track 1-21

單字

空く（飢餓）
甘い（甜的）
～ちゃん（〈表親暱稱謂〉小…，表示親愛〈「さん」的轉音〉）

日文對話與問題

お母さんが子どもに電話をしています。お母さんは何を買って帰りますか。

F：もしもし、光ちゃん？今、スーパーにいるんだけど、お昼に何か買って帰りましょうか。

M：うん、買ってきて。僕、おなかがすいたよ。パンがいいな。

F：どんなパン？甘いのがいい？甘くないのがいい？

M：甘くないのがいいな。

F：じゃ、サンドイッチにする？

M：そうだなあ。それより、ハンバーグが入っている丸いのがいいな。それを２個ね。

F：はい、はい。じゃ、買ったらすぐ帰ります。

M：あ、それから飲み物もお願い。コーヒーじゃなくて紅茶がいいな。

F：はーい。

お母さんは何を買って帰りますか。

02 對話與問題中譯

媽媽和孩子正在通電話。請問這位媽媽會買什麼東西回家呢？

F：喂，小光嗎？媽媽正在超市裡，買點什麼回家當午餐好嗎？

M：嗯，快買回來，我好餓哦！買麵包好了。

F：哪種麵包？你想吃甜的？還是不甜的？

M：買不甜的好了。

F：那買三明治囉？

M：我想一下……比較想吃夾漢堡排的圓圓的那種。我要2個喔。

F：好好好，買完馬上回家。

M：喔，拜託順便買飲料。不要咖啡，紅茶好了。

F：知道囉。

請問這位媽媽會買什麼東西回家呢？

03 攻略的要點　答案：1

» 先快速瀏覽4張圖，知道是問物的題目，並在腦中浮現「サンドイッチ」、「コーヒー」、「紅茶(こうちゃ)」等詞彙，邊聽邊在圖片旁記下筆記或刪除被否定的選項。

» 媽媽問「サンドイッチにする？／買三明治好嗎？」兒子回答「それより、ハンバーグが入(はい)っている丸(まる)いのがいいな。それを二(ふた)つね／我比較想吃有漢堡肉的那種圓麵包，要兩個喔！」至於飲料則指定「コーヒーじゃなくて紅茶(こうちゃ)がいいな／不要咖啡，要紅茶」。

再聽一次對話內容 track 1-21

1 もんだい 翻譯與解題 第21題

先聽一次考題 track 1-22

1 午前9時
2 午前8時30分
3 午後2時30分
4 午前11時30分

單字

日（天，日子）
大学（大學）
休み（休息）
別（別外，別的）
講義（講義；上課）

日文對話與問題

母親と大学生の息子が話しています。息子は今日、何時に出かけますか。

F：あら、今日は朝から授業がある日でしょう？

M：うん、火曜日は9時から授業があるよ。

F：じゃあ、早く出かけないと遅れるよ。大学まで30分はかかるでしょ？

M：でも今日の講義は、先生が病気だからお休みなんだ。

F：そう、じゃあ、今日は午後から出かけるのね。3時からまた別の講義があると言っていたから。

M：うん。でもね、12時に大学の食堂でリカちゃんと会う約束なんだよ。

F：まあ。

息子は今日、何時に出かけますか。

02 對話與問題中譯

母親和就讀大學的兒子正在交談。請問兒子今天將於幾點出門呢？

F：咦，你今天不是一早就有課嗎？

M：嗯，星期二9點有課啊。

F：那還不趕快出門，要遲到囉。到學校得花30分鐘吧？

M：可是今天因為老師生病，所以停課一次。

F：哦，那你今天下午才出門吧。之前說過3點以後有另一堂門課。

M：嗯。不過我12點和里佳約在校園餐廳碰面。

F：這樣呀。

請問兒子今天將於幾點出門呢？

1　上午9點。
2　上午8點30分。
3　下午2點30分。
4　上午11點30分。

03 攻略的要點　答案：4

» 時間題有時會讓讀者計算或推算，所以一定要做筆記。

» 星期二是從9點開始上課，但今天停課；下午3點有另一堂課，但在上課前和理香約好12點先在學校餐廳吃飯。這裡尚需留意去學校要花30分鐘。

再聽一次對話內容　track 1-22

1　午前（ごぜん）9時（じ）
2　午前（ごぜん）8時（じ）30分（ぷん）
3　午後（ごご）2時（じ）30分（ぷん）
④　午前（ごぜん）11時（じ）30分（ぷん）

先聽一次考題 track 1-23

單字

挨拶（寒暄；致詞；拜訪）

～てくる（…來）

君（您；你〈男性對同輩以下的親密稱呼〉）

髭（鬍鬚）

優しい（優美的，溫柔，體貼）

いってらっしゃい（慢走，好走）

日文對話與問題

パーティー会場で男の人と女の人が話しています。男の人は、どの人にあいさつしますか。

M：きみ、A社の社長の谷口さんを知っているそうだね？ごあいさつしたいんだけど、どの人？

F：あそこのテーブルにいらっしゃいますよ。ほら、黒い上着を着ている人ですよ。

M：ひげがある人？

F：いえ、あの人じゃありません。えーと、もっと左のほうの眼鏡をかけている人です。

M：ああ、わかった。やさしそうな人だね。じゃ、あいさつしてくるよ。

F：はい。いってらっしゃい。

男の人は、どの人にあいさつしますか。

02 對話與問題中譯

男士和女士正在派對會場上交談。請問這位男士會與哪一位打招呼呢？

M：妳說妳認得 A 公司的谷口社長吧？我想和他打聲招呼，是哪一位啊？

F：社長在那一桌。就是穿著黑色外衣的那位。

M：蓄著鬍子的那位？

F：不是，不是那位。嗯……再左邊一點戴著眼鏡的那一位。

M：喔，知道了。看起來人很和善呢。那麼，我過去打聲招呼。

F：好的，請慢走。

請問這位男士會與哪一位打招呢？

03 攻略的要點　答案：2

» 先快速瀏覽 4 張圖，知道這是問人物的題目，並在腦中浮現「眼鏡」、「ひげ」、「黒」、「白」等詞彙，4 人排列的位置也很重要。

» 因為對話中提到「黒い上着を着ている人／穿黑西裝的人」以及「眼鏡をかけている人／戴眼鏡的人」，可知答案。

其他選項

4 是「ひげがある人／有鬍子的人」。

1 もんだい　翻譯與解題　第23題

先聽一次考題　track 1-24

1　午前中、山中歯医者に行く
2　午後、大月歯医者に行く
3　来週、大月歯医者に行く
4　午後、山中歯医者に行く

單字

痛い（痛的）

～ても、でも（即使…也）

いらっしゃる（來，去，在〈尊敬語〉）

取る（拿取〈預約〉）

日文對話與問題

女の人と男の人が話しています。男の人はいつ、なんという歯医者に行きますか。

F：下田さん、朝早くどちらへいらっしゃるのですか。

M：歯医者さんです。昨日から歯が痛いので、今度新しくできた山中という歯医者に行ってみようと思っているのです。

F：ああ、その歯医者さんでしたら、駅のそばですが、月曜日は午後からですよ。今日は月曜日ですよ。

M：えっ、困ったな。家の近くの大月という歯医者は、予約をしておかないとだめなんですよ。今すぐに電話をしても、来週にならないと予約が取れないのです。

F：では、明日まで待って山中さんに行ったらどうですか。

M：明日までは、痛くて待てません。そうだ、午前中待って、午後行くことにしよう。

男の人はいつ、なんという歯医者に行きますか。

02 對話與問題中譯

女士和男士正在交談。請問這位男士會在什麼時候到哪家牙科診所就醫呢？

F：下田先生，您一大早要去哪裡呢？

M：去看牙醫。從昨天起就鬧牙疼，正打算去最近開幕的山中牙科看看。

F：哦，您說的那家牙科就在車站旁邊，星期一要下午才有診。今天恰好是星期一喔。

M：欸，真傷腦筋。我家附近的大月牙科得先預約才行。就算現在馬上打電話，最快也只能約到下星期了。

F：那……要不要等明天再去山中牙科？

M：實在疼得沒法等到明天了。對了，上午忍一忍，下午再去吧。

請問這位男士會在什麼時候到哪家牙科診所就醫呢？

1　上午去山中牙醫。　　2　下午去大月牙醫。
3　下週去大月牙醫。　　4　下午去山中牙醫。

03 攻略的要點　答案：4

» 先看選項，知道本題要同時留意時間和地點。

» 對話中提到，山中牙醫師週一要下午才看診，大月牙醫師只能預約下週的門診。從男士的最後一句話「午前中（ごぜんちゅう）待（ま）って、午後（ごご）行（い）くことにしよう／早上先等一等，下午再過去吧」可以知道正確答案是選項4的「午後山中（ごごやまなか）歯医者（はいしゃ）に行（い）く／下午去找山中牙醫師」。

再聽一次對話內容 track 1-24

1 午前中（ごぜんちゅう）、山中（やまなか）歯医者（はいしゃ）に行（い）く
2 午後（ごご）、大月（おおつき）歯医者（はいしゃ）に行（い）く
3 来週（らいしゅう）、大月（おおつき）歯医者（はいしゃ）に行（い）く
④ 午後（ごご）、山中（やまなか）歯医者（はいしゃ）に行（い）く

1 もんだい　翻譯與解題　第 24 題

先聽一次考題　track 1-25

1 

2

3 

4 

單字

最後（最後）

ございます（有）

唯今・只今（現在；馬上，剛才）

お～いたす、ご～いたす（我為您〈們〉做…）

日文對話與問題

レストランで客がお店の人と話しています。お店の人はどうしますか。

F：すみません。

M：はい。お食事がお済みになりましたら最後にケーキはいかがですか。おいしいケーキがございますよ。

F：いえ、もう今日はおなかいっぱいです。お水をもらえますか。

M：コーヒーや紅茶もございますが。

F：いえ、薬を飲むためのお水がほしいんです。

M：失礼しました。ただいまお持ちいたします。

お店の人はどうしますか。

02 對話與問題中譯

顧客正在餐廳和店裡的服務生交談。請問這位服務生接下來要做什麼呢？

F：麻煩一下……

M：您好。如果已經用完餐，最後要不要點塊蛋糕呢？我們有很好吃的蛋糕喔。

F：不用了，今天吃得很飽了。可以給我一杯水嗎？

M：我們也有咖啡和紅茶。

F：不用了，我要吃藥，得配水。

M：真是不好意思，馬上為您送過來。

請問這位服務生接下來要做什麼呢？

03 攻略的要點

答案：1

» 先快速瀏覽４張圖，留意男士的動作並在腦中浮現「お茶（ちゃ）」、「水（みず）」、「ケーキ」、「コーヒー」等詞彙，並邊聽邊刪除被否定的選項。

» 因為對話中提到「お水（みず）をもらえますか／可以給我一杯水嗎？」、「薬（くすり）を飲（の）むためのお水（みず）が欲（ほ）しいんです／我要吃藥，需要開水」。

再聽一次對話內容 track 1-25

第 25 題

track 1-26

答え
①②③④

第 26 題

track 1-27

1 4175

2 4715

3 4517

4 4571

答え
①②③④

第27題

track 1-28

1 冷(つめ)たい　こうちゃ

2 熱(あつ)い　こうちゃ

3 冷(つめ)たい　こうちゃと　ケーキ

4 ケーキ

答え
①②③④

第28題

track 1-29

答え
①②③④

第 29 題

track 1-30

1 南大山(みなみおおやま)アパート

2 南大川(みなみおおかわ)アパート

3 北大山(きたおおやま)アパート

4 東大山(ひがしおおやま)アパート

答え
①②③④

第 30 題

track 1-31

1 21 日(にち)から　23 日(にち)まで

2 21 日(にち)から　25 日(にち)まで

3 22 日(にち)から　24 日(か)まで

4 23 日(にち)から　25 日(にち)まで

答え
①②③④

第31題

track 1-32

1 あおの　かみと　しろの　かみ

2 きいろの　かみと　あかの　かみ

3 あかの　かみと　しろの　かみ

4 きいろの　かみと　あおの　かみ

答え
①②③④

第32題

track 1-33

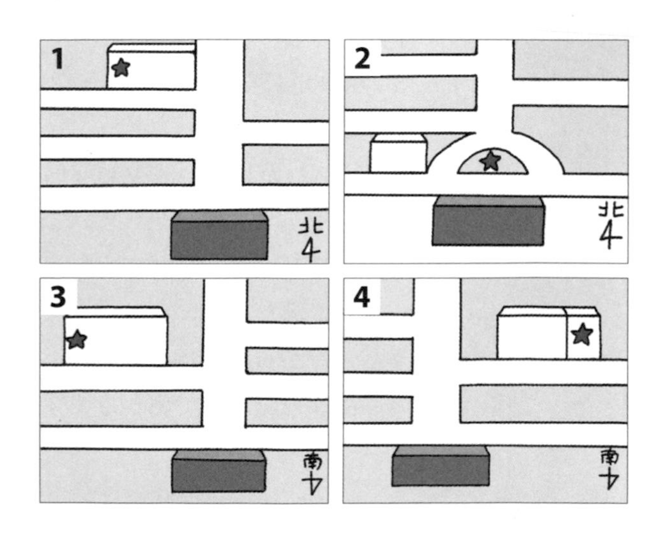

答え
①②③④

先聽一次考題 track 1-26

1

2

3

4

單字

本当（真實）

要る（需要）

青い（綠，藍）

帰り（回來；回家途中）

日文對話與問題

女の人とおじいさんが話しています。おじいさんはどんな服で出かけますか。

F：おはよう。今日はいい天気ね。

M：おはよう。ほんとに春のようだね。友達に会うからもうすぐ出かけるけど、今日は冬のコートがいらないくらいだね。何を着ていこう。

F：この前の日曜日に着ていた青いシャツはどう？

M：でも、あれだけでは、少し寒いと思うよ。帰りは夕方になるし。そうだ、あのシャツの上にセーターを着ていこう。

F：ネクタイはしないの？

M：うん、昔からの友達だからね。

おじいさんはどんな服で出かけますか。

02 對話與問題中譯

女士和爺爺正在交談。請問這位爺爺會穿什麼衣服出門呢？

F：早，今天天氣不錯哪！

M：早，真像春天來了呢！ 我正要出門找朋友，看來今天用不著冬季大衣了，該穿什麼才好哩？

F：上個星期天穿過的藍色襯衫可以嗎？

M：可是只穿那件似乎有些單薄，回家的時候都已經傍晚了。對啦，在那件襯衫外面再加件毛衣好了。

F：不繫領帶嗎？

M：嗯，老朋友了，不需要。

請問這位爺爺會穿什麼衣服出門呢？

03 攻略的要點　答案：2

» 先快速瀏覽４張圖，推測題目會詢問穿著的問題，並在腦中浮現「コート」、「シャツ」、「セーター」等詞彙，並邊聽邊在圖片旁記下筆記或刪除被否定的選項。

» 爺爺說「冬(ふゆ)のコートがいらないくらいだね／不需要穿冬天的大衣了呢」，並且對於女士說的「～青(あお)いシャツはどう？／穿藍色襯衫怎麼樣？」，爺爺回答「あのシャツの上(うえ)にセーターを着(き)ていこう／穿上那件襯衫後再加一件毛衣吧」。

» 穿上襯衫後再加毛衣的是選項２。

再聽一次對話內容 track 1-26

1　2　3　4

先聽一次考題 track 1-27

1　4175
2　4715
3　4517
4　4571

單字

ページ【page】（頁）

直す（修理；改正；治療）

書く（書寫）

正しい（正確）

日文對話與問題

男の人と女の人が話しています。女の人は、番号をどう直しますか。

M：すみませんが、5ページの番号を直していただけますか。

F：はい。5ページには 4175 と書いてありますが、まちがっているのですか。

M：はい。正しい番号は 4715 なのです。

F：えっ、4517 ？

M：いいえ、4715 です。

F：ああ、1と7がちがうのですね。

M：はい、そうです。お願いします。

女の人は、番号をどう直しますか。

02 對話與問題中譯

男士和女士正在交談。請問這位女士希望如何更正數字呢？

M：不好意思，可以麻煩您幫我修改第 5 頁的數字嗎？

F： 好的。第 5 頁上面寫的是 4175，請問寫錯了嗎？

M：對，正確的數字應該是 4715。

F： 咦，您說 4517 ？

M：不，是 4715。

F：哦，是 1 和 7 寫反了。

M：對，就是這樣。麻煩您了。

請問這位女士希望如何更正數字呢？

1　4175。
2　4715。
3　4517。
4　4571。

03 攻略的要點　答案：2

» 先迅速預覽試卷上的 4 組數子，並要聽準數量或號碼，一定要邊聽邊記下號碼。正確號碼是4715。

» 這題「えっ、4517？」「いいえ、4715です。」是常見的干擾句型，記起來下次就不會再掉進陷阱。

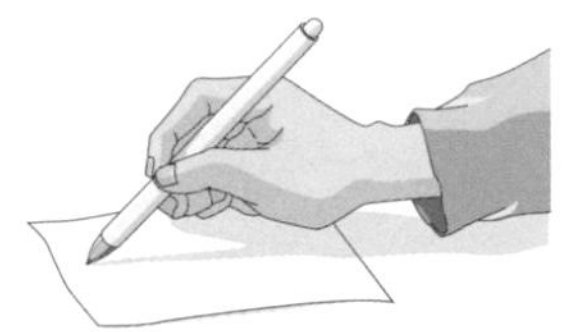

1　4175
(2)　4715
3　4517
4　4571

先聽一次考題 track 1-28

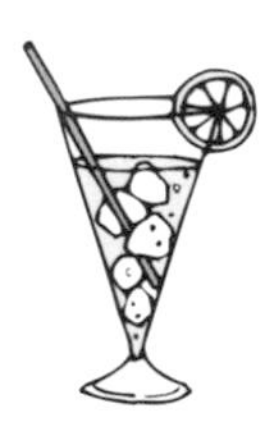

1 冷たいこうちゃ
2 熱いこうちゃ
3 冷たいこうちゃとケーキ
4 ケーキ

單字

戻る（回來）
美味しい（好吃）
一緒（一起）
結構（充分）
お～ください、ご～ください（請…）

日文對話與問題

女の子が家に来たお客さんと話しています。女の子は、お客さんに何を出しますか。

F：母はもうすぐ戻りますので、しばらくお待ちください。コーヒーか紅茶はいかがですか。
M：それでは、紅茶をお願いします。
F：ちょうどおいしいケーキがありますが、いっしょにいかがですか。
M：ありがとう。飲み物だけでけっこうです。
F：わかりました。暑いので、冷たいものをお持ちします。

女の子は、お客さんに何を出しますか。

02 對話與問題中譯

女孩和來家中拜訪的客人正在交談。請問這個女孩將為來客送上什麼飲料呢？

F：我媽媽很快就回來了，請稍待一下。請問要不要喝點咖啡或紅茶呢？

M：那麼，請給我紅茶。

F：家裡剛好有好吃的蛋糕，給您配個茶點好嗎？

M：謝謝，只要飲料就夠了。

F：好的。天氣熱，為您送上冰涼的茶。

請問這個女孩將為來客送上什麼飲料呢？

1　冰紅茶。　　2　熱紅茶。　　3　冰紅茶和蛋糕。　　4　蛋糕。

03 攻略的要點　答案：1

» 先看選項並留意相異的地方，並邊聽邊刪除被否定的選項。

» 對於女孩問「コーヒーか紅茶はいかがですか／需要咖啡或紅茶嗎？」，客人回答「紅茶をお願いします／麻煩給我紅茶」。女孩又問「おいしいケーキがありますが、いっしょにいかがですか／家裡有好吃的蛋糕，要一起吃嗎？」，客人回答「ありがとう、飲み物だけでけっこうです／謝謝，只要飲料就好了」。

» 女孩說「（今日は）暑いので、冷たいもの（冷たいお茶）をお持ちします／（今天）真熱，我去為您端冷飲（冰涼的飲料）來」。

»「けっこうです／就好了」是客氣地拒絕說法。

» 可以把「ありがとう、飲み物だけでけっこうです／謝謝，只要飲料就好了」想成是在「けっこうです／就好了」之前加上逆接的「でも／可是」。

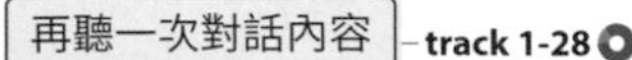

1　冷たいこうちゃ
2　熱いこうちゃ
3　冷たいこうちゃとケーキ
4　ケーキ

1 もんだい　翻譯與解題　第 28 題

先聽一次考題　track 1-29

1

2

3

4

單字

ちょっと（一會兒）

上がる（〈從水中〉出來）

飲む（喝）

おつまみ（下酒菜，小菜）

出す（拿出）

日文對話與問題

お母さんが電話で家にいる男の子と話しています。男の子はお父さんに何をしてあげますか。

Ｆ：翔太？お母さんだけど、お父さんはもう仕事から帰ってきた？

Ｍ：うん、15 分ぐらい前に。

Ｆ：そう。翔ちゃん、お風呂の用意をしてあげてね。

Ｍ：うん、お父さん、もうお風呂に入ってるよ。

Ｆ：あ、そう。お母さんはあと 30 分くらいで家に帰るから、夕ご飯はちょっと待っててね。

Ｍ：わかった。あ、お父さん、もうお風呂から上がってお酒飲もうとしているよ。

Ｆ：あらあら。じゃあ、冷蔵庫におつまみがあるから、出してあげて。

男の子はお父さんに何をしてあげますか。

02 對話與問題中譯

媽媽正在和待在家裡的男孩通電話。請問這個男孩將為爸爸做什麼事呢？

F：翔太？我是媽媽，爸爸下班回來了嗎？

M：嗯，15 分鐘前回來了。

F：這樣呀。小翔，要幫爸爸放洗澡水喔。

M：嗯，爸爸已經在浴室了。

F：哦，是喔。媽媽再 30 分左右就到家了，晚飯再等一下下喔。

M：好。啊，爸爸洗完澡出來了，正要喝酒耶。

F：哎，真性急。那麼，冰箱裡有下酒菜，拿出來給爸爸喔。

請問這個男孩將為爸爸做什麼事呢？

03 攻略的要點　答案：3

» 先快速瀏覽 4 張圖，留意男孩的動作並在腦中浮現「肩(かた)をもむ」、「お風呂(ふろ)」、「夕(ゆう)ご飯(はん)」等詞彙，並邊聽邊刪除被否定的選項。

» 媽媽說「冷蔵庫(れいぞうこ)におつまみがあるから、だしてあげて／冰箱裡有下酒菜，把它拿出來吧」。

»「おつまみ／下酒菜」是喝酒時配的簡易小菜。

選項

1 對話提到「夕(ゆう)ご飯(はん)はちょっと待(ま)っててね／晚飯再等一下下喔」。

2 對話提到爸爸「もうお風呂(ふろ)に入(はい)ってる／已經去泡澡了」。

4 對話中並沒有提到關於「肩(かた)を揉(も)む／揉肩膀」，意思接近「肩(かた)をたたく／捶肩膀」。

再聽一次對話內容 track 1-29

先聽一次考題 track 1-30

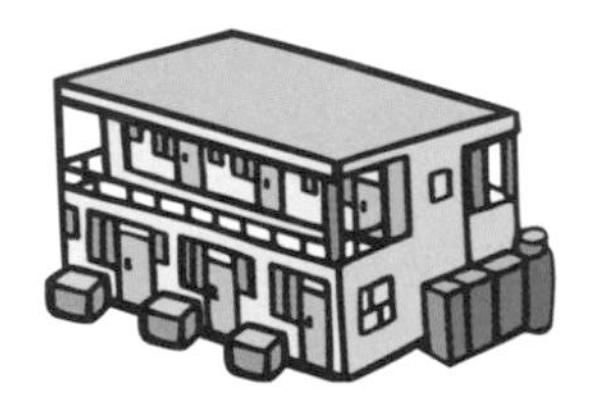

1　南大山アパート
2　南大川アパート
3　北大山アパート
4　東大山アパート

單字

住所（地址）
～目（第～）
移る（遷移；轉移；推移；傳染）
アパート【apartment house 之略】（公寓）
～という（叫做…）

日文對話與問題

女の人と男の人が話しています。女の人はアパートの名前をどう書きますか。

F：横田さんにはがきを出したいんだけど、住所、わかりますか。引っ越したんですよね。

M：うん。でも、前の家の近くだそうだよ。今まで２丁目に住んでいたけど、３丁目に移ったんだ。３丁目１の 12 だよ。

F：そうですか。アパートの名前はなんというのですか。

M：「みなみおおやまアパート」というそうだよ。「みなみ」は、ひがし・にし・みなみ・きたのみなみ。「おおやま」は、大きい山と書くんだ。

F：ああ、わかりました。こうですね。

M：それは、「みなみ」ではなくて「ひがし」でしょう。

F：あ、そうか。

M：そこの 203 号室ね。

女の人はアパートの名前をどう書きますか。

02 對話與問題中譯

女士和男士正在交談。請問這位女士是怎麼寫公寓名稱的呢？

F：我想寄明信片給橫田先生，你知道住址嗎？聽說他搬家了。

M：嗯，好像就在前一個家的附近而已。之前住在 2 丁目，現在搬去 3 丁目了。是 3 丁目 1 之 12。

F：是哦。公寓名稱是什麼呢？

M：聽說是「南大山公寓」。「南」是東西南北的南，「大山」就是一座大山的大山。

F：喔，明白了。這樣對吧？。

M：妳寫的不是「南」，而是「東」呀！

F：啊，對喔。

M：是那裡的 203 室。

請問這位女士是怎麼寫公寓名稱的呢？

1　南大山公寓。　　2　南大川公寓。
3　北大山公寓。　　4　東大山公寓。

03 攻略的要點　答案：1

» 先看選項並比較相同、相異處，然後專注於聆聽對話。

» 對話中提到「みなみおおやまアパート／南大山公寓」、「みなみは、ひがし・にし・みなみ・きたのみなみ／南是東西南北的南」、「おおやまは大(おお)きい山(やま)と書(か)く／大山的寫法是很大的山」。

» 女士回答「分(わ)かりました。こうですね／我明白了，是這樣吧」，但是寫好後給對方看的卻錯寫成「東大山(ひがしおおやま)」，是混淆考生的陷阱。

再聽一次對話內容　track 1-30

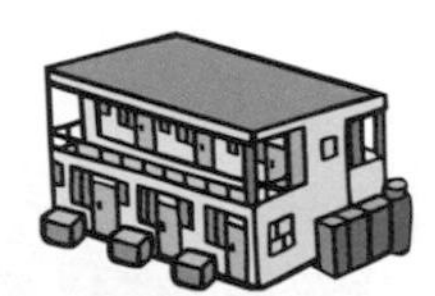

① 南大山(みなみおおやま)アパート
2　南大川(みなみおおかわ)アパート
3　北大山(きたおおやま)アパート
4　東大山(ひがしおおやま)アパート

1 もんだい　翻譯與解題　第 30 題

先聽一次考題 track 1-31

1　21 日から 23 日まで
2　21 日から 25 日まで
3　22 日から 2 4 日まで
4　23 日から 25 日まで

單字

あなた（你）
行く（去）
次（下次）
～までに（到…時候為止）

日文對話與問題

女の人と男の人が話しています。二人は何日から何日まで旅行に行きますか。

F：旅行、いつから行くことにしますか。あなたの会社のお休みはいつから？

M：今月の 18 日から 27 日までだよ。

F：私は 20 日から 1 週間。

M：3 日間くらい、どこか涼しいところに行こうよ。

F：そうしましょう。土曜日と日曜日は旅行のお金が高いからやめましょうよ。

M：そうだね。21 日は土曜日だから、じゃあ、次の月曜日から水曜日までにしよう。

F：そうしましょう。

二人は何日から何日まで旅行に行きますか。

02 對話與問題中譯

女士和男士正在交談。請問兩人將在哪一段期間去旅行呢？

F：旅行，我們要什麼時候去呢？你們公司從什麼時候開始放假？

M：從這個月的 18 號休到 27 號啊。

F：我是從 20 號開始休一星期。

M：找個涼爽的地方，去度個 3 天假期吧。

F：就這麼決定！不要挑週六和週日，週末旅行比較花錢。

M：說得也是。21 號是週六，那就選在隔週的週一到週三吧。

F：就這樣決定囉！

請問兩人將在哪一段期間去旅行呢？

1　21 日到 23 日。
2　21 日到 25 日。
3　22 日到 24 日。
4　23 日到 25 日。

03 攻略的要點　答案：4

» 先看選項，並快速在腦中浮出日期的念法。這題沒有直接說出日期，需要考生邊作筆記邊推算。

» 對話中提到「21日（にち）は土曜日（どようび）だから～、次（つぎ）の月曜日（げつようび）から水曜日（すいようび）までにしよう／21日是星期六…，那我們訂在下個週一到週三吧！」。

» 21日是星期六，因此可知23日是星期一。

再聽一次對話內容　track 1-31

1　21日（にち）から23日（にち）まで
2　21日（にち）から25日（にち）まで
3　22日（にち）から24日（にじゅうよっか）まで
4　23日（にち）から25日（にち）まで

先聽一次考題 track 1-32

1 あおのかみとしろのかみ
2 きいろのかみとあかのかみ
3 あかのかみとしろのかみ
4 きいろのかみとあおのかみ

單字

色（顏色）
吸う（吸入）
禁煙席（禁煙席，禁煙區）
喫煙席（吸煙席，吸煙區）
呼ぶ（喊叫）

日文對話與問題

食堂で女の人と係の人が話しています。女の人は何色と何色の紙を取りますか。

F：食事はしないで、飲み物だけ飲みたいのですが、いいですか。

M：はい。飲み物だけのかたは青の紙を、食事をするかたは赤の紙を取ってお待ちください。おタバコはお吸いになりますか。

F：いいえ、吸いません。

M：禁煙席は白の紙ですので、白の紙を取ってお持ちください。お呼びしますので、しばらくお待ちください。

F：この黄色の紙はなんですか。

M：それは喫煙席のためのものです。

女の人は何色と何色の紙を取りますか。

02 對話與問題中譯

女士和接待人員正在餐廳裡交談。請問這位女士拿取哪兩種顏色的紙呢？

F：請問可以不用餐，只點飲料嗎？

M：可以。只點飲料請用藍色的紙，要用餐請拿紅色的紙，並請稍待片刻。請問抽菸嗎？

F：沒有，我不抽菸。

M：禁菸區是白紙，請拿白色的紙。敬請稍等片刻，我們將為您帶位。

F：這種黃色的紙是做什麼用的？

M：那是給吸菸區顧客使用的。

請問這位女士拿取哪兩種顏色的紙呢？

1　藍單和白單。　　2　黃單和紅單。

3　紅單和白單。　　4　黃單和藍單。

03 攻略的要點　答案：1

» 先看選項，可以列出選項中出現的所有顏色，準備邊聽邊作筆記。

» 女士說「食事はしないで、飲み物だけ／不用餐，只喝飲料」，又在店員詢問「おタバコはお吸いになりますか／請問您抽菸嗎」時回答「いいえ、吸いません／不，不抽」。於是店員說「飲み物だけの方は青の紙／飲料單是藍色的紙」、「禁煙席は白の紙／非吸菸區請拿白色的紙」。

» 「禁煙席／禁菸區」是為不抽菸的顧客而設置的座位。

» 「喫煙席／吸菸區」是給抽菸的顧客的座位。

» 「おタバコ／香菸」、「お吸いになる／吸」等等是鄭重的說法，請特別注意。

再聽一次對話內容

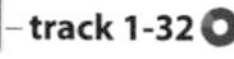

1　あおのかみとしろのかみ

2　きいろのかみとあかのかみ

3　あかのかみとしろのかみ

4　きいろのかみとあおのかみ

先聽一次考題 track 1-33

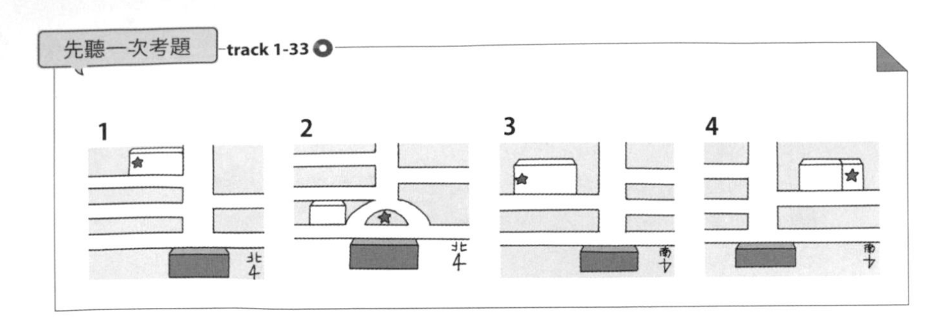

單字

警官（警察；巡警）

出来る（完成；能夠）

少し（一點點）

通り（道路，街道）

用事（有事）

テニスコート【tennis court】（網球場）

日文對話與問題

駅前で、警官が女の人と話しています。女の人は、どこに駐車しますか。

M：そこには駐車できません。別な場所に駐車してください。

F：そうですか。近くに駐車場はありますか。

M：少し遠いですが、駅を出て大通りを北の方にまっすぐ行くと、左に郵便局があります。その郵便局の駐車場は、無料ですよ。

F：ああ、でも、私は、駅の南側に用事があるのです。

M：では、この大通りを南に進み、右に曲がってしばらく行くと、左にテニスコートがあります。その隣に駐車場があります。やはり、無料です。

F：わかりました。ありがとうございます。

女の人は、どこに駐車しますか。

02 對話與問題中譯

員警和女士正在車站前方交談。請問這位女士會把車子停在什麼地方呢？

M：那裡不能停車，請停到別的地方。

F：這樣呀。請問這附近有停車場嗎？

M：雖然有點遠，不過出了車站沿著大馬路往北直走，左手邊有間郵局。那間郵局的附設停車場是免費的。

F：哦。可是，我要到車站的南側辦點事。

M：這樣的話，沿著這條大馬路朝南走，右轉後繼續往前開一段路，左方有一座網球場。那座球場旁邊也有停車場，同樣不收費。

F：好的，感謝您！

請問這位女士會把車子停在什麼地方呢？

03 攻略的要點　答案：4

» 先快速瀏覽４張圖，並比較相同、相異處。這題前面的對話是用來干擾考生的，因此考生必須專注聆聽到最後都不可鬆懈。

»「駅の南側／車站南邊」的是選項３和４。因為對話中提到「この大通りを南に進み、右に曲がって～行くと、左にテニスコートがあります／沿著這條大街往南方走，然後右轉…再往前走，左邊就是個網球場」所以答案是選項４。選項３是在大街上往左轉，所以不正確。

再聽一次對話內容 track 1-33

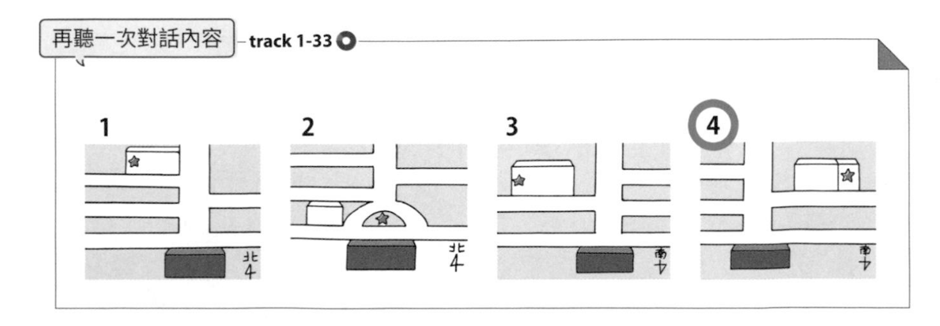

第33題

track 1-34

1 つぎの　えきまで　でんしゃに　のり、つぎに　バスに　のる

2 タクシーに　のる

3 しんごうまで　あるいてから　バスに　のる

4 ちずを　みながら　あるいて　いく

答え
①②③④

第34題

track 1-35

答え
①②③④

第 35 題

track 1-36

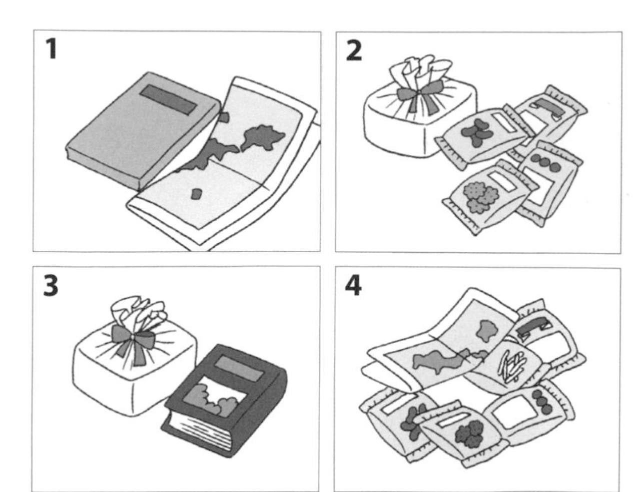

答え
①②③④

第 36 題

track 1-37

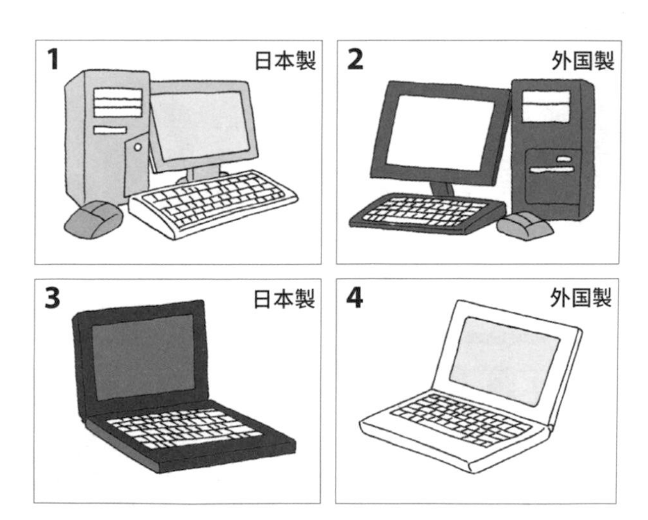

答え
①②③④

第 37 題

track 1-38

1 テストの　べんきょうを　する

2 みんなに　メールを　する

3 おんなの　がくせいに　でんわを　する

4 みんなに　でんわを　する

答え
①②③④

第 38 題

track 1-39

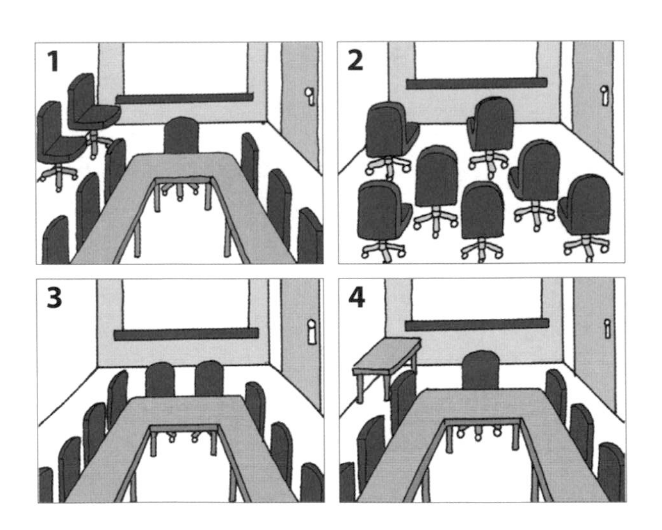

答え
①②③④

第39題

track 1-40

1　としょかんに　かえす

2　家(いえ)で　ひとりで　きく

3　のむらくんに　わたす

4　のむらくんと　いっしょに　きく

答え
①②③④

第40題

track 1-41

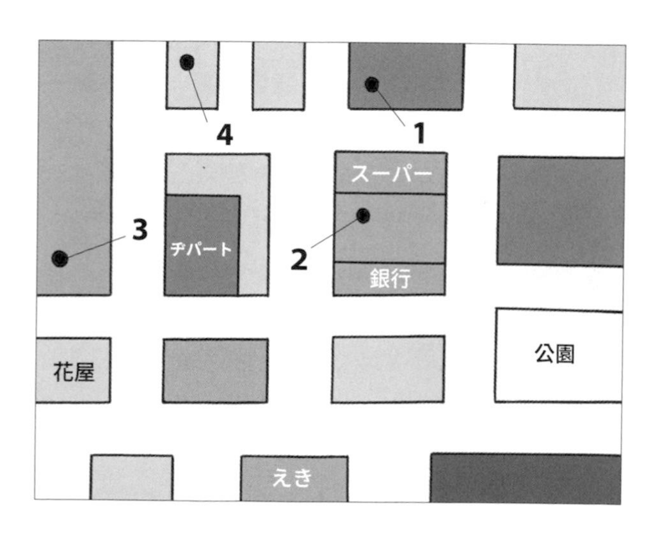

答え
①②③④

先聽一次考題 track 1-34

1 つぎのえきまででんしゃにのり、つぎにバスにのる

2 タクシーにのる

3 しんごうまであるいてからバスにのる

4 ちずをみながらあるいていく

單字

美術館（美術館）

降りる（降；下來；下車；退位）

あまり（過於）

信号（紅綠燈）

歩く（步行）

ながら（一邊…，同時…）

日文對話與問題

駅前で、女の人と男の人が話しています。女の人は、何で美術館に行きますか。

F：すみませんが、美術館に行くには、どうしたらよいでしょうか。

M：いくつか行き方がありますよ。まず、この駅から電車に乗り、次の駅で降りてバスに乗ると美術館の前に着きます。または、この駅前から、タクシーで行くこともできますよ。

F：お金をあまり使いたくないのです。

M：じゃあ、信号のところまで歩いて、そこから美術館行きのバスに乗るといいですよ。

F：そうですか。ここから美術館まで歩くと、どのくらい時間がかかりますか。

M：30分ぐらいかかります。美術館への地図はありますよ。

F：ああ、じゃあ、地図を見ながら行きます。ありがとうございました。

女の人は、何で美術館に行きますか。

02 對話與問題中譯

女士和男士正在車站前交談。請問這位女士要用什麼方式前往美術館呢？

F：不好意思，請問美術館怎麼去呢？

M：有幾種方式都可以到。第一種，在這個車站搭乘電車，到下一站轉乘巴士就會到達美術館門口了；或者也可以從前站這邊搭計程車去。

F：我不太想花錢。

M：那麼，可以走到前面的紅綠燈那裡，再轉搭開往美術館的巴士。

F：是哦。如果從這裡走到美術館，需要多久呢？

M：大約 30 分鐘。這邊有地圖教您如何前往美術館。

F：喔，那我按照地圖走過去。謝謝您。

請問這位女士要用什麼方式前往美術館呢？

1　搭電車到下一站，再轉搭巴士。
2　坐計程車。
3　走到紅綠燈，再轉搭巴士。
4　看著地圖走過去。

03 攻略的要點　答案：4

» 先看選項推測考題是問交通方式，並邊聽邊刪除被否定的選項。

» 女士說「ここから美術館（びじゅつかん）まで歩（ある）くと、どのくらい時間（じかん）がかかりますか／從這裡走到美術館需要多少時間？」、「～じゃあ、地図（ちず）を見（み）ながら行（い）きます／…那麼我看著地圖走過去」，可知正確答案是選項４。

再聽一次對話內容 track 1-34

1　つぎのえきまででんしゃにのり、つぎにバスにのる
2　タクシーにのる
3　しんごうまであるいてからバスにのる
4　ちずをみながらあるいていく

先聽一次考題 track 1-35

單字

食べる（吃）

だから（因此）

～なければならない（必須…、應該…）

一番（第一、最…）

多い（多的）

日文對話與問題

会社で、男の人と女の人が話しています。二人は、どこで昼ご飯を食べますか。

M：12 時だ。昼ご飯を食べに会社のそばの店に行こうよ。

F：どこの店も、今いっぱいだから時間がかかるよ。それに、午後すぐにお客さんが来るそうだから、1 時には会社に戻らなければならないし。

M：そうか。じゃあ、会社の食堂で食べる？食堂だとお茶もあるよ。

F：会社の食堂も今が一番人が多いと思う。この部屋でお弁当を食べようよ。

M：そうだね。じゃあ、ぼくがお弁当とお茶を買ってくるよ。

F：お願いします。

二人は、どこで昼ご飯を食べますか。

02 對話與問題中譯

男士和女士正在公司裡交談。請問兩人會在什麼地方吃午餐呢？

M：12 點了，去公司旁的餐廳吃午餐吧！

F：這時候不管哪家餐廳都是人，要排很久。而且下午馬上又有客人要來，1點前不回公司不行。

M：這樣啊，那要去員工餐廳吃嗎？那裡還有免費的茶可以喝。

F：我猜員工餐廳現在應該是最擠的時段。我們還是在這個房間吃便當吧。

M：說得也是。那我去買便當和茶回來。

F：麻煩你了。

請問兩人會在什麼地方吃午餐呢？

03 攻略的要點

答案：2

» 先看選項，推測問題是問某個場所，並邊聽邊刪除被否定的選項。

» 女士說「この部屋（へや）でお弁当（べんとう）を食（た）べようよ／在這間房間吃便當吧！」，男士回答「そうだね／就這麼辦」。這個房間是指公司裡的會議室。

再聽一次對話內容 track 1-35

1
もんだい

翻譯與解題　第 35 題

先聽一次考題　track 1-36

1

2

3

4

單字

入れる（裝進）

包む（包住，包起來）

～まま（如實，照舊；隨意）

全部（全部）

～てしまう（…了）

薄い（薄的）

日文對話與問題

男の人と女の人が、旅行の準備をしています。男の人は、自分のかばんに何を入れますか。

M：おばさんへのおみやげは、僕のかばんに入れておくよ。

F：ああ、おみやげは紙で包んで、私のかばんに入れますので、そのままそこに置いてください。それより、地図やそこのお菓子を全部、あなたのかばんに入れてくださいね。

M：でも、お菓子を全部入れると、僕のかばんはいっぱいになってしまうよ。

F：そうね。では、お菓子はいいです。私が持っていきます。

M：わかった。じゃあ、僕のかばんには、薄い本も 1 冊入れられるね。

男の人は、自分のかばんに何を入れますか。

02 對話與問題中譯

男士和女士正在為旅行做準備。請問這位男士會把什麼東西放進自己的背包呢？

M：要送伯母的禮物，放到我的背包吧。

F：那個哦，用紙包裝好的禮物會放進我的背包，照這樣收著就好。我看，還是把地圖和那些零食統統放到你的背包好了。

M：可是把零食全部擺進來，我的背包就太滿了。

F：也對。那麼零食就算了，由我帶著吧。

M：好。這樣的話，我的背包就可以再收放一本薄薄的書了。

請問這位男士會把什麼東西放進自己的背包呢？

03 攻略的要點　答案：1

» 先快速瀏覽 4 張圖，並在腦中浮現「お菓子」、「地図」、「本」等詞彙，並邊聽邊在圖片旁記下筆記或刪除被否定的選項。

» 要回答的是男士放進包包裡的東西。對話中女士說「おみやげは～私のかばんに入れます／土產…我放進包包裡」、「地図やお菓子を～入れてください／請把地圖或點心放進…」、「では、お菓子はいいです／那點心就不放了」。

» 因為最後男士說「僕のかばんには、薄い本も１冊入れられるね／我的背包還可以再放一本薄的書」，所以男士放進背包裡的是地圖和書。

其他選項

2、3、4 選項２是土產和點心，選項３是土產和厚的書，選項４是地圖和點心。

再聽一次對話內容 track 1-36

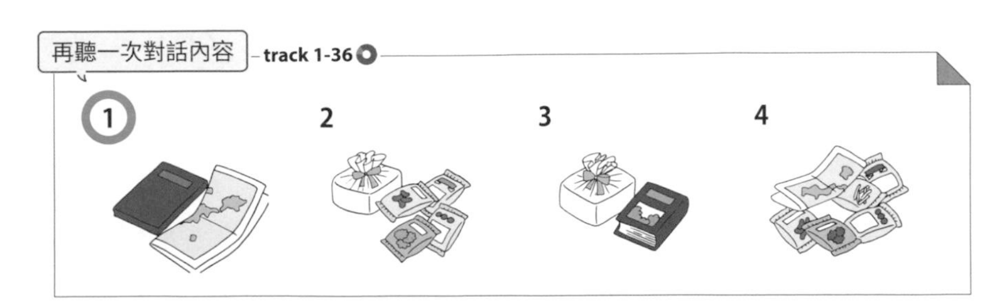

1 もんだい　翻譯與解題　第 36 題

先聽一次考題　track 1-37

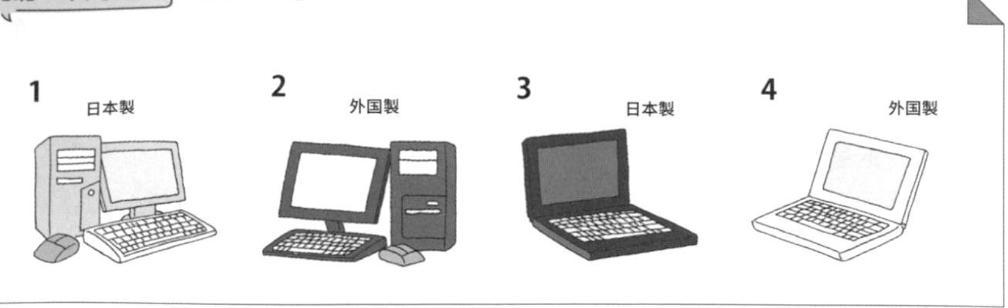

單字

パソコン【personal computer 之略】（個人電腦）

デスクトップ（パソコン）【desktop personal computer 之略】（桌上型電腦）

タイプ【type】（款式；類型；打字）

ノートパソコン【notebook personal computer 之略】（筆記型電腦）

棚（架子，棚架）

バーゲン【bargain sale 之略】（特價商品，出清商品；特賣）

特売品（特賣商品，特價商品）

やすい（容易～）

値段（價格）

日文對話與問題

女の人が店の人と話しています。女の人はどれを買いますか。

Ｆ：パソコンは、このタイプのものだけですか。

Ｍ：ここはデスクトップパソコンだけですが、他のタイプもありますよ。

Ｆ：ノートパソコンはありますか。

Ｍ：はい。ノートパソコンは、隣の棚にあります。バーゲンをしていて、特売品もたくさんありますよ。

Ｆ：特売品で日本のものもありますか。

Ｍ：はい。これがそうです。使いやすいですよ。ちょっと、使ってみてください。

Ｆ：ああ、ほんとうに使いやすいです。値段も安いですね。じゃあ、これにしよう。

女の人はどれを買いますか。

02 對話與問題中譯

女士和店員正在交談。請問這位女士會買哪一台呢？

F：請問電腦只有這個機種嗎？

M：這邊陳列的是桌上型電腦，我們也有其他機種喔。

F：請問有筆記型電腦嗎？

M：有，筆記型電腦在旁邊的架上。現在正在進行折扣優惠，有很多特價商品喔。

F：請問特價商品中有日本製造的嗎？

M：有，就是這一款，操作很順手喔。您可以試用看看。

F：喔，真的很容易上手！價格又便宜，就決定是這台了。

請問這位女士會買哪一台呢？

03 攻略的要點　答案：3

» 先快速瀏覽４張圖，比較相同、相異處，並在腦中浮現「デスクトップパソコン」、「ノートパソコン」等詞彙，且邊聽邊刪除被否定的選項。

» 女士詢問「ノートパソコンはありますか／有筆記型電腦嗎？」、「特売品（とくばいひん）で日本（にほん）のものもありますか／特價品有日本製造的商品嗎？」。

» 關於電腦的種類，「デスクトップ」是放在桌上的大型電腦，也就是圖示的選項１和２。「ノートパソコン」是可以帶著走的電腦，是圖示的選項３和４。

» 「特売品（とくばいひん）／特價品」是指當天特別便宜的商品。

再聽一次對話內容 track 1-37

1 日本製　2 外国製　3 日本製　4 外国製

1 もんだい　翻譯與解題　第 37 題

先聽一次考題　track 1-38

1　テストのべんきょうをする
2　みんなにメールをする
3　おんなのがくせいにでんわをする
4　みんなにでんわをする

單字

経済学（經濟學）
会（…會）
皆（大家）
連絡（聯繫，聯絡）
メール【mail】（郵政，郵件；郵船，郵車）
決まる（決定）

日文對話與問題

大学で、女の学生と男の学生が話しています。男の学生は、このあと何をしますか。

F：午後から教室でテストの勉強をしたいな。

M：ええと、ちょっと待って。今日は図書館で、経済学についての勉強会が 12 時からあるよ。

F：あ、そうか。その勉強会は夕方からにできないかな。

M：大丈夫だと思う。ほかの人も夕方からのほうがいいって言っていたから。

F：よかった。じゃあ、みんなに連絡します。

M：あ、それはぼくがメールで連絡しておくよ。勉強会が始まる時間が決まったら、また君にも連絡するよ。

F：じゃあ、私は教室でテストの勉強をしています。連絡のメールをお願いね。

M：わかった。

男の学生は、このあと何をしますか。

02 對話與問題中譯

女同學和男同學正在大學校園裡交談。請問這位男同學接下來要做什麼呢？

F：下午我想在教室唸書準備考試。

M：等等，我想一下……今天中午 12 點在圖書館有經濟學的讀書小組會議喔。

F：啊，是哦。那個讀書小組會議不能延到傍晚嗎？

M：我覺得應該可以。因為其他成員也說過傍晚開會比較好。

F：太好了！我來通知大家。

M：喔，由我傳訊通知吧。開會時間決定了之後再告訴妳。

F：那麼，我會待在教室裡讀書，等你的訊息囉。

M：知道了。

請問這位男同學接下來要做什麼呢？

1　唸書準備考試。　　2　傳訊息通知大家。

3　打電話給女學生。　4　打電話給大家。

03 攻略的要點　答案：2

» 這是動向題，對話中會出現多個動作，考生可先瀏覽選項並快速記憶，並在聆聽題目時抓出題目問的是哪個人物，最後就是專注於對話並刪除錯誤的選項。

» 女學生說「その勉強会(べんきょうかい)は夕方(ゆうがた)からにできないかな。／希望讀書會可以改到傍晚」。

» 女學生說了「じゃあ、みんなに連絡(れんらく)します／那麼，我來通知大家」之後，男學生回答「それはぼくがメールで連絡(れんらく)しておくよ／我來傳訊息通知大家」。

選項

1 要「テストの勉強(べんきょう)をする／唸書準備考試」的是女學生。

再聽一次對話內容

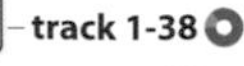

1 テストのべんきょうをする
2 みんなにメールをする
3 おんなのがくせいにでんわをする
4 みんなにでんわをする

先聽一次考題　track 1-39

1

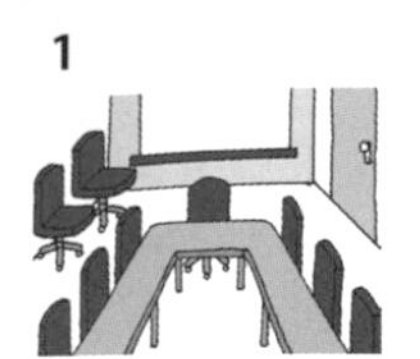

2

3

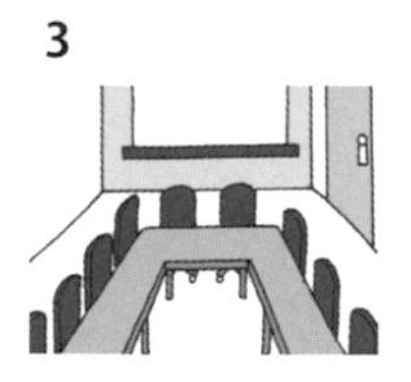

4

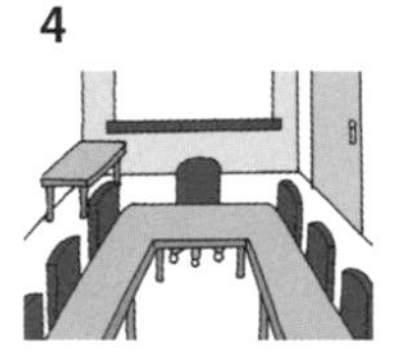

單字

会議（會議）

為（為了～由於；〈表目的〉為了;〈表原因〉因為）

出席（參加;出席）

用意（準備）

途中（半路上，中途；半途）

真ん中（正中央）

日文對話與問題

会社で、男の人と女の人が話しています。男の人は、会議のために部屋をどうしておきますか。

M：会議には７人出席するから、椅子は七つ用意しておこう。

F：ええ。でも、会議の途中で、また何人か来ると思いますよ。

M：そうか。じゃあ、テーブルは真ん中に一つ置いて、周りに椅子を九つ並べておこう。

F：並べておく椅子は七つでいいと思います。あとの二つは部屋のすみに置いておきましょう。

M：わかった。じゃあ、そうしよう。

男の人は、会議のために部屋をどうしておきますか。

02 對話與問題中譯

男士和女士正在公司裡交談。請問這位男士該如何將這個空間布置成會議室呢？

M：會議出席人數是７名，我來準備７張椅子吧。

F：好的。不過我覺得應該還有幾位也會加入。

M：這樣哦，那我把桌子擺在正中央，周圍排９張椅子吧。

F：排７張就夠了，另外兩張先放到角落吧。

M：明白了，那就這麼辦。

請問這位男士該如何將這個空間布置成會議室呢？

03 攻略的要點　答案：1

» 先快速瀏覽４張圖，推出是問空間布置的問題，這時可先掌握每張圖椅子的數量及位置。

» 對話中提到「（テーブルの周りに）並べておく椅子は七つ／擺放７張椅子（在桌子周圍）」、「あとの二つは部屋の隅に置いておきましょう／另外兩張就先放在會議室角落」。

»「（動詞て形）ておきます／先…」表示準備。例句：

・ビールは冷蔵庫で冷やしておきます／先把啤酒放進冰箱裡冰鎮。

»「（部屋の）隅」是指中間以外的地方。像是房間的角落、拐角的部分。例句：

・ゴミ箱は部屋の隅に置いてあります／垃圾桶放置在房間的角落。

※複習「～つ」的記數念法吧！

ひとつ（１個）、ふたつ（２個）、みっつ（３個）、よっつ（４個）、いつつ（５個）、むっつ（６個）、ななつ（７個）、やっつ（８個）、ここのつ（９個）、とお（10個）

再聽一次對話內容 track 1-39

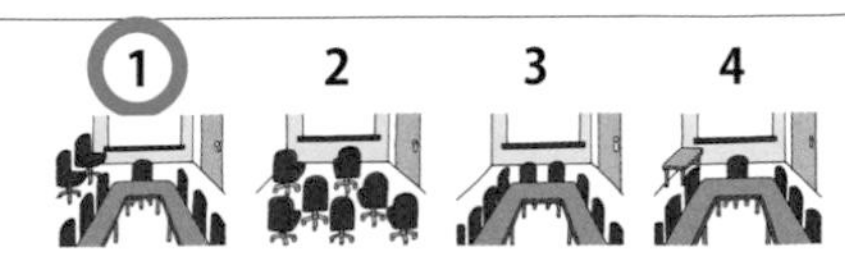

1 もんだい　翻譯與解題　第 39 題

先聽一次考題　track 1-40

1　としょかんにかえす
2　家でひとりできく
3　のむらくんにわたす
4　のむらくんといっしょにきく

單字

図書館（圖書館）

見る（看見）

～なくてはならない（必須…、不得不…）

～なら（…的話）

日文對話與問題

図書館で、男の学生と女の学生が話しています。女の学生は、CD をどうしますか。

M：野村くんを見なかった？

F：野村くん？今日は見てないけど、どうしたの？

M：この CD は野村くんに借りたものだから、返したいんだけど、僕はもう帰らなくてはならないんだ。

F：明日返したら？

M：今日、使いたいって言っていたんだ。

F：ああ、そうだ。野村くんなら、午後の授業で会うよ。

M：それなら、悪いけど、この CD を渡してもらえる？

F：いいよ。

女の学生は、CD をどうしますか。

02 對話與問題中譯

男同學和女同學正在圖書館裡交談。請問這位女同學會如何處理 CD 呢？

M：有沒有看到野村同學？

F：野村同學？今天還沒見過他，怎麼了？

M：我向野村同學借了這張 CD，想還給他，可是我得回家了。

F：明天再還他不行嗎？

M：可是他說過想在今天聽。

F：啊，對了，我下午的課會遇到野村同學。

M：這樣的話，不好意思，能不能幫我把這張 CD 轉交給他？

F：好呀。

請問這位女同學該如何處理 CD 呢？

1　歸還圖書館。
2　一個人在家聆聽。
3　交給野村同學。
4　和野村同學一起聽。

03 攻略的要點　答案：3

» 這是動向題，會出現多個選項，應先迅速掃過選項並記憶，聆聽題目時要注意題目問的是哪一個人物，最後專注於對話內容。

» 男學生說想把CD還給野村同學。女學生說「野村君（のむらくん）なら、午後（ごご）の授業（じゅぎょう）で会（あ）うよ／我下午的課會遇到野村同學哦」，男學生回答「それなら、～このCDを渡（わた）してもらえる／這樣的話…，妳可以幫我把這片CD交給他嗎？」。

再聽一次對話內容 track 1-40

1　としょかんにかえす
2　家（いえ）でひとりできく
3　のむらくんにわたす
4　のむらくんといっしょにきく

先聽一次考題 track 1-41

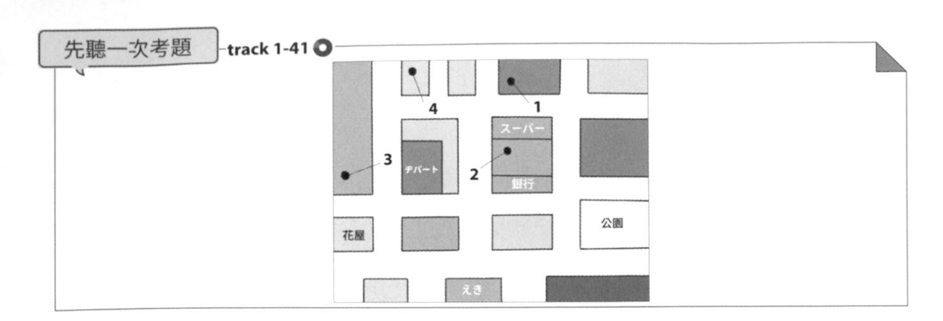

單字

すみません（抱歉）

大きな（大，大的）

スーパー【supermarket 之略】（超級市場）

見える（看得見）

曲がる（轉彎）

日文對話與問題

駅前で男の人と女の人が話しています。女の人はどこに自転車をとめますか。

M：そこには自転車をとめないでください。

F：ああ、すみません。では、どこにとめるといいのですか。

M：この通りをまっすぐ行くと、右に大きなスーパーが見えますね。その角を右に曲がると左側に自転車をとめる所がありますので、そこにとめてください。

F：はい、わかりました。ありがとうございます。

女の人はどこに自転車をとめますか。

02 對話與問題中譯

男士和女士正在車站前面交談。請問這位女士會把腳踏車停在什麼地方呢？

M：請不要將腳踏車停在這裡。

F：喔，不好意思。那麼，請問我可以停在哪裡呢？

M：沿著這條路直走，右邊不是有一家大超市嗎？在那個轉角右轉，左邊就有可以停放腳踏車的地方，請停到那邊。

F：好的，我知道了。謝謝您。

請問這位女士會把腳踏車停在什麼地方呢？

03 攻略的要點　答案：1

» 快速瀏覽過圖片，並留下印象。空間題要按照題目的指示行動，這題要注意聽題目提到的人物位置「駅前で／在車站前」，否則將難以作答。

» 男士說「この通りをまっすぐ／沿著這條大街直走」、「右に大きなスーパー／右邊（有）一家大型超市」、「スーパーの角を右に／在超市的轉角右（轉）」，會到達的地方是選項１。

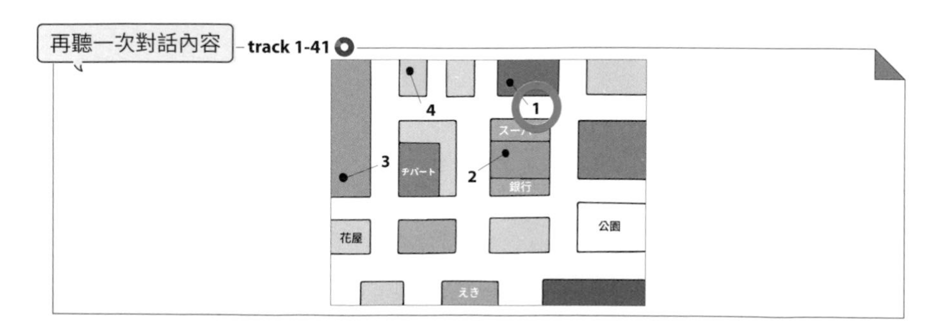

第41題

track 1-42

1 漢字(かんじ)

2 英語(えいご)

3 地理(ちり)

4 数学(すうがく)

答え
①②③④

第42題

track 1-43

1 あした

2 あさって

3 ３日後(かご)

4 いっしゅうかん後(ご)

答え
①②③④

第43題

track 1-44

1 レポートを　20部(ぶ)　コピーし、すぐに会議室(かいぎしつ)の準備(じゅんび)も　する

2 レポートを　20部(ぶ)　コピーして　名古屋(なごや)に　20部(ぶ)　送(おく)る

3 レポートを　20部(ぶ)　コピーして　名古屋(なごや)に　15部(ぶ)　送(おく)る

4 レポートを　20部(ぶ)　コピーして　名古屋(なごや)に　5部(ぶ)　送(おく)る

答え
①②③④

第44題

track 1-45

答え
①②③④

第45題

track 1-46

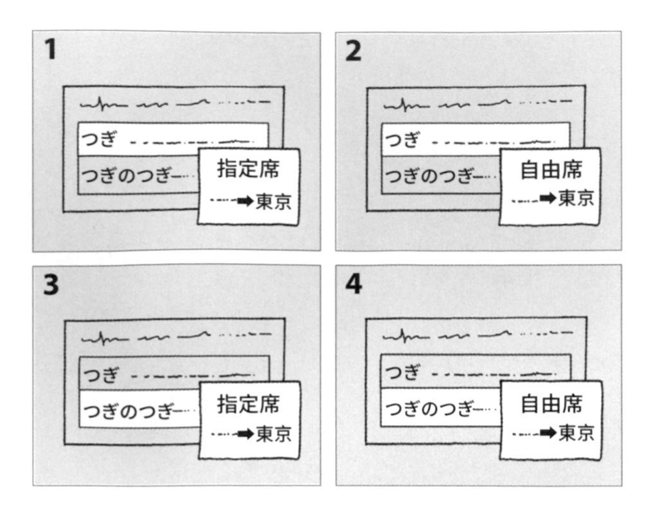

答え
①②③④

第46題

track 1-47

1 予約(よやく)なしで、9月(がつ) 10日(か)に　店(みせ)に　行(い)く

2 予約(よやく)なしで、9月(がつ) 20日(か)に　店(みせ)に　行(い)く

3 予約(よやく)して、10月(がつ) 10日(か)に　店(みせ)に　行(い)く

4 予約(よやく)して、10月(がつ) 20日(か)に　店(みせ)に　行(い)く

答え
①②③④

第47題

track 1-48

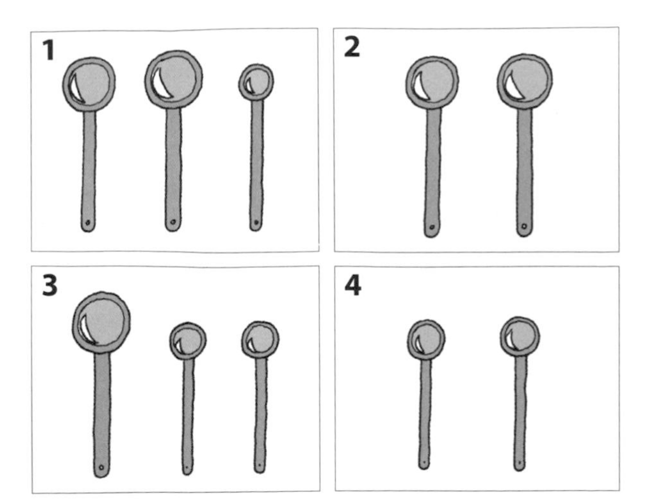

答え
①②③④

第48題

track 1-49

1 ホテルの　係(かかり)の　人(ひと)に　伝(つた)える
2 ホテルに　電話(でんわ)する
3 木下(きのした)さんに　電話(でんわ)する
4 何(なに)も　しない

答え
①②③④

先聽一次考題 track 1-42

1 漢字
2 英語
3 地理
4 数学

單字

息子（兒子，令郎；男孩）

始める（開始）

～（よ）うとする（想…、打算…）

地理（地理）

日文對話與問題

お母さんと中学生の息子が話しています。息子は、今日、何の勉強をしますか。

F：明日からテストよね。勉強しなければならないでしょ。

M：わかってるよ。今始めようとしているところだよ。

F：明日は何のテストなの。

M：英語だけど、英語はもう大丈夫なんだ。勉強したから。あさっては地理だけど、これも1週間前にやってしまったんだ。

F：明日は英語だけなの？

M：ううん、国語のテストもあるんだ。新しく習った漢字、全然覚えてないんだよね。

F：それじゃ、早くしなさい。

息子は、今日、何の勉強をしますか。

02 對話與問題中譯

母親和就讀中學的兒子正在交談。請問這個兒子今天要讀什麼科目呢？

F：明天就要開始考試了吧？得好好用功才行唷。

M：知道啦，正要去複習啦。

F：明天考什麼？

M：英文，不過英文已經讀完了，沒問題。後天考地理，也在一個星期前就準備好了。

F：明天只考英文一科嗎？

M：不是，還有國文。新學的漢字根本記不住。

F：那就快去背誦吧。

請問這個兒子今天要讀什麼科目呢？

1　漢字　　2　英文　　3　地理　　4　數學

03 攻略的要點　答案：1

» 先看選項並留下印象，再邊聽邊刪除被否定的選項。

» 對話中說到「英語（えいご）／英語」、「もう大丈夫（だいじょうぶ）／已經沒問題了」，「地理（ちり）／地理」也在一週前讀完了。明天要考的不只有「英語（えいご）／英語」，還有「国語（こくご）／國語（日語）」。兒子提到「漢字（かんじ）、全然覚（ぜんぜんおぼ）えてないんだよね／漢字完全記不起來」。而「漢字（かんじ）／漢字」是「国語（こくご）／國語」中的學習項目。

» 對話中沒有提到「数学（すうがく）／數學」。

再聽一次對話內容 track 1-42

1 漢字（かんじ）
2 英語（えいご）
3 地理（ちり）
4 数学（すうがく）

1 もんだい　翻譯與解題　第 42 題

先聽一次考題　track 1-43

1　あした

2　あさって

3　3日後

4　いっしゅうかん後

單字

医者（醫師）

無くなる（不見，遺失；用光了）

関係（關係；影響）

来る（來）

分かる（清楚）

日文對話與問題

病院で、医者と男の人が話しています。男の人は、次にいつ病院に来ますか。

F：1週間分の薬を出します。毎日、食事の後に飲んでくださいね。

M：次は、薬がなくなってから来るといいですか。

F：いえ。薬とは関係なく、3日後に来てください。検査をしますから。

M：そうですか。今日の薬はずっと飲むのですね。

F：そうです。必ず飲んでください。

M：わかりました。ではまた来ます。

男の人は、次にいつ病院に来ますか。

02 對話與問題中譯

醫師和男士正在醫院裡交談。請問這位男士下次什麼時候來醫院呢？

F：我幫您開了一星期的藥，請於每天飯後服用。

M：下次要等藥吃完了再來看診嗎？

F：不是的，無論還剩多少藥，都請在３天後回診，要做個檢查。

M：這樣啊。今天領的藥照樣繼續吃，是嗎？

F：是的。請務必按時服藥。

M：我知道了。下次再來。

請問這位男士下次什麼時候來醫院呢？

1　明天
2　後天
3　３天後
4　一週後

03 攻略的要點　答案：3

» 看到選項知道是時間題，此題型不一定會講出確切時間，所以要專心聆聽並隨時筆記。

» 這題相對單純，醫生提到「薬とは関係なく、３日後に来てください／不管還剩多少藥，請在３天之後回診」，可知答案。

1　あした
2　あさって
3　3日後
4　いっしゅうかん後

先聽一次考題 track 1-44

1 レポートを 20 部コピーし、すぐに会議室の準備もする
2 レポートを 20 部コピーして名古屋に 20 部送る
3 レポートを 20 部コピーして名古屋に 15 部送る
4 レポートを 20 部コピーして名古屋に 5 部送る

單字

事務所（辦公室）
送る（寄送；送行）
だけ（僅僅）
会議室（會議室）
準備（準備）
～ば（如果…就…）

日文對話與問題

事務所で女の人と男の人が話しています。男の人は、これから何をしますか。

F：中井さん、このレポートをコピーして、すぐに名古屋の事務所に送ってください。
M：はい。何部送りますか。
F：20 部コピーして、5 部だけ送ってください。
M：わかりました。
F：残りの 15 部は、明日の会議で使います。
M：では、会議室の準備もしておきましょうか。
F：そうですね。でも、会議は明日の午後だから、午前中に準備してくれればいいです。

男の人は、これから何をしますか。

02 對話與問題中譯

女士和男士正在事務所裡交談。請問這位男士接下來要做什麼呢？

F：中井先生，請將這份報告影印之後立刻寄到名古屋的事務所。

M：好的。要寄幾份呢？

F：影印 20 份，但是寄 5 份就好。

M：了解。

F：剩下的 15 份是明天開會要用的。

M：那麼，我順便準備好會議室吧？

F：也好。不過，明天下午才開會，中午以前準備就緒即可。

請問這位男士接下來要做什麼呢？

1　影印 20 份報告，再立刻準備會議室。
2　影印 20 份報告，寄送 20 份到名古屋。
3　影印 20 份報告，寄送 15 份到名古屋。
4　影印 20 份報告，寄送 5 份到名古屋。

03 攻略的要點　答案：4

» 先看選項並比較相同、相異處，看到選項時在腦海中浮出數字的念法，然後就專注於聆聽對話。

» 對話中提到「20部(ぶ)コピーして、5部(ぶ)だけ送(おく)ってください／影印20份，然後請寄送 5 份就好」。關於「会議室(かいぎしつ)の準備(じゅんび)／會議室的準備」，女士回答「午前中(ごぜんちゅう)に準備(じゅんび)してくれればいいです／只要在中午前準備就緒即可」。

再聽一次對話內容 track 1-44

1　レポートを 20 部(ぶ)コピーし、すぐに会議室(かいぎしつ)の準備(じゅんび)もする
2　レポートを 20 部(ぶ)コピーして名古屋(なごや)に 20 部送(ぶおく)る
3　レポートを 20 部(ぶ)コピーして名古屋(なごや)に 15 部送(ぶおく)る
4　レポートを 20 部(ぶ)コピーして　名古屋(なごや)に 5 部送(ぶおく)る

1 もんだい 翻譯與解題 第 44 題

先聽一次考題 track 1-45

1

2

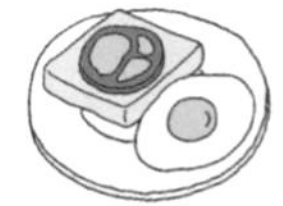

3

4

單字

ご飯（米飯）

パン【pão】（麵包）

サンドイッチ【sandwich】（三明治）

～と～と、どちら（在…與…中，哪個…）

付ける（加上）

日文對話與問題

レストランで、男の人と店の人が話しています。店の人は、男の人に何を出しますか。

M：軽い食事がしたいのですが、何かありますか。

F：ご飯がいいですか。パンがいいですか。

M：朝はご飯と卵だったから、パンがいいけど、サンドイッチありますか。

F：はい。ハムサンドイッチと卵サンドイッチのどちらがいいですか。

M：ハムがいいです。スープも付けてください。

店の人は、男の人に何を出しますか。

02 對話與問題中譯

男士和店員正在餐廳裡交談。請問店員會為這位男士送上什麼餐點呢？

M：我想簡單吃點東西，請問有什麼呢？

F：您比較想吃米飯，還是麵包呢？

M：我早上吃過飯和雞蛋了，現在想吃麵包，你們有三明治嗎？

F：有的，您要火腿三明治或是雞蛋三明治呢？

M：我要火腿的，還要一碗湯。

請問店員會為這位男士送上什麼餐點呢？

03 攻略的要點　答案：3

» 先快速瀏覽４張圖，並在腦中浮現「サンドイッチ」、「飯(はん)と卵(たまご)」、「パン」等詞彙，然後邊聽邊刪除被否定的選項。

» 對話中提到「パンがいいけど、サンドイッチありますか／想吃麵包類的，不過有三明治嗎？」。三明治是在薄切吐司中夾火腿或蛋的食物。三明治和湯的圖片是選項３。

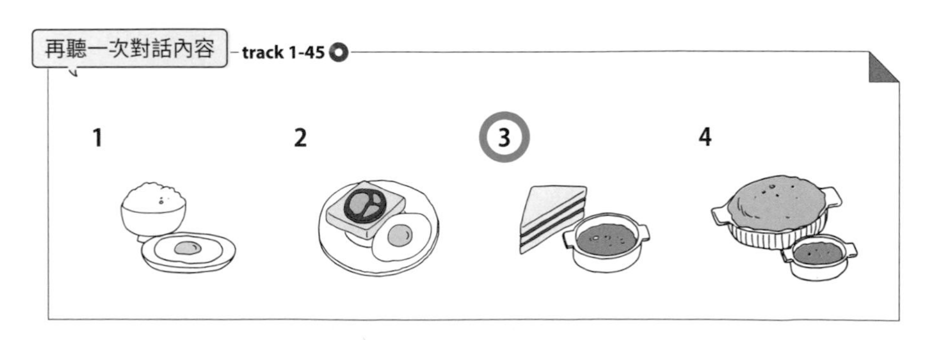

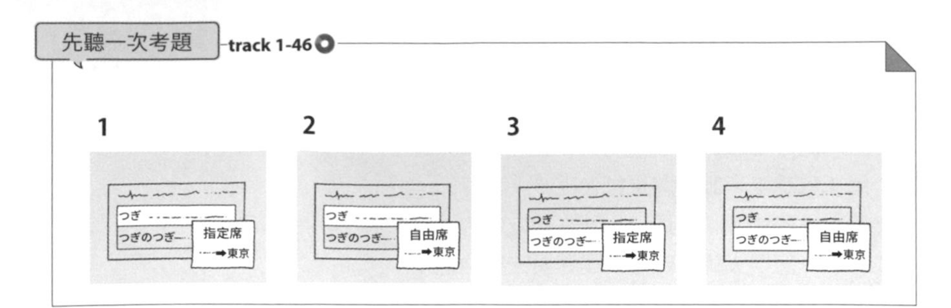

單字

電車（電車）
指定席（劃位座，對號入座）
自由席（自由座）
席（座位）
間に合う（來得及，趕得上；夠用）

日文對話與問題

駅で、女の人と駅の人が話しています。女の人はどのようにして東京駅まで行きますか。

F：東京駅まで座って行きたいのですが、次の電車の指定席はありますか。
M：指定席は、もうありません。
F：じゃあ、自由席で行かなければならないのですね。
M：次の次の電車ならば、指定席を取ることができますよ。
F：次の次の電車は、どのくらい後になりますか。
M：１時間後です。
F：それでは間に合わないから、次の電車に乗ります。いくらですか。

女の人はどのようにして東京駅まで行きますか。

02 對話與問題中譯

女士和站務人員正在車站裡交談。請問這位女士會如何前往東京車站呢？

F：我要到東京車站，不要站票，請問下一班車還有對號座嗎？

M：已經沒有對號座了。

F：那就只能買自由座了，是嗎？

M：如果是下下班電車，還有對號座喔。

F：下下班電車大概多久之後到站呢？

M：１小時後。

F：這樣就來不及了。我要搭下一班車，請問多少錢？

請問這位女士會如何前往東京車站呢？

03 攻略的要點　答案：2

» 先快速瀏覽４張圖並比較相同、相異處，差別在於自由座或對號座、下一班或下下班車，然後就專注於聆聽對話。

» 「次(つぎ)の電車(でんしゃ)／下一班列車」的「指定席(していせき)／對號座」已經賣完了。如果是「次(つぎ)の次(つぎ)の電車(でんしゃ)／下下班列車」的話還有對號座，但女士說若搭乘下下班列車會來不及，所以決定搭乘下一班列車。因為下一班列車已經沒有「指定席(していせき)／對號座」了，所以可知女士搭乘的是「自由席(じゆうせき)／自由座」。

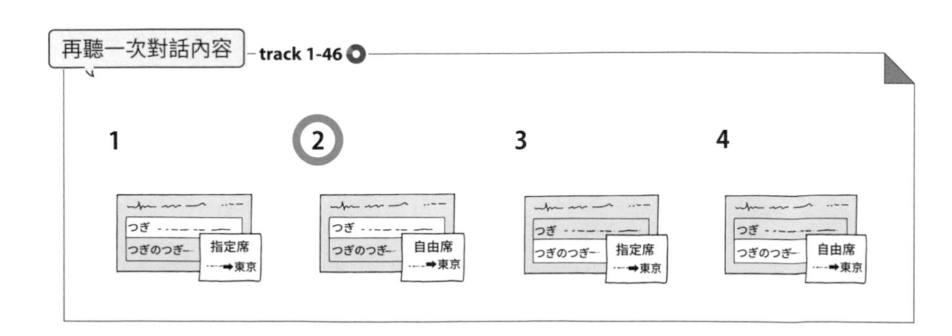

1 もんだい　翻譯與解題　第 46 題

先聽一次考題　track 1-47

1　予約なしで、9月10日に店に行く
2　予約なしで、9月20日に店に行く
3　予約して、10月10日に店に行く
4　予約して、10月20日に店に行く

單字

今度（這次；下次；以後）
来月（下個月）
～こと（前接名詞修飾短句，使其名詞化）
～かどうか（是否…、…與否）
沢山（很多）

日文對話與問題

客と店員が話しています。客はノートパソコンを買うためにどうしますか。

F：ノートパソコンの新しくていいのが出たと聞いたんですが。
M：ああ、でも、日本ではまだ売っていませんよ。
F：どのお店でも売っていないのですか。
M：そうです。来月の10日には、ここの店に入ってきます。今日はまだ9月の20日ですからね。
F：ああ、では、今度の10日に、この店に来れば買うことができますね。
M：必ず買うことができるかどうかわかりません。買いたい人がたくさんいますから。予約しておくと買えますよ。
F：わかりました。

客はノートパソコンを買うためにどうしますか。

02 對話與問題中譯

客人和店員正在交談。請問這位客人該怎麼做才能買到筆記型電腦呢？

F：聽說有一台剛上市的筆記型電腦性能很優秀。

M：喔，那台……可是日本還沒開賣喔。

F：所有的店都還沒開始販售嗎？

M：是的。下個月 10 號本店會進貨，今天才 9 月 20 號而已。

F：這樣哦，那麼我下個月 10 號再過來就可以買到了嗎？

M：無法向您保證買得到，因為想買的人也多。但若是預訂，就一定能買到。

F：我知道了。

請問這位客人該怎麼做才能買到筆記型電腦呢？

1　不預約，9 月 10 號到店裡。
2　不預約，9 月 20 號到店裡。
3　預約，10 月 10 號到店裡。
4　預約，10 月 20 號到店裡。

03 攻略的要點　答案：3

» 先看選項並比較相同、相異處，知道本題要問的是時間和是否預約兩件事情，此時可以先在腦中浮現選項中日期的念法，然後邊聽邊刪除錯誤的選項。

» 店員說「来月（らいげつ）の10日（とおか）には、この店（みせ）に入（はい）ってきます／下個月的10號本店才會進貨」、「予約（よやく）しておくと買（か）えますよ／先預約就能買到喔」。因為「今日（きょう）は～9月（がつ）の20日（はつか）／今天是…9月20號」，所以可知下個月是10月。

再聽一次對話內容　track 1-47

1　予約（よやく）なしで、9月（がつ）10日（とおか）に店（みせ）に行（い）く
2　予約（よやく）なしで、9月（がつ）20日（はつか）に店（みせ）に行（い）く
③　予約（よやく）して、10月（がつ）10日（とおか）に店（みせ）に行（い）く
4　予約（よやく）して、10月（がつ）20日（はつか）に店（みせ）に行（い）く

先聽一次考題 track 1-48

1　2　3　4

單字

夕飯（晚飯）
味噌（味噌）
～方（～方，邊）
味（味道）
直ぐに（馬上）

日文對話與問題

女の人と男の人が夕飯を作っています。男の人は、みそをどのくらい入れますか。

F：あなたは、みそ汁を作ってくださいね。
M：どうするといいの？
F：あとは、みそを入れるだけですよ。
M：スプーン、二つあるね。どっちを使うの？
F：大きい方で２杯のみそを入れてください。
M：わかった。でも、これだけではちょっと味がうすいかもしれないな。
F：じゃあ、小さい方で１杯のみそを足してください。みそを入れたら火をすぐに止めてくださいね。
M：わかった。

男の人は、みそをどのくらい入れますか。

02 對話與問題中譯

女士和男士正在做晚飯。請問這位男士要加入多少味噌呢？

Ｆ：你負責煮味噌湯喔。

Ｍ：該怎麼煮呢？

Ｆ：接下來只要加入味噌就完成了。

Ｍ：有兩支湯匙，該用哪一隻呢？

Ｆ：請用大湯匙盛兩匙味噌。

Ｍ：我明白了。不過，只加這樣，味道可能不太夠。

Ｆ：那請再加入一小匙份量的味噌，加入味噌之後立刻關火。

Ｍ：好的。

請問這位男士要加入多少味噌呢？

03 攻略的要點　答案：1

» 先快速瀏覽４張圖，推測本題和大小、數量有關，然後在腦中浮現「大きい」、「小さい」、「１杯」、「２杯」等相關單字。

» 用湯匙測量味噌。女士說「大きい方で２杯のみそを入れてください／請用大湯匙盛兩匙味噌」。女士後來又說「じゃあ、小さい方で１杯のみそを足してください／那麼，請再加入一小匙分量的味噌」是本題的解題關鍵。

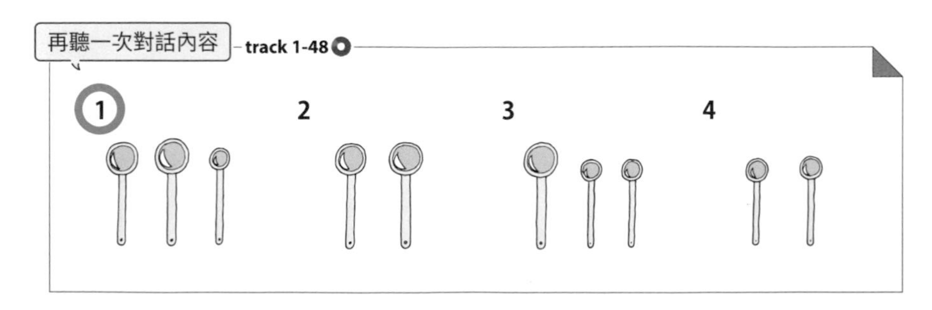

先聽一次考題 track 1-49

1　ホテルの係の人に伝える
2　ホテルに電話する
3　木下さんに電話する
4　何もしない

單字

急（急迫；突然）
出席（參加；出席）
ホテル【hotel】（飯店）
帰り（回家；回家途中）
通る（經過；通過；合格；暢通）

日文對話與問題

女の人と男の人が話しています。女の人は、パーティーに欠席することをどのようにして伝えますか。

F：金曜日のパーティーに、急に出席できなくなったんですが、どうするといいですか。

M：それでは、すぐに木下さんに連絡してください。

F：連絡したんですが、誰も電話に出ません。

M：それでは、ホテルに電話をしてください。食べ物を一人分減らしてもらわなければなりませんので。

F：そうですね。あ、帰りにホテルの前を通りますので、係の人に伝えておきます。

M：それがいいですね。

女の人は、パーティーに欠席することをどのようにして伝えますか。

02 對話與問題中譯

女士和男士正在交談。請問這位女士該如何告知自己無法出席派對呢？

F：星期五的派對，我臨時無法參加，該怎麼做才好呢？

M：那麼，請和木下先生聯絡。

F：我聯絡過了，電話沒人接聽。

M：這樣的話，請打電話到旅館。必須告知館方減少一人份的餐點。

F：說得也是。對了，我回去的路上會經過旅館門口，順便進去通知館方的承辦人。

M：這樣很好。

請問這位女士該如何告知自己無法出席派對呢？

1　告訴飯店的承辦人。　　2　打電話到飯店。

3　打電話給木下先生。　　4　什麼事也不做。

03 攻略的要點　答案：1

» 先看選項並留下印象，推測是問事或動向題，然後就專注於聆聽對話，邊聽邊刪除被否定的選項。

» 女士說「帰りにホテルの前を通りますので、係の人に伝えておきます／我回去的路上會經過旅館門口，我會先告知服務人員」。

其他選項

2 男士說「ホテルに電話をしてください／請打電話到旅館」，不過女士回答「帰りにホテルの前を通りますので、～／我回去的路上會經過旅館門口，…」。

3 女士說她已經打過電話給木下先生了，但是沒有人接聽。

再聽一次對話內容 track 1-49

① ホテルの係の人に伝える

2　ホテルに電話する

3　木下さんに電話する

4　何もしない

易混發音完全比較

發音看似基本，卻相當重要。無法清晰的辨明發音，在日檢聽力測驗中恐怕會落入相近發音的陷阱。因此，以下將為您統整、比較相近發音，並以圖解詳細介紹發音方式。

★ 以下練習第一遍邊聽邊跟著唸，第二遍選出你聽到的單字。然後在方格內打勾。

區別發音1 「す」、「つ」、「ち」

track 0-1

▶ す[sɯ]的[s]舌尖往上接近上齒齦，氣流再從中間的小空隙摩擦而出。つ[tsɯ]的[ts]是舌尖頂在上齒齒齦，然後很快放開的[t]跟[s]的結合音。[s]跟[ts]都不要振動聲帶。

▶ ち[tʃi]的[tʃ]是跟つ[tsɯ]的[ts]，發音部位不同在，つ[tsɯ]受到母音[ɯ]的影響，所以舌位比較前面。[tʃ]跟[ts]都不要振動聲帶。

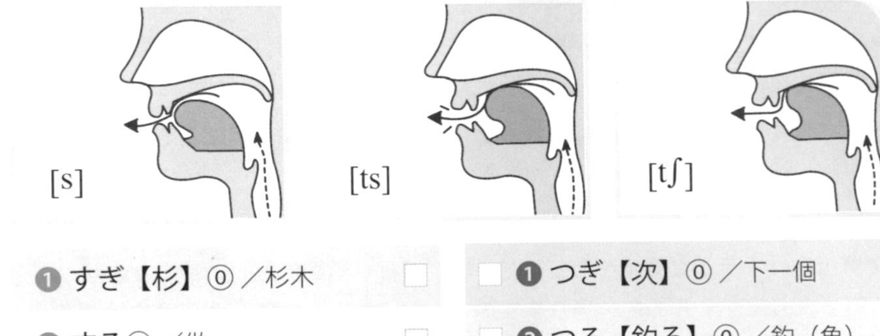

❶ すぎ【杉】⓪／杉木	□	□	❶ つぎ【次】⓪／下一個
❷ する①／做～	□	□	❷ つる【釣る】⓪／釣（魚）
❸ こす【越す】⓪／越，渡	□	□	❸ こつ⓪／竅門
❹ ちかう【誓う】⓪／發誓	□	□	❹ つかう【使う】⓪／使用
❺ いち【位置】①／位置	□	□	❺ いつ①／什麼時候
❻ かち【価値】①／價值	□	□	❻ かつ【勝つ】①／勝利

區別發音2 「な」、「ら」、「た」行

track 0-2

▶ な[nɑ]的[n]是舌尖頂住上牙齦，把氣流擋起來，讓氣流從鼻腔跑出來。而ら[rɑ]的[r]是日語特有的彈音，把舌尖翹起來輕輕碰上齒齦與硬顎，在氣流沖出時，輕彈一下！[n]跟[r]都要振動聲帶。た[ta]的[t]的發音是舌尖要頂在上齒根和齒齦之間，然後很快把它放開，讓氣流衝出。不要震動聲帶喔。

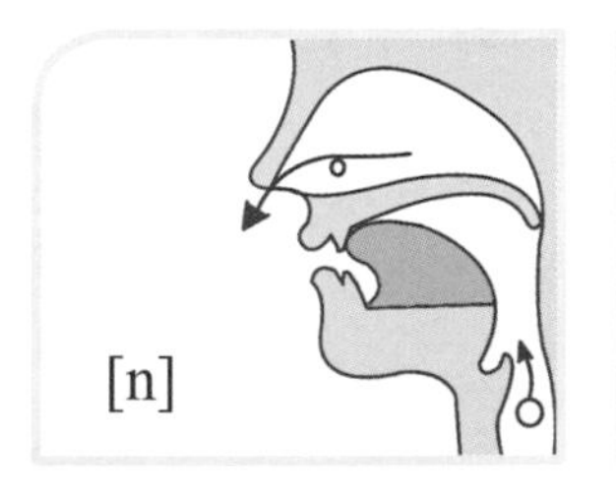

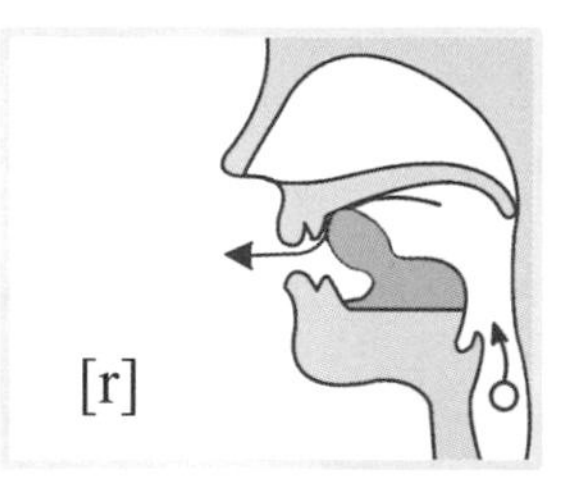

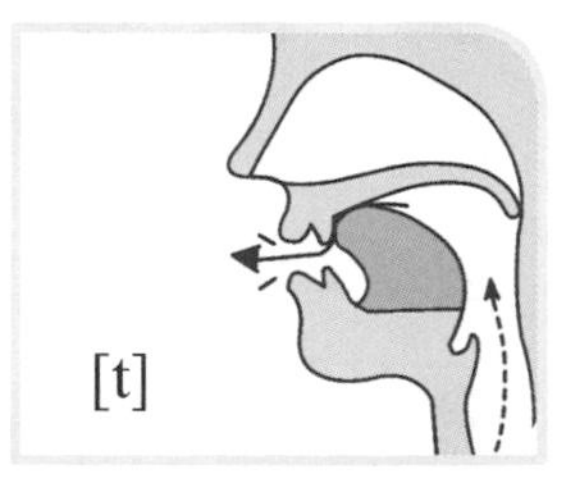

❶ なん【難】① ／困難 □	□ ❶ らん【乱】① ／混亂
❷ いない【以内】① ／～以內 □	□ ❷ いらい【以来】① ／～以來
❸ なら【奈良】① ／奈良 □	□ ❸ なな【七】① ／七
❹ たに【谷】② ／山谷 □	□ ❹ なに【何】① ／什麼
❺ らい【雷】① ／雷 □	□ ❺ だい【代】① ／時代
❻ らく【楽】⓪ ／輕鬆的 □	□ ❻ だく【抱く】⓪ ／擁抱
❼ たれ【誰】① ／（古）誰，現用「だれ」 □	□ ❼ なれ【慣れ】② ／熟練；習慣

區別發音3 「m」、「b」發音

track 0-3

▶ [m]雙唇緊閉形成阻塞，讓氣流從鼻腔流出。[b]的雙唇要緊閉形成阻塞，然後讓氣流衝破阻塞而出。另外，[m]和[b]都要振動聲帶。

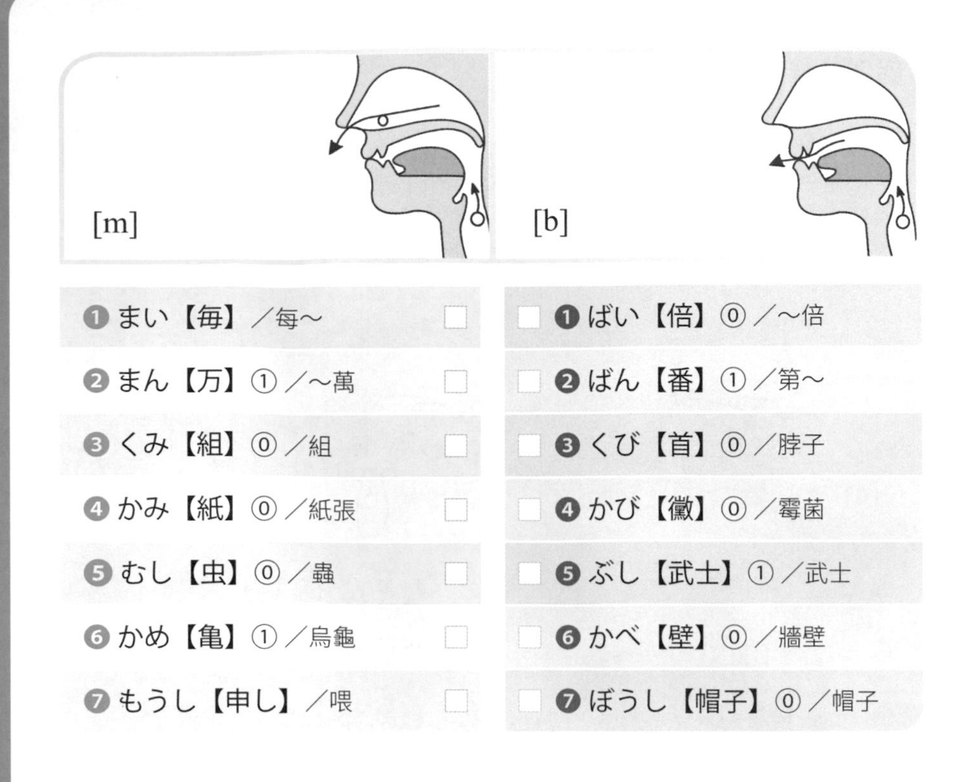

[m]	[b]
❶ まい【毎】／每～ □	□ ❶ ばい【倍】⓪／～倍
❷ まん【万】①／～萬 □	□ ❷ ばん【番】①／第～
❸ くみ【組】⓪／組 □	□ ❸ くび【首】⓪／脖子
❹ かみ【紙】⓪／紙張 □	□ ❹ かび【黴】⓪／霉菌
❺ むし【虫】⓪／蟲 □	□ ❺ ぶし【武士】①／武士
❻ かめ【亀】①／烏龜 □	□ ❻ かべ【壁】⓪／牆壁
❼ もうし【申し】／喂 □	□ ❼ ぼうし【帽子】⓪／帽子

區別發音4 清濁音─「か」行

track 0-4

▶「が、ぎ、ぐ、げ、ご」是子音[g]跟母音[ɑ、i、ɯ、e、o]拼起來的。[g]的發音是發音的方式，跟部位跟[k]一樣，不一樣的是要振動聲帶。

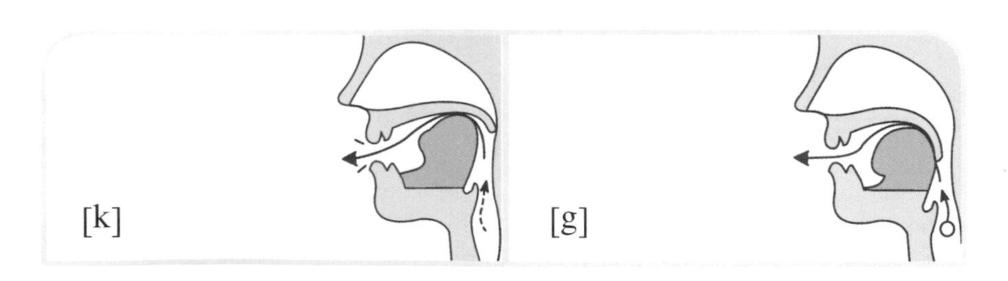

❶ がわ【革】②／皮革 □	□ ❶ かわ【川】②／河川
❷ ぎん【銀】①／銀 □	□ ❷ きん【金】①／金
❸ かぎ【鍵】②／鑰匙 □	□ ❸ かき【柿】⓪／柿子
❹ かく【書く】①／書寫 □	□ ❹ かぐ【家具】①／家
❺ ごご【午後】①／下午 □	□ ❺ ここ⓪／這裡
❻ げっこう【月光】⓪／月光 □	□ ❻ けっこう【結構】①／很好

區別發音5 清濁音—「さ」行

track 0-5

▶ [s]的發音是上下齒對齊合攏，軟顎抬起，堵住鼻腔通路，舌尖往上接近上齒齦，中間要留一個小小的空隙，再讓氣流從那一個小空隙摩擦而出。不要振動聲帶喔！

▶「ざ、ず、ぜ、ぞ」是子音[dz]跟母音[ɑ、i、ɯ、e、o]拼起來的。[dz]的發音方式、部位跟[ts]一樣，不一樣的是要振動聲帶。「じ」是子音[dʒ]跟母音[i]拼起來的。[dʒ]的發音是舌葉抵住上齒齦，把氣流擋起來，然後稍微放開，讓氣流從縫隙中摩擦而出。要振動聲帶喔！

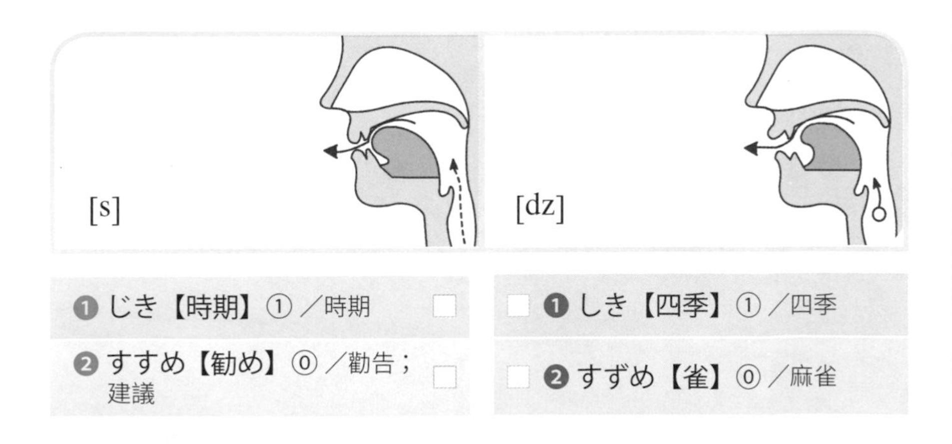

❶ じき【時期】①／時期 □	□ ❶ しき【四季】①／四季
❷ すすめ【勧め】⓪／勸告；建議 □	□ ❷ すずめ【雀】⓪／麻雀

❸ あじ【味】⓪／味道	☐	☐	❸ あし【足】②／腳
❹ しぜん【自然】⓪／自然	☐	☐	❹ しせん【視線】⓪／視線
❺ かぞく【家族】①／家人	☐	☐	❺ かそく【加速】⓪／加速
❻ いず【伊豆】⓪／伊豆	☐	☐	❻ いす【椅子】⓪／椅子

區別發音6 清濁音—「た」行

track 0-6

▶ [t]的發音是舌尖要頂在上齒根和齒齦之間，然後很快把它放開，讓氣流衝出。不要震動聲帶喔！

▶「だ、で、ど」是子音[d]跟母音[a、e、o]拼起來的。[d]發音的方式、部位跟[t]一樣，不一樣的是要振動聲帶。「ぢ」的發音跟「じ」一樣。「づ」的發音跟「ず」一樣。

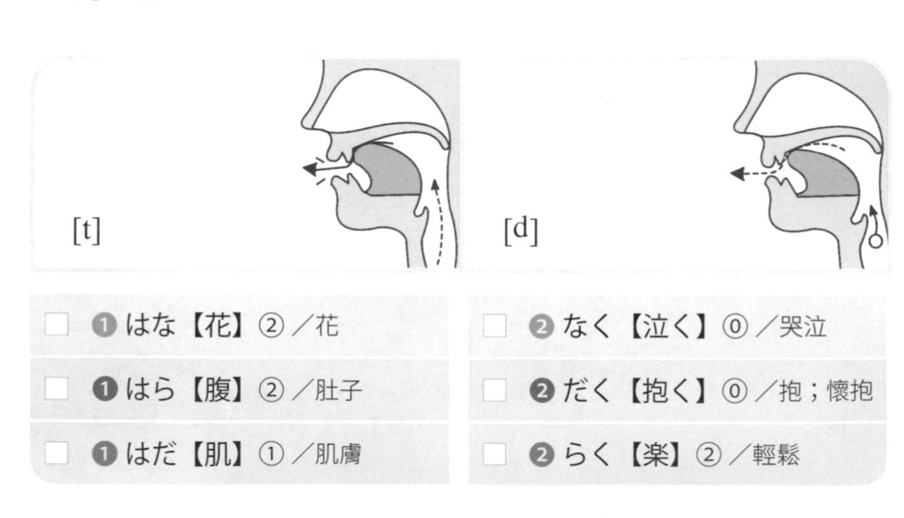

☐	❶ はな【花】②／花	☐	❷ なく【泣く】⓪／哭泣
☐	❶ はら【腹】②／肚子	☐	❷ だく【抱く】⓪／抱；懷抱
☐	❶ はだ【肌】①／肌膚	☐	❷ らく【楽】②／輕鬆

☐ ❸ なら【奈良】①／奈良	☐ ❸ なな【七】①／七
☐ ❸ なだ【灘】①／波濤洶湧的海	

區別發音7 清音、濁音、半濁音—「は」行

track 0-7

- [h]發音時，嘴要張開，讓氣流從聲門摩擦而出，發音器官要盡量放鬆，呼氣不要太強。
- 「ば、び、ぶ、べ、ぼ」是子音[b]跟母音[ɑ、i、ɯ、e、o]拼起來的。[b]的發音是緊緊的閉住兩唇，為了不讓氣流流往鼻腔，叫軟顎把鼻腔通道堵住，然後很快放開，讓氣流從兩唇衝出。要同時振動聲帶喔！
- 「ぱ、ぴ、ぷ、ぺ、ぽ」是子音[p]跟母音[ɑ、i、ɯ、e、o]拼起來的。[p]的發音部位跟[b]相同，不同的是不需要振動聲帶。發音時要乾脆。

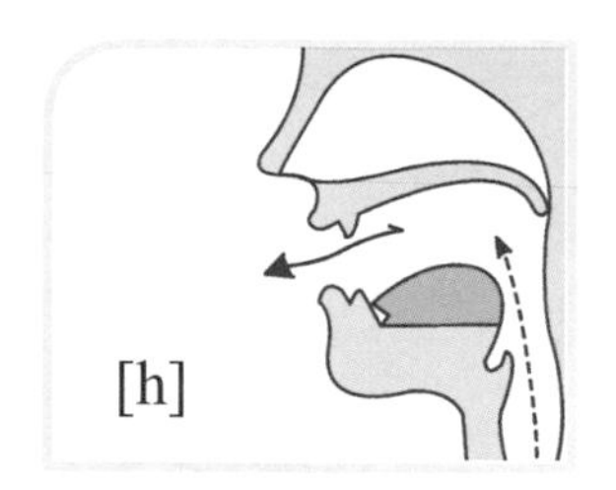

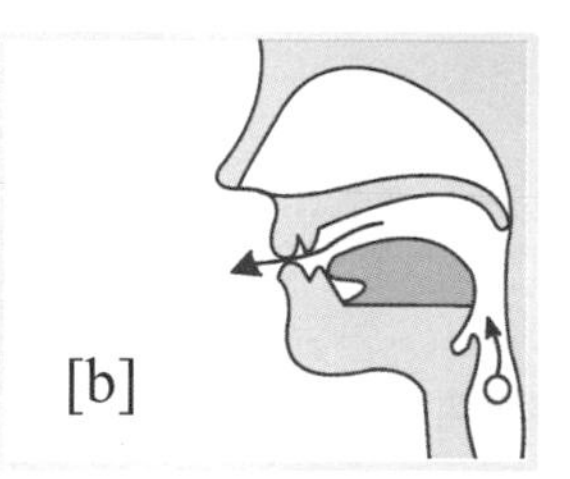

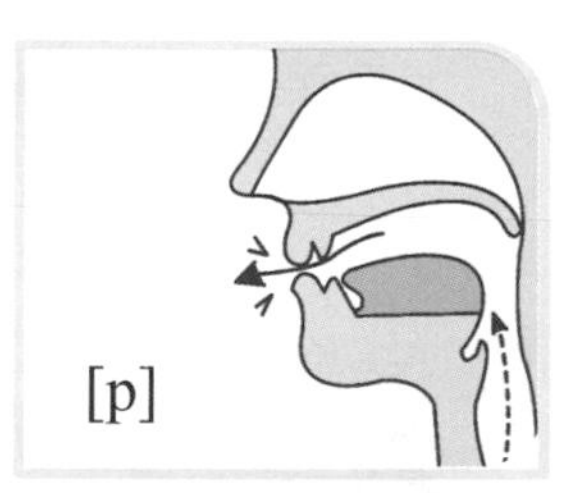

❶ へん【変】①／奇怪的 ☐	☐ ❶ べん【便】①／方便
❷ ぽっと【ポット】①／保溫瓶 ☐	☐ ❷ ほっと【ホット】①／熱的
❸ ぶた【豚】⓪／豬 ☐	☐ ❸ ふた【蓋】⓪／蓋子
❹ パパ①／爸爸 ☐	☐ ❹ ばば【婆】①／祖母；老太太
❺ ひん【品】⓪／人品；物品 ☐	☐ ❺ びん【瓶】①／瓶子
❻ パン①／麵包 ☐	☐ ❻ ばん【番】①／輪班；次序

區別發音8 「や」、「ゆ」、「よ」相似發音

track 0-8

▶ や[jɑ]、ゆ[jɯ]、よ[jo]中的[j]是讓中舌面，跟在它正上方的硬口蓋接近，而發出的聲音。發音比母音短而輕。

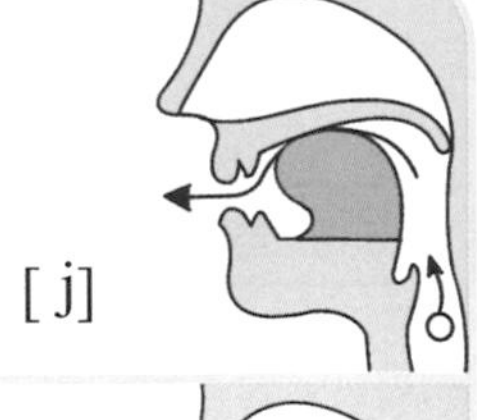

▶ 母音あ[ɑ]是口腔自然地張大，舌頭放低稍微向後縮，舌頭跟下巴一起往下。發音時音色鮮明。兩者都要振動聲帶。

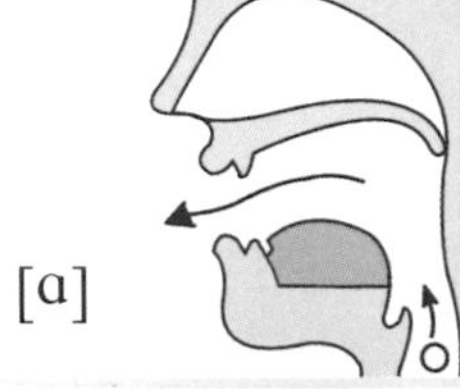

▶ 母音的う[ɯ]是雙唇保持扁平，雙唇兩端左右往中央稍稍靠攏，後舌面隆起靠近軟顎。發音時音色鮮明。兩者都要振動聲帶。

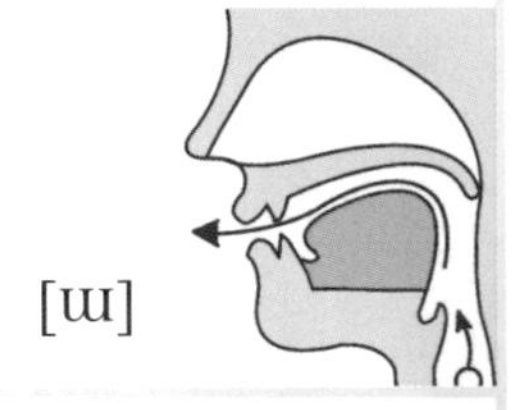

▶ 母音的お[o]是下巴還要往下，舌向後縮後舌面隆起，要圓唇。發音時音色鮮明。兩者都要振動聲帶。

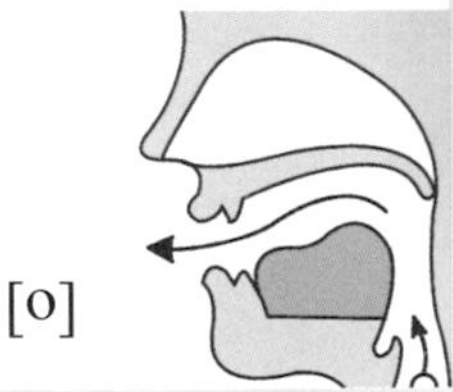

❶ やる【遣る】② ／給～ □	□ ❶ ある【有る】① ／有
❷ やく【焼く】⓪ ／烤 □	□ ❷ あく【空く】⓪ ／空出
❸ ゆき【雪】② ／雪 □	□ ❸ うき【雨季】① ／雨季
❹ ゆえ【故】② ／理由 □	□ ❹ うえ【上】① ／上面
❺ よい【良い】① ／好的 □	□ ❺ おい【甥】⓪ ／姪子

區別發音9 撥音、促音、長音、拗音、直音

track 0-9

- 撥音「ん」是[n]音，跟直音一樣的是都佔一拍，它的發音，會隨著後面發音的不同而受到影響。
- 促音「っ」要停頓一下，佔一拍直音跟促音的不同，是直音不需要停一拍。發促音時，嘴形要保持跟它後面的子音一樣，這樣持續停頓約一拍的時間，最後讓氣流衝出去，就行啦！
- 「い」段假名和小的「や、ゆ、よ」所拼起來的音叫拗音。拗音跟直音的不同，是拗音是由兩個假名拼成一拍，而直音是一個假名就佔一拍。
- 長音就是把假名的母音，拉長一拍唸。除了撥音「ん」跟促音「っ」以外，日語的每個假名都可以發成長音。長音的標示法是，あ段假名後加あ；い段假名後加い；う段假名後加う；え段假名後加い或え；お段假名後加お或う；外來語以「ー」表示。直音跟長音的不同是，直音不需要拉長一拍，而長音要拉長一拍。

❶ しんぱい【心配】⓪／擔心 □	□	❶ しっぱい【失敗】⓪／失敗
❷ うた【歌】①／歌曲 □	□	❷ うった【売った】／賣了
❸ さか【坂】②／坡道 □	□	❸ さっか【作家】⓪／作家
❹ いえ【家】①／家 □	□	❹ いいえ【日誌】⓪／不
❺ へや【部屋】②／房間 □	□	❺ へいや【平野】⓪／平原
❻ きゃく【客】⓪／客人 □	□	❻ きやく【規約】⓪／規則
❼ じゅう【十】①／十 □	□	❼ じゆう【自由】②／自由

區別發音解答

1. ① ② ① ① ② ②
2. ① ① ② ① ② ① ①
3. ② ① ① ② ① ② ②
4. ② ① ① ② ② ①
5. ② ② ② ① ② ①
6. ② ② ③
7. ② ② ① ① ① ①
8. ① ② ① ① ②
9. ② ① ② ① ① ② ②

口語表現特訓課

N4 文法和聽力不再像N5 一樣只有です、ます的說法，一些日常的口語用法也混入其中。想完勝聽力，就必須熟悉口語用法。

のだ → んだ
說明、強調

▶ [動詞普通形＋んだ]。這是用在表示說明情況或強調必然的結果，是強調客觀事實的句尾表達形式。「んだ」是「のだ」的口語撥音變形式。

例 **今(いま)から出(で)かけるんだ。**

我現在正要出門。

例 **話(はなし)があるんだ。**

我有話跟你說。

しまう → ちゃう；でしまう → じゃう
…完、…了

▶ [動詞て形＋ちゃう]；[な行、ま行、が行、ば行動詞＋じゃう]。「ちゃう」是「てしまう」的縮約形。表示完了、完畢；也表示某一行為、動作所造成無可挽回的現象或結果；或表示某種不希望的或不如意事情的發生。

例 **飲(の)み過(す)ぎちゃって、立(た)てないよ。**

喝太多了，站不起來嘛！

例 **宿題(しゅくだい)は、もうやっちゃったよ。**

作業已經寫完了呀！

なくてはならない→なくては、なくちゃならない、なくちゃ
必須…、不得不…

▶ [動詞否定形（去い）；（形容動詞詞幹・名詞）で；形容詞く形＋なくちゃ（じゃ）ならない、なくちや]。表示根據社會常理來看、受某種規範影響，或是有某種義務，必須去做某件事情。「なくては」的口語縮約形為「なくちゃ」，有時只說「なくちゃ」，並將後面省略掉（此時難以明確指出省略的是「いけない」還是「ならない」，但意思大致相同。

例 明日は試験だから７時に起きなくちゃ。

明天要考試，所以要７點起床才行。

例 宿題は自分でやらなくちゃならない。

作業一定要由自己完成才行。

なくてはいけない→なくては、なくちゃいけない、なくちや
不能不…、不許不…；必須…

▶ [動詞否定形（去い）；（形容動詞詞幹・名詞）で；形容詞く形＋なくちゃ（じゃ）いけない、なくちや]。「なくちゃいけない」為「なくてはいけない」的口語縮約形。表示規定對方要做某事，具有提醒對方注意，並有義務做該行為的語氣。多用在個別的事情，對某個人上。

例 毎日、ちゃんと花に水をやらなくちゃ。

每天都必須給花澆水。

例 子供はもう寝なくちゃいけない。

這時間小孩子再不睡就不行了。

なければならない → なければ、なきゃならない、なきゃ
不能不…、不許不…；必須…

▶ [動詞否定形（去い）；（形容動詞詞幹・名詞）で；形容詞く形＋なきゃならない、なきゃ]為「なければならない」的口語縮約形。表示無論是自己或對方，從社會常識或事情的性質來看，不那樣做就不合理，有義務要那樣做。

例 **それ、今日中（きょうじゅう）にしなきゃならないの。**

這個必須在今天之內完成。

例 **ごめん、次（つぎ）の講義（こうぎ）もう行（い）かなきゃ。**

對不起，我得去上下一堂課。

だい
…呢、…呀

▶ [句子＋だい]。接在疑問詞或含有疑問詞的句子後面，表示向對方詢問的語氣，有時也含有責備或責問的口氣。成年男性用言，用在口語，說法較為老氣。

例 **田舎（いなか）のおかあさんの調子（ちょうし）はどうだい。**

鄉下母親的狀況怎麼樣？

例 **君（きみ）の趣味（しゅみ）は何（なん）だい。**

你的嗜好是啥？

かい
…嗎

▶[句子＋かい]。放在句尾，表示親暱的疑問。用在句尾讀升調。一般為年長男性用語。

例 花見(はなみ)は楽(たの)しかったかい。

賞花有趣嗎？

例 君(きみ)、出身(しゅっしん)は東北(とうほく)かい。

你來自東北嗎？

綜合練習 請將以下句子的畫線處改寫成口語用法。

1. 今日中(きょうじゅう)にこれを終(お)わらせなくてはいけません→＿＿＿＿＿。
2. 体(からだ)の具合(ぐあい)はもういいのか→＿＿＿＿＿。
3. 来週(らいしゅう)の水曜日(すいようび)までに家賃(やちん)を払(はら)わなくてはならない→＿＿＿＿＿。
4. 時間(じかん)はいつでもいいのだ→＿＿＿＿＿。
5. これ、どうやって作(つく)ったのか→＿＿＿＿＿。
6. 8時(じ)だ。会社(かいしゃ)に遅(おく)れてしまう→＿＿＿＿＿。
7. 寮(りょう)には夜(よる)11時(じ)までに帰(かえ)らなければならない→＿＿＿＿＿。

解答

1. なくては、なくちゃ、なくちゃいけない
2. かい
3. なくては、なくちゃ、なくちゃならない
4. んだ
5. んだい
6. ちゃう
7. なければ、なきゃ、なきゃならない

N4 聽力模擬考題 問題２

理解重點

track 2-1

共 42 題

錯題數：＿＿＿＿＿＿

もんだい２では、まず　しつもんを　聞(き)いて　ください。そのあと、もんだいようしを見(み)て　ください。読(よ)む　時間(じかん)が　あります。それから　話(はなし)を　聞(き)いて、もんだいようしの　１から４の　中(なか)から、いちばん　いい　ものを　一(ひと)つ　えらんで　ください。

例

track 2-1

1　デジカメを　持(も)って　いないから

2　女(おんな)の人(ひと)の　デジカメが　気(き)に　入(い)って　いるから

3　自分(じぶん)の　カメラは　重(おも)いから

4　自分(じぶん)の　カメラは　こわれて　いるから

答え
①②③④

第１題

track 2-2

1　ハンバーグ

2　天(てん)ぷら

3　カレーライス

4　サンドイッチ

答え
①②③④

第2題

track 2-3

1　300円（えん）
2　240円（えん）
3　100円（えん）
4　120円（えん）

答え
① ② ③ ④

第3題

track 2-4

1　A組（ぐみ）
2　B組（ぐみ）
3　C組（ぐみ）
4　D組（ぐみ）

答え
① ② ③ ④

第4題

track 2-5

1　学校(がっこう)が　休(やす)みに　なったから
2　桜(さくら)が　きれいだから
3　見(み)たい　お寺(てら)が　あるから
4　歴史(れきし)の　勉強(べんきょう)に　なるから

答え
①②③④

第5題

track 2-6

1　ホテルで　一日中(いちにちじゅう)　寝(ね)ていた
2　ゆっくり　散歩(さんぽ)して　いた
3　ホテルの　庭(にわ)で　絵(え)を　かいて　いた
4　バスで　いろいろな　所(ところ)に　行(い)った

答え
①②③④

第6題

track 2-7

1 雨（あめ） ときどき 曇（くも）り

2 晴（は）れ、夜（よる）から 雨（あめ）

3 一日中（いちにちじゅう） 晴（は）れ

4 一日中（いちにちじゅう） 雨（あめ）

答え
①②③④

第7題

track 2-8

1 音楽（おんがく）の 先生（せんせい）

2 看護師（かんごし）

3 電車（でんしゃ）の 運転手（うんてんしゅ）

4 小学校（しょうがっこう）の 先生（せんせい）

答え
①②③④

2 もんだい 翻譯與解題 例

もんだい2では、まず　しつもんを　聞いて　ください。そのあと、もんだいようしを　見て　ください。読む　時間が　あります。それから　話を　聞いて、もんだいようしの　1から4の　中から、いちばん　いい　ものを　一つ　えらんで　ください。

先聽一次考題 track 2-1

1　デジカメを持っていないから
2　女の人のデジカメが気に入っているから
3　自分のカメラは重いから
4　自分のカメラはこわれているから

單字

先輩（前輩；學姐，學長；老前輩）

持てる（能拿，能保持；受歡迎，吃香）

壊れる（壞掉，損壞；故障）

～てくれる（〈為我〉做…）

～かい（…嗎〈年長男性用語〉）

日文對話與問題

男の人と女の人が話しています。男の人は、どうしてカメラを借りるのですか。

M：来週の日曜日、きみの持っているカメラを貸してくれるかい。

F：いいですよ。でも、先輩はすごくいいカメラを持っているでしょう。あのカメラ、壊れたんですか。

M：いや、あのカメラはとてもよく撮れるんだけど、重いんだよ。日曜日はたくさん歩くから、荷物は軽くしたいんだ。

F：そうなんですか。わかりました。どうぞ使ってください。

男の人は、どうしてカメラを借りるのですか。

第２大題，請先聽提問，再瀏覽試題，有一段閱讀的時間。之後再聆聽敘述與對話，並於作答紙上，自１到４的選項中，選出一個最適當的答案。

2 對話與問題中譯

男士和女士正在談話。請問這位男士為什麼要向人借用相機呢？

M：下個星期天，可以向妳借相機嗎？

F：可以呀。不過，學長自己也有一台高性能相機，那台相機壞了嗎？

M：沒壞。我那台相機拍出來的照片雖然美，但是太重了。星期天會長途步行，想減輕身上的重量。

F：原來如此。明白了，我會帶來借您的。

請問這位男士為什麼要向人借用相機呢？

1　因為他沒有相機。
2　因為他很喜歡女士的相機。
3　因為自己的相機太重了。
4　因為自己的相機壞掉了。

3 攻略的要點　答案：3

» 這題要問的是男士「どうしてカメラを借りるのですか／為什麼要借照相機呢？」。聽到「どうして」，就知道題目要詢問原因。通常題目會以一問一答的方式帶出原因。

» 記得「借りる／借入」跟「貸す／借出」的差別。而從「貸してくれる／借給我」，知道要問的是男士為什麼要借入照相機的問題。

» 從女士問「先輩はすごくいいカメラを持っているでしょう。あのカメラ、壊れたんですか／學長不是有一台很棒的照相機，那台相機壞了嗎？」，男士否定說「いや／不是」，知道選項４「自分のカメラはこわれているから／因為自己的照相機壞了」不正確。接下來男士說「あのカメラはとてもよく撮れるんだけど、重いんだよ／我的那台相機雖然拍得好，但太重了」，知道答案是３的「自分のカメラは重いから／因為自己的相機太重了」。

再聽一次對話內容 track 2-1

2 もんだい　翻譯與解題　第 1 題

先聽一次考題　track 2-2

1　ハンバーグ
2　天ぷら
3　カレーライス
4　サンドイッチ

單字

真面目（認真的）

～の（…嗎〈口語〉）

ハンバーグ【hamburg】（漢堡肉）

～ているところだ（正在…、…的時候）

～そう（好像…、似乎…）

日文對話與問題

学校の食堂で、女の学生と男の学生が話しています。男の学生は、お昼に何を食べますか。

F：田中君、どうしたの。真面目な顔をして。何か考えてるの？

M：いや、考えているんじゃないよ。ハンバーグができるのを待っているところだよ。

F：なんだ、そうか。向こうの人が食べている天ぷらが食べたいのかと思った。

M：たしかに、あの天ぷら、おいしそうだね。

F：私は、今日はカレーライスだったよ。

M：ああ、ここ、カレーライスもおいしいよね。

男の学生は、お昼に何を食べますか。

02 對話與問題中譯

女同學和男同學正在學校的食堂裡交談。請問這位男同學午餐吃什麼呢？

F：田中同學，怎麼了？瞧你一臉專注，在想什麼呢？

M：沒什麼，不是在想事情，只是在等現做漢堡排而已啦。

F：哎唷，原來如此。我還以為你想吃那邊的人正在吃的日式炸物呢。

M：那些日式炸物看起來確實很美味。

F：我今天吃的是咖哩飯喔。

M：嗯，這裡的咖哩飯也很好吃呢。

請問這位男同學午餐吃什麼呢？

1　漢堡排
2　日式炸物
3　咖哩飯
4　三明治

03 攻略的要點　答案：1

» 注意題目問的是「男學生」的午餐吃什麼。

» 男學生說「ハンバーグができるのを待（ま）っているところだ／我正在等漢堡排做好」，由此可知他點的是漢堡排。

» 雖然他後來提到「あの天（てん）ぷら、おいしそうだね／那個日式炸物看起來好好吃」，以及「カレーライスもおいしいよね／咖哩飯也很美味」，但並沒有表示自己要吃。

再聽一次對話內容 - track 2-2

2 もんだい 翻譯與解題 第2題

先聽一次考題 track 2-3

1　300円
2　240円
3　100円
4　120円

單字

払う（付錢；除去）

客（客人；顧客）

～（ら）れる（可能、可以）

日文對話與問題

女の人と店の人が話しています。女の人は、全部でいくら払いましたか。

F：このりんごおいしそうね。いくら？

M：安いよ。3個で300円だ。

F：じゃあ、それを2個ください。2個だから200円ね。はい、200円。

M：あ、お客さん、これ3個で300円だけど、1個は120円だから、2個だと240円なんだ。3個買うほうが安いよ。

F：えっ、そうなの。でも、一人で3個は食べられないし、1個でいいです。

M：はーい。

女の人は、全部でいくら払いましたか。

02 對話與問題中譯

女士和店員正在交談。請問這位女士總共付了多少錢呢？

F：這蘋果看起來真可口，怎麼賣？

M：很便宜喔，3 顆 300 圓。

F：那麼，請給我兩顆。兩顆是 200 圓對吧？來，200 圓給您。

M：啊，小姐，不好意思，3 顆是 300 圓，但是單買 1 顆是 120 圓、買 2 顆是 240 圓，所以買 3 顆比較划算喔。

F：啊，是哦？可是我一個人吃不了 3 顆，買 1 顆就好。

M：沒問題。

請問這位女士總共付了多少錢呢？

1　300 圓
2　240 圓
3　100 圓
4　120 圓

03 攻略的要點　答案：4

» 這是一題數字題，為避免許多數字聽了會混淆或忘記，請隨時做筆記紀錄。

» 雖然店員說蘋果單顆120圓，買 3 顆可享優惠價300圓，但女士表示「1個(こ)でいいです／只要一顆就好」，所以她需要支付120圓。

再聽一次對話內容 – track 2-3

先聽一次考題 track 2-4

1　A組
2　B組
3　C組
4　D組

單字

残念（遺憾，可惜）

～し（不僅…而且…）

日文對話與問題

家で男の子がお母さんに話をしています。友達のひろし君は何組になりましたか。

M：今日から新しいクラスになったよ。ぼくはB組になった。

F：好きな友達と同じクラスになった？

M：こういち君はA組だし、ゆうすけ君はD組。

F：あら、残念ね。ひろし君は？

M：ひろし君は、こういち君と同じクラス。でも、たかし君とともゆき君は僕と同じB組だから、よかったよ。

F：そうね。

友達のひろし君は何組になりましたか。

02 對話與問題中譯

男孩正在家裡和母親說話。請問男孩的朋友小廣被分到哪一班呢？

M：今天重新分班了。我被分到B班。

F：你和那些好朋友都在同一班嗎？

M：浩一是A班，祐介在D班。

F：哎呀，真可惜。小廣呢？

M：小廣和浩一同班。不過小隆跟智之都和我一樣在B班，太好了！

F：真好。

請問男孩的朋友小廣被分到哪一班呢？

1　A組
2　B組
3　C組
4　D組

03 攻略的要點　答案：1

» 對話中出現大量的人名，可善用做筆記的技巧，直接在選項旁邊寫下人物的名字，名字可以簡化成每個發音的開頭即可。這樣，誰分在幾班就一目瞭然了。

» 因為對話中提到「ひろし君(くん)はこういち君(きみ)と同(おな)じクラス／小廣和浩一同班」，而前面也說過浩一是A班。

再聽一次對話內容 track 2-4

2 もんだい 翻譯與解題 第4題

先聽一次考題 track 2-5

1 学校が休みになったから
2 桜がきれいだから
3 見たいお寺があるから
4 歴史の勉強になるから

單字

けど（雖然、可是、但…）
寺（寺院）
歴史（歷史）
～とおもう（我想…）

日文對話與問題

おばあさんと男の子が話しています。男の子は、どうして奈良に行きたいですか。

F：もうすぐ春休みね。どこかへ旅行に行くの？

M：うん、奈良に行きたいと思っているんだ。

F：ああ、春の奈良は桜がきれいでしょうね。

M：桜もいいけど、それより、見たいお寺があるんだ。

F：そう。奈良は歴史の勉強にもなるから、いってらっしゃい。

男の子は、どうして奈良に行きたいですか。

02 對話與問題中譯

奶奶和男孩正在交談。請問這個男孩為什麼想去奈良呢？

Ｆ：快放春假了吧，想去什麼地方旅行嗎？

Ｍ：呃……我想去奈良。

Ｆ：喔，奈良春天的櫻花真是美不勝收呢。

Ｍ：賞櫻也不錯，但我更想去參觀寺院。

Ｆ：這樣啊。在奈良可以學習歷史知識，你好好去玩吧。

請問這個男孩為什麼想去奈良呢？

1　因為學校放假。
2　因為櫻花開得美不勝收。
3　因為想去參觀寺廟。
4　因為可以學習歷史知識。

03 攻略的要點　答案：3

» 這題有許多干擾的選項，可以邊聽邊用刪去法刪除。

» 因為男孩說「桜(さくら)もいいけど、それより、見(み)たいお寺(てら)があるんだ／賞櫻也不錯，可是有間寺院我更想去參觀」，可知答案。

» 這裡使用了「ＡよりＢ（のほう）が～／相較於Ａ，Ｂ（更加）…」的比較句型。男孩表示「桜(さくら)よりお寺(てら)が／比起櫻花，更（想看）寺院」。

» 題目詢問的是男孩想去的理由，至於「歴史(れきし)の勉強(べんきょう)にもなるから／還可以學習歷史知識」這句話是奶奶說的，所以不是正確答案。

再聽一次對話內容 track 2-5

先聽一次考題　track 2-6

1　ホテルで一日中寝ていた
2　ゆっくり散歩していた
3　ホテルの庭で絵をかいていた
4　バスでいろいろな所に行った

單字

大分（大約，相當地）
景色（景色，風景）
間（間隔；中間；期間；之間）
ずっと（更，一直）
～だろう（…吧）
寂しい（孤單；寂寞）
～てみる（試著〈做〉…）
泊まる（住宿，過夜；〈船〉停泊）

日文對話與問題

男の人と女の人が話しています。女の人は、旅行中、何をしていましたか。

M：これ、先週、旅行したときの写真なの？
F：ええ、東京よりもだいぶ寒かったけれど、とてもいい景色でした。
M：夏の間は、観光客が多いらしいけれど、今ごろはずっと減るんだろう？寂しくなかった？
F：いいえ。ゆっくりできました。
M：一人でいろいろな所に行ってみたの？
F：あまり遠くまでは出かけませんでした。泊まったホテルの庭で絵を描いたりしていたんです。
M：それもすてきだね。
女の人は、旅行中、何をしていましたか。

02 對話與問題中譯

男士和女士正在交談。請問這位女士在旅途中做過哪些活動呢？

M：這是上星期妳去旅行的照片嗎？

F：是呀，那裡比東京冷多了，不過風景相當賞心悅目。

M：聽說那邊夏季時總是擠滿觀光人潮，這個時節應該沒那麼多人吧？是不是有種淒涼的氣氛？

F：不會的。幸好人不多，這才能夠慢慢逛。

M：妳一個人探訪了很多地方嗎？

F：沒去太遠的地方，有時在飯店的庭園裡寫生。

M：真享受呀。

請問這位女士在旅途中做過哪些活動呢？

1　一整天都在飯店睡覺。
2　悠閒地散了步。
3　在飯店的院子裡寫生。
4　坐公車到很多地方走走逛逛。

03 攻略的要點　答案：3

» 這是一題問事題，重點在於女士做了什麼事，不須每句都聽懂，只要抓出關鍵句、刪除干擾選項就能得出答案。

» 因為女士回答「泊（と）まったホテルの庭（にわ）で絵（え）を描（か）いたりしていたんです／在住宿旅館的庭院寫生」。對話中並未提到選項１的「寝（ね）ていた／睡了」以及選項２的「散歩（さんぽ）していた／散了步」。至於選項４，男士詢問「一人（ひとり）でいろいろなところに行（い）ってみたの？／妳一個人到處走走逛逛嗎？」而女士回答的是「あまり～出（で）かけませんでした／沒去（太遠）的地方」。

再聽一次對話內容 track 2-6

2 もんだい　翻譯與解題　第6題

先聽一次考題　track 2-7

1　雨ときどき曇り
2　晴れ、夜から雨
3　一日中晴れ
4　一日中雨

單字

天気予報（天氣預報）

お～する、ご～する（我為您〈們〉做…）

伝える（傳達，轉告；傳導）

～出す（開始…;…起來）

続く（繼續;接連;跟著）

～ず（に）（不…地、沒…地）

日文對話與問題

天気予報を聞いています。今度の金曜日の東京の天気は、どうだと言っていますか。

F：今週1週間の天気予報をお伝えします。東京は、明日の月曜日から水曜日までは、雨ときどき曇りです。木曜日と金曜日は晴れますが、木曜日は風が強く、また金曜日は夜から雨が降り出すでしょう。しかしその雨も長くは続かずに、土曜日と日曜日は晴れて、いい天気になるでしょう。

今度の金曜日の東京の天気は、どうだと言っていますか。

02 對話與問題中譯

現在正在播報氣象。請問東京本週五的天氣預報如何呢？

F：接下來為您播報本週天氣預報。東京自明日週一至週三為陰時多雲有雨，週四至週為晴天，但是週四風勢強勁，而週五晚間將會降雨，所幸降雨時間不長，到了週六和週日都將是晴朗的好天氣。

請問東京本週五的天氣預報如何呢？

1　有雨時而多雲。
2　晴朗，晚間開始降雨。
3　整日晴朗。
4　整日下雨。

03 攻略的要點　答案：2

» 天氣題的內容較多，可以略聽並抓住注意題目問的問題來解答。

» 本題問的是星期五的天氣，而對話中提到「木曜日と金曜日は晴れますが／週四和週五將是晴天」以及「また金曜日は夜から雨が降り出すでしょう／此外，預測週五晚間開始降雨」。

再聽一次對話內容 track 2-7

先聽一次考題 track 2-8

1 音楽の先生
2 看護師
3 電車の運転手
4 小学校の先生

單字

- **高校生**（高中生）
- **将来**（未來；將來）
- **運転手**（駕駛員；司機）
- **看護師**（護士）
- **～（よ）うとおもう**（我打算…）
- **小学校**（小學）

日文對話與問題

女の高校生と男の高校生が話しています。女の高校生は将来何になりたいですか。

F：先輩は、将来どんな仕事がしたいですか。

M：そうだね。子どものときは電車の運転手になりたかったな。

F：私は、ピアノを習っていたから、音楽の先生になりたいと思っていました。今は看護師になろうと思っています。

M：そうか。僕は小学校の先生になりたいな。子どもが好きだし、両親も小学校の先生だから。

女の高校生は将来何になりたいですか。

02 對話與問題中譯

高中女生和高中男生正在談話。請問這位高中女生將來想從事什麼工作呢？

F：請問學長將來想從事什麼工作呢？

M：我想想……小時候很想當電車司機。

F：我學過鋼琴，一度想當音樂老師，但現在希望成為護理師。

M：這樣啊。我想當小學老師，一方面是喜歡小朋友，而且父母也都是小學老師。

請問這位高中女生將來想從事什麼工作呢？

1　音樂老師。
2　護理師。
3　電車駕駛員。
4　小學老師。

03 攻略的要點　答案：2

» 注意題目問的是女高中生的想法，而不是學長，可以邊聽邊刪除不符合的選項。

» 因為女高中生表示「～音楽(おんがく)の先生(せんせい)になりたいと思(おも)っていました。今(いま)は看(かん)護師(ごし)になろうと思(おも)っています／…以前想當音樂老師，但現在希望成為護理師」。

再聽一次對話內容 track 2-8

第8題

track 2-9

1 黄(き)

2 黒(くろ)

3 赤(あか)

4 青(あお)

答え
①②③④

第9題

track 2-10

1 母(はは)が　中学校(ちゅうがっこう)の　先生(せんせい)を　して　いるから

2 先生(せんせい)に　なるための　大学(だいがく)に　行(い)ったから

3 母(はは)に　小学校(しょうがっこう)の　先生(せんせい)に　なるように　と　言(い)われたから

4 子(こ)どもが　かわいいから

答え
①②③④

第10題

track 2-11

1 午後(ごご)2時(じ)
2 午前(ごぜん)10時(じ)
3 午前(ごぜん)11時(じ)
4 午後(ごご)1時(じ)

答え
①②③④

第11題

track 2-12

1 テーブルに　熱(あつ)い　ものを　のせること
2 テーブルの　上(うえ)に　乗(の)ること
3 テーブルに　鉛筆(えんぴつ)で　絵(え)を　かくこと
4 テーブルに　冷(つめ)たい　ものを　のせること

答え
①②③④

第12題

track 2-13

1 ステーキなどは　あまり　多く（おお）　食べ（た）ないこと
2 肉（にく）より　魚（さかな）を　多く（おお）　食べる（た）こと
3 お塩（しお）を　とりすぎないこと
4 あまり　かたい　ものは　食べ（た）ないこと

答え
①②③④

第13題

track 2-14

1 お母（かあ）さん
2 おばあさん
3 自分（じぶん）
4 お父（とう）さん

答え
①②③④

第14題

track 2-15

1 ご主人（しゅじん）

2 5さいの　男（おとこ）の　子（こ）

3 小学生（しょうがくせい）の　女（おんな）の　子（こ）

4 有名（ゆうめい）な　人（ひと）

答え
①②③④

先聽一次考題 track 2-9

1 黄（き）
2 黒（くろ）
3 赤（あか）
4 青（あお）

單字

忘れ物（わすれもの）（遺忘物品，遺失物）

あげる（給；送）

日文對話與問題

女（おんな）の学生（がくせい）と男（おとこ）の学生（がくせい）が話（はな）しています。中田（なかだ）さんのかさは何色（なにいろ）ですか。

F：昨日（きのう）、中田（なかだ）さんがかさがないと言（い）って探（さが）していたけど、知（し）らない？

M：忘（わす）れ物（もの）を置（お）く所（ところ）に、赤（あか）いかさと黒（くろ）いかさと青（あお）いかさが１本（ぽん）ずつあったよ。

F：ああ、きっと、その赤（あか）いかさが中田（なかだ）さんのよ。

M：そう。今日（きょう）も、午後（ごご）から雨（あめ）が降（ふ）りそうだから、すぐに教（おし）えてあげるといいね。

F：そうします。

中田（なかだ）さんのかさは何色（なにいろ）ですか。

02 對話與問題中譯

女學生和男學生正在交談。請問中田同學的傘是什麼顏色的呢？

F：昨天中田同學說傘不見了還找了好久，你看到了嗎？

M：在失物招領那裡有一把紅傘、一把黑傘和一把藍傘耶喔。

F：喔，那把紅傘一定是中田同學的！

M：是哦？今天下午好像也會下雨，趕緊告訴她吧。

F：我去跟她說。

請問中田同學的傘是什麼顏色的呢？

1　黃。
2　黑。
3　紅。
4　藍。

03 攻略的要點　答案：3

» 對話中雖然出現了各種顏色，但只要掌握關鍵「田中同學的傘」，不用每句都聽懂，本題也能迎刃而解。

» 女學生說「きっと、その赤(あか)い傘(かさ)が中田(なかた)さんのよ／那把紅傘一定是中田同學的」，可知答案。

再聽一次對話內容 track 2-9

2 もんだい　翻譯與解題　第 9 題

先聽一次考題　track 2-10

1　母が中学校の先生をしているから
2　先生になるための大学に行ったから
3　母に小学校の先生になるようにと言われたから
4　子どもがかわいいから

單字

卒業（畢業）
遊び（遊戲；遊玩，玩耍；間隙）

日文對話與問題

高校生が卒業した先輩と話しています。先輩は、どうして小学校の先生になりたいですか。

F：田中さんはこの高校を卒業したあと、先生になるための大学に行ったのですね。小さいときから将来は先生になると決めていたのですか。

M：小さいときにはお医者さんになりたかったです。

F：では、なぜ、先生になると決めたのですか。

M：母も小学校の先生をしていますので、母の生徒たちがときどき家に遊びにくるのです。その子どもたちがとてもかわいいので、先生になろうと決めました。

F：では、卒業されたら小学校の先生ですね。

M：そうですね。それが一番なりたいものです。

先輩は、どうして小学校の先生になりたいですか。

02 對話與問題中譯

高中生和已經畢業的學長正在交談。請問這位學長為什麼想當小學老師呢？

F：田中學長從這所高中畢業之後進入培育師資的大學了。請問您小時候就決定以後要成為老師嗎？

M：我小時候本來想當醫生。

F：那麼，後來為什麼決定當老師呢？

M：家母是小學老師，她的學生常常來家裡玩，那些小孩實在太可愛了，這才讓我下定決心要成為一名教師。

F：那麼，您畢業後就會成為小學老師囉？

M：是啊，那是我最想做的事。

請問這位學長為什麼想當小學老師呢？

1　因為母親是國中老師 。
2　因為上了專門培訓師資的大學。
3　因為媽媽希望他當小學老師。
4　因為小孩子很可愛。

03 攻略的要點　答案：4

» 聽到「どうして」可知這題是原因題，留意對話中的問答部分，和「～から～／因為」、「～ので～／因為」、「～ために～／為了」、「これは～からです」等原因相關指標字詞。

» 對話中提到「その子(こ)どもたちがとてもかわいいので／因為那些小朋友實在太可愛了」。這裡使用「ので／因為」表示事情的原因。

其他選項

1 的「母(はは)が中学校(ちゅうがっこう)の先生(せんせい)をしているから／因為我媽媽是中學老師」是小朋友們來家裡玩的理由，而不是學長「小学校(しょうがっこう)の先生(せんせい)になりたい理由(りゆう)／想當小學老師的原因」。

再聽一次對話內容 – track 2-10

先聽一次考題 track 2-11

1　午後２時
2　午前 10 時
3　午前 11 時
4　午後１時

單字

展覧会（展覽會）

～にする（決定…）

日文對話與問題

男の人と女の人が話しています。女の人は、友達と何時に約束しますか。

M：あおいデパートの展覧会には、もう行きましたか。

F：ああ、写真の展覧会ですね。まだ行っていません。今度の土曜日に、友達と一緒に行く予定です。

M：人が多いので、なるべく午前中に行った方がゆっくり見ることができますよ。

F：そうですか。友達と午後２時に約束していたんだけど、じゃあ、10 時にします。

M：そのほうがいいと思いますよ。

女の人は、友達と何時に約束しますか。

02 對話與問題中譯

男士和女士正在交談。請問這位女士會和朋友約在幾點見面呢？

M：妳去看過 AOI 百貨公司的展覽了嗎？

F：哦，你是說攝影展？還沒去呢。我打算下週六和朋友一起去。

M：人很多，盡量上午去才能慢慢欣賞。

F：是嗎？原本和朋友約在下午２點，這樣的話改到 10 點好了。

M：我覺得那樣比較好喔。

請問這位女士會和朋友約在幾點見面呢？

1　下午２點。
2　上午 10 點。
3　上午 11 點。
4　下午１點。

03 攻略的要點　　答案：2

» 先看選項，留意是上午還是下午，並隨時做筆記。

» 女士最後表示「じゃあ、10時（じ）にします／那麼改成10點吧」。雖然她前面提到「友達（ともだち）と午後（ごご）２時（じ）に約束（やくそく）していた／我和朋友約好下午２點碰面了」，但是後來聽從建議，將見面時間提前到上午，於是決定改為10點碰面。

» 像這裡的「だけど」這樣的轉折用語經常是陷阱和重點所在，可以多加留意。

再聽一次對話內容 track 2-11

2 もんだい 翻譯與解題 第11題

先聽一次考題 track 2-12

1 テーブルに熱いものをのせること
2 テーブルの上に乗ること
3 テーブルに鉛筆で絵をかくこと
4 テーブルに冷たいものをのせること

單字

店員（店員）

～てはいけない（不可以…、請勿…）

如何（如何，怎麼樣）

壊れる（壞掉，損壞；故障）

日文對話與問題

店員と女の人が話しています。店員がしてはいけないと言っているのはどんなことですか。

M：このテーブル、いかがですか。とても丈夫ですよ。

F：うちの子は、テーブルの上に乗ったりするのですが、大丈夫ですか。

M：はい、大丈夫です。このテーブルは、大人が乗ってもこわれません。

F：テーブルに鉛筆で絵をかいたりしますが、消すことはできますか。

M：はい、大丈夫です。ただ、熱いものをのせるのはだめですよ。

F：じゃ、これにしよう。

店員がしてはいけないと言っているのはどんなことですか。

02 對話與問題中譯

店員和女士正在交談。請問這位店員表示不可以做的事是什麼呢？

M：您喜歡這張桌子嗎？很堅固的。

F：我家孩子有時會坐在桌子上，沒問題嗎？

M：是的，沒問題。這張桌子即使大人坐上去也不會壞。

F：孩子有時候會拿鉛筆在桌子上畫圖，擦得掉嗎？

M：擦得掉，沒問題。但是，溫度高的東西不可以放在上面喔。

F：那麼，我要這張。

請問這位店員表示不可以做的事是什麼呢？

1　將高溫物品放置在桌上。
2　坐在桌子上。
3　用原子筆在桌上塗鴉。
4　將低溫物品放置在桌上。

03 攻略的要點　答案：1

» 這是問事題中，問不可以做什麼事的問題。先看選項並留下印象，然後邊聽邊刪除可以的選項。

» 店員說「熱(あつ)いものを載(の)せるのはだめですよ／不能擺放高溫物品」。關於選項２的「テーブルの上(うえ)に乗(の)ったり／爬到桌上」以及選項３的「テーブルに鉛筆(えんぴつ)で絵(え)を描(か)いたり／拿鉛筆坐在桌前畫圖」，店員都回答可以，但沒有提到選項４的「冷(つめ)たいもの／低溫物品」。

再聽一次對話內容 track 2-12

2 もんだい　翻譯與解題　第 12 題

先聽一次考題　track 2-13

1　ステーキなどはあまり多く食べないこと
2　肉より魚を多く食べること
3　お塩をとりすぎないこと
4　あまりかたいものは食べないこと

單字

～ように（請…、希望…）
気（氣；氣息；心思）
普通（普通，平凡）
続ける（持續，繼續；接著）

日文對話與問題

医者と男の人が話しています。男の人はどんなことに気をつけなければならないですか。

F：だいぶよくなりましたね。もう、普通の食事にしても大丈夫ですよ。
M：魚や肉も食べていいですか。
F：食べていいですよ。野菜もたくさん食べてください。しかし、一つ気をつけなければならないのは、お塩のとり過ぎです。
M：わかりました。塩をとり過ぎないように気をつけます。
F：お薬はしばらく続けてくださいね。1か月たったら、また、来てください。お薬をだしますから。

男の人はどんなことに気をつけなければならないですか。

02 對話與問題中譯

醫師和男士正在交談。請問這位男士必須注意什麼事呢？

F：狀況好很多了呢。已經可以恢復正常的飲食了喔。

M：魚和肉都可以吃了嗎？

F：可以吃了，也請多吃蔬菜。只有一件事要注意，就是不可以攝取過多鹽分。

M：知道了。我會留意不要攝取過多鹽分的。

F：目前藥仍然要繼續服用。請在一個月後回診，屆時會開藥給您。

請問這位男士必須注意什麼事呢？

1 不能吃太多牛排等肉類。
2 少吃肉，多吃魚。
3 避免攝取過多鹽分。
4 避免食用過硬的食物。

03 攻略的要點　答案：3

» 同樣試問事的題型，先看選項，並邊聽邊用刪去法找答案，注意不要選對話內容完全沒有提到的選項。

» 因為醫師表示「気をつけなければならないのは、お塩の取り過ぎです／唯一要注意的是攝取過多鹽分」。「お塩／鹽」是在「塩」的前面加上「お」的禮貌用法。「塩を取る／攝取鹽分」的意思是「塩を食べる／吃鹽」。「取り過ぎ／攝取過多」是「（動詞ます形）過ぎる／過量」的名詞化形式。「（動詞ます形）過ぎる」的句型用於表示超過適切的程度將會導致不良的結果。例句：

・魚を焼き過ぎました／魚烤得太焦了。

・忙し過ぎて、寝る時間もない／忙得連睡覺的時間都沒有。

» 「～過ぎ／…太多」（名詞化）的範例。例句：

・君は甘いものを食べ過ぎだよ／你吃太多甜食了啦！

其他選項

1 醫師說「魚も肉も食べていい／魚和肉都可以吃」。

2 沒有提到「肉より魚を／吃魚比吃肉（好）」。

4 沒有提到「かたいもの／（口感）堅硬的食物」。

再聽一次對話內容 track 2-13

2 もんだい　翻譯與解題　第 13 題

先聽一次考題　track 2-14

1　お母さん

2　おばあさん

3　自分

4　お父さん

單字

作る（作）

自分（自己，我）

習う（學習）

日文對話與問題

男の高校生と女の高校生が話しています。女の高校生のお弁当を作ったのはだれですか。

M：わあ、おいしそうなお弁当だね。君が作ったの？

F：私じゃないよ。こんなお弁当を作れたらいいけど。

M：じゃ、お母さん？

F：いつもは母が作ってくれるんだけど、今、風邪をひいているから、今日は、朝ご飯は私が作って、お弁当はおばあさんが作ってくれたの。

M：へえ、料理が上手だね。

F：私も、母とおばあさんに料理を習って、自分のお弁当は自分で作るようにしたいと思っているの。

女の高校生のお弁当を作ったのはだれですか。

02 對話與問題中譯

高中男生和高中女生正在交談。請問這位高中女生的便當是誰做的呢？

M：哇！妳的便當看起來好好吃哦。是妳做的嗎？

F：不是我啦！要是做得出這樣的便當該有多好。

M：那，是媽媽囉？

F：平常都是媽媽幫我做便當，不過她最近感冒了，所以今天早餐是我做的，便當則是奶奶做給我的。

M：是哦，妳的廚藝不錯唷。

F：我也想向媽媽和奶奶學做菜，希望有朝一日可以自己做自己的便當。

請問這位高中女生的便當是誰做的呢？

1　母親。
2　奶奶。
3　自己。
4　父親。

03 攻略的要點　答案：2

» 這題要聽懂全部的對話內容才有辦法作答。

» 女高中生說「お弁当（べんとう）はおばあさんが作（つく）ってくれたの／便當是奶奶幫我做的」。

» 她在後面提到「自分（じぶん）のお弁当（べんとう）は自分（じぶん）で作（つく）るようにしたいと思（おも）っているの／希望有一天能夠自己的便當自己做」，而「作（つく）るようにしたい／希望能夠做」是在呈現努力目標的「（動詞辞書形）ようにする／能夠…」加上表示希望的「（動詞ます形）たい／希望…」的句型，意思是今後會朝向那個目標努力去做，而不是現在已經有能力做便當了。

再聽一次對話內容 track 2-14

先聽一次考題 track 2-15

1　ご主人
2　5さいの男の子
3　小学生の女の子
4　有名な人

單字

主人（老公，〈我〉丈夫，先生）

いいえ（不是）

娘（女兒）

息子（兒子）

日文對話與問題

男の人と女の人が話しています。壁にかかっている絵は誰がかいたのですか。

M：いい絵ですね。有名な人の絵ですか。

F：いえ、いえ。家の者がかいた絵ですよ。

M：奥様でないとすると、ご主人ですか。

F：二人とも絵は好きですが、これは、子どもがかいたのです。

M：えっ、小学生の娘さんが？

F：いいえ、一番下の５歳の息子です。

M：ええっ、それはすごい。

壁にかかっている絵は誰がかいたのですか。

2 對話與問題中譯

男士和女士正在交談。請問掛在牆上的畫作是誰畫的呢？

M：這幅畫真不錯呢。是知名人士的畫作嗎？

F：不不不，只是家裡的人畫的。

M：如果不是太太您畫的，那就是您先生囉？

F：我們兩人雖然都喜歡欣賞畫作，不過這幅是孩子畫的。

M：咦，是讀小學的千金畫的嗎？

F：不是，是排行老么的５歲兒子。

M：什麼？太厲害了吧！

請問掛在牆上的畫作是誰畫的呢？

1　先生。
2　５歲的男孩。
3　就讀小學的女孩。
4　名人。

3 攻略的要點　　答案：2

» 對話中用一問一答的方式提到許多人物，但錯誤的選項都一一被否決了，問題相當單純。

» 女士最後表明「一番下(いちばんした)の５歳(さい)の息子(むすこ)です／是老么，５歲的兒子」，可知答案。

»「息子(むすこ)／兒子」是指父母生的男孩。
「息子(むすこ)／兒子」⇔「娘(むすめ)／女兒」。

再聽一次對話內容 track 2-15

第15題

track 2-16

1 6時間（じかん）

2 5時間（じかん）

3 7時間半（じかんはん）

4 8時間（じかん）

答え

①②③④

第16題

track 2-17

1 お客（きゃく）に　注意（ちゅうい）されるとき

2 お客（きゃく）に　お礼（れい）を　言（い）われるとき

3 仕事（しごと）が　早（はや）くで　きたとき

4 アルバイトの　お金（かね）を　もらうとき

答え

①②③④

第17題

track 2-18

1　お医者(いしゃ)さん

2　ケーキ屋(や)さん

3　歯医者(はいしゃ)さん

4　パン屋(や)さん

答え
①②③④

第18題

track 2-19

1　携帯電話(けいたいでんわ)

2　宿題(しゅくだい)の　レポート

3　お弁当(べんとう)

4　お箸(はし)

答え
①②③④

第19題

track 2-20

1 午後(ごご) 2時(じ) 45分(ふん)

2 午後(ごご) 1時(じ) 20分(ぷん)

3 午後(ごご) 4時(じ) 50分(ぷん)

4 午後(ごご) 7時(じ)

答え
① ② ③ ④

第20題

track 2-21

1 かさ

2 お弁当(べんとう)

3 飲(の)み物(もの)

4 地図(ちず)

答え
① ② ③ ④

第21題

track 2-22

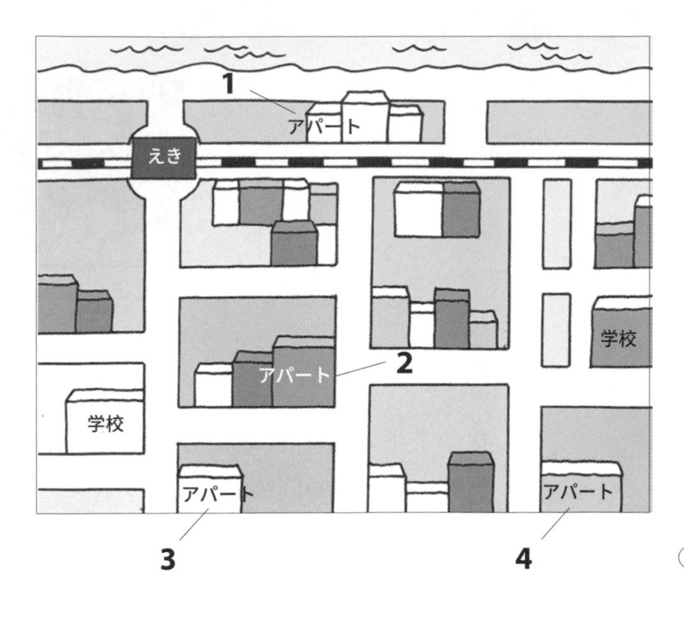

答え

① ② ③ ④

2 もんだい 翻譯與解題 第 15 題

先聽一次考題 track 2-16

1　6時間
2　5時間
3　7時間半
4　8時間

單字

～つもり（打算…、準備…）

これから（從今以後）

暫く（暫時，一會兒；好久）

テレビ【television】（電視）

日文對話與問題

女の学生と男の学生が話しています。男の学生は、今日何時間勉強しますか。

F：何を考えているの。心配そうな顔をして。

M：明日、テストだろう。まだ、全然勉強してないんだ。

F：あら、大変！どうするつもり？

M：これから家に帰ると3時には着くだろう。6時まで勉強して、それから、夕御飯を食べてしばらく休み、7時半からまた、2時間勉強。30分テレビを見て夜中の1時まで勉強すれば、なんとかなるだろう。

F：ま、がんばってね。

男の学生は、今日何時間勉強しますか。

02 對話與問題中譯

女學生和男學生正在交談。請問這位男學生今天會用功幾小時呢？

F：在想什麼呀？瞧你一臉擔憂的樣子。

M：明天要考試了，我根本還沒讀啊。

F：什麼，你慘了！怎麼辦呀？

M：現在回家也得3點才會到，先讀到6點，然後吃晚飯、休息一下，7點半開始再讀2小時，中間看個30分鐘電視，接著讀到深夜1點的話，應該勉強可以過關吧。

F：唉，加油吧。

請問這位男學生今天會用功幾小時呢？

1　6小時。
2　5小時。
3　7小時半。
4　8小時。

03 攻略的要點

答案：4

» 這是需要計算的數字題，看到數字題就要準備隨時做筆記。建議聆聽時先將聽到的記下來就好，聽完後再進行計算。

» 從3點到6點共3小時，然後從7點半起2小時（到9點半），接著看30分鐘電視，然後從10點開始到深夜1點共3小時，以上總共8個小時。

再聽一次對話內容 track 2-16

先聽一次考題 track 2-17

1　お客に注意されるとき
2　お客にお礼を言われるとき
3　仕事が早くできたとき
4　アルバイトのお金をもらうとき

單字

～について（就…、關於…）

レジ【register】（收銀台）

品物（物品，東西；貨品）

いただく（承蒙…、拜領…）

御釣（找零）

叱る（責備，責罵）

御礼（謝辭，謝禮）

日文對話與問題

スーパーでアルバイトをしている女の学生が、自分の仕事について話しています。女の学生は、どんなときにうれしいと言っていますか。

F：私は、スーパーでアルバイトをしています。レジで、品物のお金をいただいたり、おつりをわたしたりする仕事です。はじめのうちは、並んでいるお客様に「遅いよ」と叱られました。でも、時々「ありがとう」とお礼を言われます。そんなときは、とてもうれしいです。

女の学生は、どんなときにうれしいと言っていますか。

2 對話與問題中譯

在超市打工的女學生正在敘述自己的工作。請問這名女學生表示什麼時候會感到開心呢？

Ｆ：我目前在超市打工。工作內容是在收銀台收錢和找錢。一開始工作時，曾被排隊的顧客罵過「很慢耶」。不過，有時也有客人向我道謝說「謝謝」。這時候就會非常開心。

請問這名女學生表示什麼時候會感到開心呢？

1　被客人提醒時。
2　客人向自己道謝時。
3　迅速完成工作時。
4　拿到工資時。

3 攻略的要點　答案：2

» 先看過選項並留下印象，注意，不要選談話內容中沒有提到的選項。

» 因為女生表示「『ありがとう』とお礼(れい)を言(い)われます。そんなときは、とても嬉(うれ)しいです／當聽到客人向自己說『謝謝』的時候非常開心」，可知答案。

再聽一次對話內容 track 2-17

先聽一次考題　track 2-18

1　お医者さん
2　ケーキ屋さん
3　歯医者さん
4　パン屋さん

單字

しっかり（結實，牢固；〈身體〉健壯；用力的，好好的；可靠）

～なくてはならない（必須…、不得不…）

～ばかり（淨…、光…）

太る（胖，肥胖）

日文對話與問題

母親と男の子が話しています。男の子は、何になりたいですか。

F：譲は、大人になったら何になりたい？

M：お医者さんになりたい。

F：お医者さんになるには、しっかり勉強しなくてはならないよ。

M：ふーん。じゃ、やめた。ケーキ屋さんになるよ。ケーキが大好きだから。

F：ケーキばかり食べていたら太るし、それに歯が悪くなるよ。

M：いいよ、僕、歯医者さんと結婚するから。

F：まあ！

男の子は、何になりたいですか。

02 對話與問題中譯

母親和男孩正在交談。請問這個男孩長大後想從事什麼職業呢？

F：小讓長大以後想做什麼工作呢？

M：我要當醫生！

F：要當醫生的話，可得努力用功讀書才行喔。

M：是哦……那算了。換成開蛋糕店好了，我最喜歡吃蛋糕！

F：光吃蛋糕會發胖，而且還會蛀牙喔。

M：沒關係，我會跟牙醫結婚的。

F：瞧瞧這孩子！

請問這個男孩長大後想從事什麼職業呢？

1　當醫生
2　開蛋糕店。
3　當牙醫。
4　開麵包店。

03 攻略的要點　答案：2

» 談話中提到許多職業，這題必須聽懂所有內容才能得出答案。

» 男孩原本的志願「お医者さん／醫生」從後面的那句「じゃ、やめた／那算了」可以知道他決定放棄。至於想當「ケーキ屋さん／蛋糕師傅」的志願，雖然媽媽說「太るし、それに歯が悪くなるよ／不僅會胖，還會蛀牙喔」，但他回答「いいよ／沒關係」。這句「いいよ／沒關係」的完整語意是「歯医者さんと結婚するからいいよ／反正我會和牙醫師結婚所以沒關係」，由此可知是用來表示無所謂的意思。

再聽一次對話內容 track 2-18

翻譯與解題 第18題

先聽一次考題 track 2-19

1　携帯電話
2　宿題のレポート
3　お弁当
4　お箸

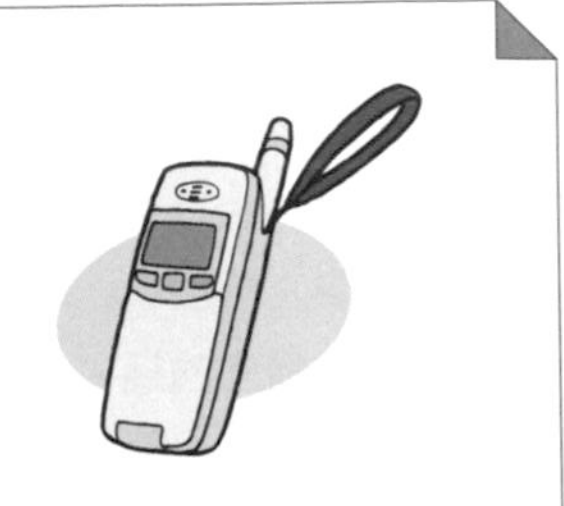

單字

～でも（…之類的）
携帯電話（手機，行動電話）
箸（筷子）
大切（重要；珍惜）

日文對話與問題

学校で、男の学生と女の学生が話しています。男の学生は何を家に忘れたのですか。

M：あ、しまった！これからちょっと家に帰ってくるよ。
F：もう授業が始まるよ。何か忘れ物でもしたの？
M：そうなんだ。一番大切なもの。
F：あ、宿題のレポートを持ってくるのを忘れたのね。
M：レポートは、まだ書いてないよ。携帯電話。
F：えー、それが一番大切なものなの？レポートは２番？
M：２番はお弁当とお箸だよ。

男の学生は何を家に忘れたのですか。

02 對話與問題中譯

男學生和女學生正在學校聊天。請問這位男學生把什麼東西忘在家裡了呢？

M：啊，完了！我現在得回家一趟。

F：快要上課了耶。你忘了帶什麼嗎？

M：是啊，就是那件最重要的東西。

F：啊，你忘了帶作業的那份報告吧？

M：報告還沒寫哩。是手機。

F：什麼，那是最重要的東西？報告只排在第２順位？

M：第２順位是便當和筷子啦。

請問這位男學生把什麼東西忘在家裡了呢？

1　手機。
2　回家作業。
3　便當。
4　筷子。

03 攻略的要點　答案：1

» 這題必須完全聽懂兩人的對話才能作答。

» 男學生在「レポートはまだ書(か)いてないよ／報告還沒寫啦」的後面接著說「携帯電話(けいたいでんわ)／手機」，表示「（忘(わす)れたものはレポートじゃなくて）携帯電話(けいたいでんわ)（だよ）／（忘記帶的東西不是報告而是）手機（啦）」，也就是手機才是最重要的東西。如果沒有聽懂這句話，也能從女同學的回應來判斷。

» 最後，雖然他也說便當和筷子的重要性居次，但這兩樣並不是他忘記帶的東西。

再聽一次對話內容 track 2-19

先聽一次考題 track 2-20

1 午後2時45分
2 午後1時20分
3 午後4時50分
4 午後7時

單字

空く（空著；閒著；有空；空隙）
予約（預約）
飛行機（飛機）

日文對話與問題

電話で、男の人と飛行機の会社の女の人が話しています。男の人は何時の飛行機を予約しましたか。

M：もしもし、明日、東京から熊本まで行きたいのですが、何時の飛行機がありますか。

F：はい。午前と午後、どちらがいいですか。

M：午後がいいです。

F：午後ですと、1時20分、2時45分、4時50分がありますね。それから少し遅くなって、6時と7時、8時に1本ずつありますが、この3本は今のところ、空いていません。

M：そうですか。それでは、4時50分のをお願いします。

F：はい、ありがとうございます。1枚でよろしいですね。

M：はい。1枚、お願いします。

男の人は何時の飛行機を予約しましたか。

02 對話與問題中譯

男士和航空公司的女士正在通電話。請問這位男士訂的是幾點的班機呢？

M：喂，我明天要從東京到熊本，請問有幾點的班機？

F：您好，請問上午和下午，您希望哪個時段呢？

M：我要下午時段。

F：下午的班機是 1 點 20 分、2 點 45 分和 4 點 50 分。或是再晚一點，6 點、7 點和 8 點都各有一班，不過現在這 3 班目前沒有空位了。

M：是嗎？那麼麻煩給我 4 點 50 分的。

F：好的，謝謝您。1 張票是嗎？

M：是的，請給我 1 張票。

請問這位男士訂的是幾點的班機呢？

1　下午 2 點 45 分 。
2　下午 1 點 20 分。
3　下午 4 點 50 分。
4　下午 7 點。

03 攻略的要點　答案：3

» 看到數字題，準備隨時做筆記。

» 雖然女士說了一串班次，但最後男士直接說出「それでは、4 時(じ)50分(ぶん)のをお願(ねが)いします／那麼，麻煩訂 4 點50分的」，即可作答。「4 時(じ)50分(ぶん)のを／訂 4 點50分的」意思是「4 時(じ)50分(ぶん)の飛行機(ひこうき)を／訂 4 點50分的那班飛機」。

再聽一次對話內容 – track 2-20

先聽一次考題　track 2-21

1　かさ
2　お弁当
3　飲み物
4　地図

單字

～なくてもいい（不…也行、用不著…也可以）

～やすい（容易…、好…）

必要（必要）

～ことにする（已決定…）

日文對話與問題

先生が学生に説明しています。山に持っていかなくてもいいものは何ですか。

M：明日は山登りです。いい天気になりそうですね。

F：では、傘は持っていかなくていいですね。

M：いえ、山の天気は変わりやすいので、傘は必要です。

F：お弁当と飲み物、傘、それと地図を持っていくといいですね。

M：あ、お昼は、途中の店で食べることにしていますので、お弁当はいりません。飲み物やお菓子などは、持っていくといいですね。

山に持っていかなくてもいいものは何ですか。

02 對話與問題中譯

老師正在向學生說明。請問爬山時不必攜帶什麼物品呢？

M：明天要爬山，看來會是好天氣。

F：那麼，可以不必帶傘囉。

M：不行，山上天氣多變，傘一定要帶。

F：那就帶便當、飲料、雨傘還有地圖就可以了吧。

M：喔，午餐會在半途的餐館吃，所以不必帶便當。帶些飲料和零食之類的吧。

請問爬山時不必攜帶什麼物品呢？

1　傘。
2　便當。
3　飲料。
4　地圖。

03 攻略的要點　答案：2

» 留意題目問的是「不需要」帶的東西。對話中會提到許多物品，可以邊聽邊用刪去法，刪掉一定要帶的選項。

» 這題老師明確的說「お弁当（べんとう）はいりません／不需要便當」，只要聽懂這一句便能知道答案。

再聽一次對話內容 track 2-21

2 もんだい　翻譯與解題　第 21 題

先聽一次考題　track 2-22

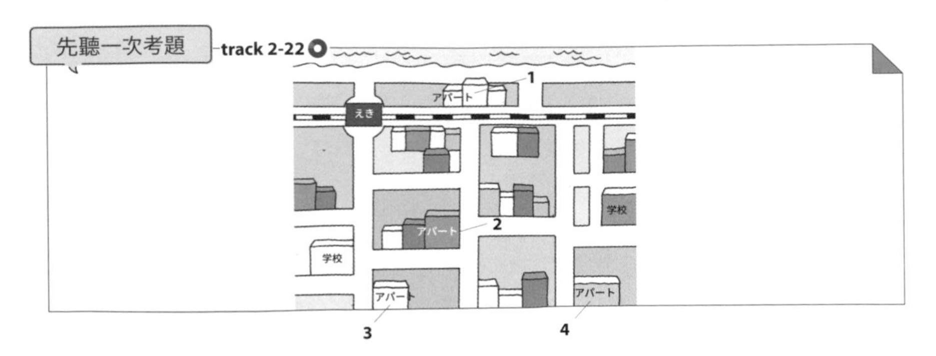

單字

～のに（明明…、卻…）

～のに（用於…、為了…）

今度（這次；下次；以後）

景色（景色，風景）

見付ける（發現，找到；目睹）

日文對話與問題

男の人と女の人が話しています。女の人の新しいアパートはどれですか。

M：引っ越したんですか。

F：そうなんです。

M：ふうん、どうして？海が見えていい景色だったし、駅にも近かったのに。

F：ええ、駅に近くて、私が会社に通うのには便利だったのですが、今度、娘が小学校に入学するので、学校が近いほうがいいと思って。

M：今度のアパートは、小学校まで近いの？

F：５分ほどです。アパートの前の大通りを２、３分歩いて右に曲がるとすぐ左側なんです。

M：そう。いいアパートを見つけたね。

女の人の新しいアパートはどれですか。

02 對話與問題中譯

男士和女士正在交談。請問這位女士的新公寓是哪一棟呢？

M：妳搬家了嗎？

F：沒錯。

M：是哦，為什麼？之前的家可以看到海，景色宜人，離車站又近啊？

F：是呀，離車站近，我去公司的確很方便，只是我女兒要上小學了，覺得住在學校附近比較好。

M：新家離小學很近嗎？

F：只要５分鐘左右。沿著公寓前面的大馬路走個２、３分鐘之後右轉，就在左手邊。

M：這樣啊，找到很好的公寓喔。

女士的新公寓是哪一棟呢？

03 攻略的要點　答案：4

» 聽完題目後，瀏覽圖片中出現的場所名稱，並在腦中浮現日文唸法。場所題會唸出指示，如果沒辦法邊聽指示邊看圖，也可以先用文字將敘述記錄下來。

» 請留意地圖上有兩所學校。由於女士表明「学校が近い方がいいと思って／希望住在離學校近一點的地方」，因此不是選項１。根據女士的說明，「アパートの前の大通りを～歩いて右に曲がるとすぐ左側／沿著公寓前面的大馬路……右轉後的左手邊」有一所學校，由此可知應該是選項４。

再聽一次對話內容 – track 2-22

第 22 題

track 2-23

1 40 まい

2 50 まい

3 90 まい

4 100 まい

答え
①②③④

第 23 題

track 2-24

1 30 分(ぷん)

2 2 時間(じかん)

3 1 時間(じかん)

4 3 時間(じかん) 30 分(ぷん)

答え
①②③④

第24題

track 2-25

1 字(じ)が　汚(きたな)いから

2 消(け)しゴムで　きれいに　消(け)して　いないから

3 ボールペンで　なく、鉛筆(えんぴつ)で　書(か)いたから

4 字(じ)が　まちがって　いるから

答え
①②③④

第25題

track 2-26

1 12時(じ)18分(ぷん)

2 12時(じ)15分(ふん)

3 12時(じ)30分(ぷん)

4 12時(じ)45分(ふん)

答え
①②③④

第26題

track 2-27

1 午後８時

2 午後４時

3 午前11時

4 午後２時

答え
①②③④

第27題

track 2-28

1 ６時から　９時はんまで　ホテルの　へやで

2 ６時から　８時はんまで　ホテルの　へやで

3 ６時から　８時はんまで　しょくどうで

4 ６時から　９時まで　しょくどうで

答え
①②③④

第28題

track 2-29

1 ちゅうごくの　かんじの　はなし

2 かたかなの　はなし

3 にほんと　ちゅうごくの　字（じ）の　ちがい

4 ひらがなの　はなし

答え
①②③④

先聽一次考題 track 2-23

1　40 まい
2　50 まい
3　90 まい
4　100 まい

單字

知（し）らせる（通知）
仕事（しごと）（工作）
失敗（しっぱい）（失敗）
そう（那樣）

日文對話與問題

女（おんな）の人（ひと）と男（おとこ）の人（ひと）が話（はな）しています。女（おんな）の人（ひと）は、はがきを何枚用意（なんまいようい）しますか。

F：引（ひ）っ越（こ）したので、新（あたら）しい住所（じゅうしょ）を知（し）らせるはがきを出（だ）そうと思（おも）うの。

M：それがいいね。何枚（なんまい）ぐらい必要（ひつよう）なの？

F：友達（ともだち）に 50 枚出（まいだ）したいの。ほかに、仕事（しごと）でお世話（せわ）になっている人（ひと）に 40 枚（まい）。

M：書（か）くときに失敗（しっぱい）するかもしれないから、10 枚（まい）ぐらい多（おお）く用意（ようい）したら？

F：そうね。そうします。

女（おんな）の人（ひと）は、はがきを何枚用意（なんまいようい）しますか。

02 對話與問題中譯

女士和男士正在交談。請問這位女士將準備幾張明信片呢？

F：搬到新家了，想寄明信片通知親友新住址。

M：很好。大概要幾張呢？

F：寄給朋友的差不多 50 張；另外，工作上有交情的人是 40 張。

M：寫的時候說不定會寫錯字，不如額外備個 10 張左右？

F：對耶，再多準備一些。

請問這位女士將準備幾張明信片呢？

1　40 張。
2　50 張。
3　90 張。
4　100 張。

03 攻略的要點　答案：4

» 看到數字題，立刻準備做筆記。

» 女士說「友達(ともだち)に50枚(まい)／給朋友的50張」、「仕事(しごと)でお世話(せわ)になっている人(ひと)に40枚(まい)／給工作上關照我的人40張」。然後男士又說「失敗(しっぱい)するかもしれないから、10枚(まい)ぐらい多(おお)く用意(ようい)したら／可能會寫錯，不妨多準備10張吧？」，全部加起來可知答案。

再聽一次對話內容 track 2-23

先聽一次考題 track 2-24

1 30分
2 2時間
3 1時間
4 3時間30分

單字

美味い／上手い（拿手；好吃）

聞く（聽）

～てほしい（希望…、想…）

是非（務必）

日文對話與問題

男の人と女の人が話しています。男の人は1週間に何時間ピアノの練習をしますか。

M：先月からピアノを習いはじめたんだ。

F：そうなの。毎日仕事で忙しいのに、いつ練習しているの？

M：毎週水曜日に30分は練習すると決めている。土曜日にも1時間、日曜日には2時間くらい練習しているよ。

F：すごい。いつか聞かせてほしいな。

M：うまくなったらぜひ聞いてもらいたいな。

F：うん、ぜひ。

男の人は1週間に何時間ピアノの練習をしますか。

02 對話與問題中譯

男士和女士正在交談。請問這位男士每週花多少時間練習鋼琴呢？

M：我從上個月開始學鋼琴了。

F：是哦。每天工作這麼忙，什麼時候練琴呢？

M：我規定自己每週三練彈 30 分鐘，星期六要練 1 小時，星期天則是 2 小時左右。

F：這麼自律！希望有機會聽你演奏。

M：等我練好了，一定邀請妳來聽。

F：好喔，說定囉！

請問這位男士每週花多少時間練習鋼琴呢？

1　30 分。
2　2 小時。
3　1 小時。
4　3 小時 30 分。

03 攻略的要點　答案：4

» 看到數字立刻準備做筆記，由於題目問的是一週練習多久，考生們不妨列出一星期的表格，再有系統的填入每天練習的時間，才不會慌亂中出錯喔。

» 男士說「水曜日(すいようび)に30分(ぷん)／星期三30分鐘」、「土曜日(どようび)にも１時間(じかん)／星期六也要一小時」、「日曜日(にちようび)には２時間(じかん)／星期日要兩小時」，加起來共３小時30分。

2 もんだい　翻譯與解題　第 24 題

先聽一次考題　track 2-25

1　字が汚いから
2　消しゴムできれいに消していないから
3　ボールペンでなく、鉛筆で書いたから
4　字がまちがっているから

單字

読む（閱讀）
～難い（難以，不容易）
消しゴム【けしgum】（橡皮擦）
綺麗（乾淨的）

日文對話與問題

学校で、先生と男の学生が話しています。男の学生が書いたものが読みにくいのはどうしてですか。

F：田代くん、昨日渡した紙に必要なことを書いて持ってきてくれた？
M：はい、書いてきました。これでいいですか。
F：ああ、ちょっと読みにくいな。
M：すみません。ぼく、字が汚くて。
F：いや、それはいいんだけど、消すところを消しゴムできれいに消してないから。
M：それでは、ボールペンで書き直して持ってきましょうか。
F：そうね。そうしてくれる？

男の学生が書いたものが読みにくいのはどうしてですか。

02 對話與問題中譯

老師和男同學正在學校裡交談。請問為什麼這名男同學的字跡難以辨認呢？

F：田代同學，昨天給你的那張紙，寫上必備事項帶來了嗎？

M：有，寫好了。請問這樣可以嗎？

F：哎，看不清楚寫些什麼呀。

M：對不起，我的字很醜……。

F：不是，我不是那個意思，而是指寫錯的部分橡皮擦沒有擦乾淨。

M：這樣的話，我換成原子筆重寫一遍之後再交給您，可以嗎？

F：也好。那就重謄之後再給我囉？

請問為什麼這名男同學的字跡難以辨認呢？

1　因為字很醜。
2　因為沒有用橡皮擦擦乾淨。
3　因為不是用原子筆，而是用鉛筆寫的。
4　因為寫錯字了。

03 攻略的要點　答案：2

» 聽到「どうして」便知道是問原因，要留意「～から～」、「～ので～」、「～ために～」、「のだ」、「のです」等原因相關指標字詞。

» 老師說「消(け)すところを消(け)しゴムできれいに消(け)してないから／因為應該擦掉的地方沒有用橡皮擦擦乾淨」。這裡用「から／因為」表示理由。

選項

1 對於學生說的「ぼく、字(じ)が汚(きたな)くて／我的字很醜」，老師回答「いや、それはいいんだけど／不，那倒不是」。

3 對於學生說「ボールペンで書(か)き直(なお)して持(も)ってきましょうか／還是我用原子筆重寫一次？」雖然老師回答「そうね／也好」，但老師並沒有說不易辨識的原因是「鉛筆(えんぴつ)で書(か)いたから／因為用鉛筆寫」。

4 老師沒有說「字(じ)が間違(まちが)っている／寫錯字了」。

再聽一次對話內容 track 2-25

2 もんだい　翻譯與解題　第 25 題

先聽一次考題　track 2-26

1　12時18分
2　12時15分
3　12時30分
4　12時45分

單字

近い（近的）
～置き（每隔～）
程（～的程度）

日文對話與問題

男の人が電話で女の人と話しています。男の人は、何時のバスに乗りますか。

M：今、駅前でバスを待っているところです。
F：何番乗り場で待っていますか。
M：5番乗り場です。このバスはお宅の家の近くに行くのですよね。
F：そうですが、5番乗り場のバスは30分おきにしか出ません。2番乗り場のバスに乗ってください。2番乗り場のバスは、10分おきに出ていますから。
M：わかりました。今、12時15分ですが、あと、3分ほどしたら出るようです。

男の人は、何時のバスに乗りますか。

02 對話與問題中譯

男士和女士正在通電話。請問這位男士將搭乘幾點的巴士呢？

M：我正在車站前面等巴士來。

F：在幾號站牌等車呢？

M：5 號站牌。這條路線的巴士會到妳家附近吧？

F：沒錯，但是 5 號站牌的巴士要隔 30 分鐘才發一班車，請到 2 號站牌搭車。因為 2 號站牌的巴士每 10 分鐘就會發車。

M：知道了。現在是 12 時 15 分，可能再 3 分鐘就會發車了。

請問這位男士將搭乘幾點的巴士呢？

1　12 點 18 分。
2　12 點 15 分。
3　12 點 30 分。
4　12 點 45 分。

03 攻略的要點　答案：1

» 看到數字題，立刻準備做筆記。這題出現了班次和時間，但題目只詢問要搭幾點的巴士，答題相對單純。

» 男士說「今、12時15分ですが、(バスは) あと３分ほどしたら出るようです／現在是12點15分，(公車) 再３分鐘左右就會來了」。「３分ほど／３分鐘左右」和「３分くらい／大約３分鐘」意思相同。

»「30分おき／每隔30分鐘」和「30分に１回／每30分鐘1次」意思相同。

・この薬は６時間おきに飲んでください。／這種藥請每隔６小時服用一次。

・道路には10メートルおきに木が植えられています。／路旁每隔10公尺種植一棵樹。

再聽一次對話內容 track 2-26

先聽一次考題 track 2-27

1 午後8時
2 午後4時
3 午前11時
4 午後2時

單字

中々（超出想像；頗，非常）

説明（說明）

～けれど（も）（雖然、可是、但…）

日文對話與問題

女の人と男の人が話しています。展覧会で、絵の説明があるのは日曜日の何時からですか。

F：絵の展覧会、どうだった？

M：なかなかよかったよ。

F：そうなの。私もぜひ行きたいな。

M：日曜日は2時から、金曜日は4時から、案内の人が絵の説明をしてくれるそうだよ。

F：ああ、そう。今週は日曜日なら行けそうだけれど、人が多いかも。

M：そうそう、金曜日は夜8時までやっているらしいよ。仕事の後で行ったらどう？

F：ちょっと無理だな。やっぱり日曜日に行く。絵の説明も聞きたいし。

展覧会で、絵の説明があるのは日曜日の何時からですか。

02 對話與問題中譯

女士和男士正在交談。請問展覽會場的作品導覽將於週日的幾點開始呢？

F：畫展看得開心嗎？

M：滿不錯的呀。

F：是哦，那我也要去。

M：聽說星期天 2 點開始，以及星期五 4 點開始，都有專人導覽喔。

F：這樣啊。這個星期天我應該有時間，就怕參觀的人太多。

M：對了！ 星期五晚上的展出時間延長到 8 點，不如下班後去看展？

F：時間有點趕。我還是星期天去好了，順便聽導覽。

請問展覽會場的作品導覽將於週日的幾點開始呢？

1　下午 8 點。
2　下午 4 點。
3　上午 11 點。
4　下午 2 點。

03 攻略的要點　答案：4

» 注意聽題目，這題問的是星期天要進行畫展導覽的時間，可以先把一星期的表格畫好，以便做筆記，並要隨時注意題目要問的關鍵問題，才不會被複雜的內容弄得團團轉喔。

» 男士說「日曜日(にちようび)は 2 時(じ)から～案内(あんない)の人(ひと)が絵(え)の説明(せつめい)をしてくれるそうだよ／聽說星期天從兩點開始…會有導覽員講解畫作喔」。

再聽一次對話內容 track 2-27

翻譯與解題　第 27 題

先聽一次考題 track 2-28

1　6時から9時はんまでホテルのへやで
2　6時から8時はんまでホテルのへやで
3　6時から8時はんまでしょくどうで
4　6時から9時までしょくどうで

單字

～ことができる
（可能、可以）
神社（神社）
回る（巡視）

日文對話與問題

女の人がホテルに着いてからのことを説明しています。朝ご飯は何時から何時まで、どこで食べられますか。

F：今日はこのあとホテルに戻ります。夕飯は6時から9時までです。10階に大きなお風呂があります。夜の11時まで自由に入ることができます。お風呂に入って、ゆっくり休んでください。明日は9時にホテルを出て、バスで神社とお寺を回ります。朝ご飯は6時から8時半まで、2階の食堂で自由に食べてください。朝ご飯をすませて、8時55分にはホテルの1階に集まってください。

朝ご飯は何時から何時まで、どこで食べられますか。

02 對話與問題中譯

女士正在說明抵達旅館之後的相關訊息。請問早餐時段是幾點到幾點在什麼地方用餐呢？

F：今天接下來的行程就是回到旅館。晚餐時段是 6 點到 9 點。10 樓有大浴場，在晚上 11 點之前可以隨時進入使用。請各位泡個熱澡，睡個好覺。明天將於 9 點離開飯店，搭乘巴士參拜神社以及寺院。早餐時段是在 2 樓的餐廳，從 6 點到 8 點半之間自由享用。吃完早餐後，請於 8 點 55 分到旅館的一樓集合。

請問早餐時段是幾點到幾點在什麼地方用餐呢？

1　6 點到 9 點半在飯店房間。
2　6 點到 8 點半在飯店房間。
3　6 點到 8 點半在餐廳。
4　6 點到 9 點在餐廳。

03 攻略的要點　答案：3

» 仔細聽題目要問的問題，這題包含時間和地點。談話中複雜的內容可以略聽，只要從中抓住關鍵句就好。

» 女士提到「朝(あさ)ご飯(はん)は 6 時(じ)から 8 時半(じはん)まで、2 階(かい)の食堂(しょくどう)で／早餐從 6 點供應到 8 點半，在 2 樓的餐廳用餐」。

再聽一次對話內容－track 2-28

2 もんだい　翻譯與解題　第 28 題

先聽一次考題　track 2-29

1　ちゅうごくのかんじのはなし
2　かたかなのはなし
3　にほんとちゅうごくの字のちがい
4　ひらがなのはなし

單字

講義（講義；上課）
興味（興趣）
（ら）れる（被…）

日文對話與問題

女の人と男の人が話しています。男の人は何の話をしますか。

F：山田さん、今日の講義は大勢の人の前で話をするんですよね。

M：そうなんだよ。いつもの学生たちのほかに研究室の留学生も来るから、興味をもってもらえそうなことを話したいんだ。

F：どんな話をするか、もう決めているの？

M：平仮名について話をしようと思ってるんだけど、どうだろう。

F：おもしろそうね。平仮名は、中国から入ってきた漢字から日本で作られたものだから、私も前から興味があったのよ。

男の人は何の話をしますか。

02 對話與問題中譯

女士和男士正在交談。請問這位男士的課程是什麼主題呢？

F：山田先生，今天的課程將在許多人面前授課吧？

M：是啊。除了原本上課的那些學生以外，還有研究室的留學生也會來聽，所以我想講一些他們有興趣的內容。

F：決定好要講什麼了？

M：我打算談談平假名，妳覺得如何？

F：聽起來很有意思唷。平假名是由中國的漢字傳入日本之後演化而成的，我從以前就很想進一步了解呢。

請問這位男士的課程是什麼主題呢？

1　中文漢字的議題。
2　片假名的議題。
3　日本和中文文字的不同。
4　平假名的議題。

03 攻略的要點　答案：4

» 仔細聆聽題目，並從內容抓住關鍵句。談話中，男士提到「平仮名（ひらがな）について話（はなし）をしようと思（おも）ってるんだけど／我想談談關於平假名的話題」，可知答案。

選項

1 女士說「中国（ちゅうごく）から入（はい）ってきた漢字（かんじ）から～／因為漢字是從中國傳過來的…」不過這是用來說明平假名的句子。女士感興趣的其實是平假名。

2 對話中並沒有提到片假名。

3 對話中並沒有提到日文字和中文字的差異。

再聽一次對話內容 - track 2-29

第29題

track 2-30

1 てんぷらの　おみせ

2 すしの　おみせ

3 ステーキの　おみせ

4 ハンバーグの　おみせ

答え
①②③④

第30題

track 2-31

1 1ばんめ

2 9ばんめ

3 20ばんめ

4 21ばんめ

答え
①②③④

第31題

track 2-32

1 午前(ごぜん) 10時(じ)
2 午前(ごぜん) 11時(じ)
3 午後(ごご) 1時(じ)
4 午後(ごご) 2時(じ)

答え
①②③④

第32題

track 2-33

1 10人分(にんぶん)の おべんとうを かってくる
2 10人分(にんぶん)の おかしを かってくる
3 10人分(にんぶん)の おかしと おちゃを かってくる
4 かんげいかいの ために へやの そうじを する

答え
①②③④

第33題

track 2-34

1 こうばんの　となりの　となりの　ビルの　3がい

2 こうばんの　となりの　ビルの　3がい

3 えきの　となりの　となりの　ビルの　3がい

4 えきの　となりの　ビルの　5かい

答え
①②③④

第34題

track 2-35

1 らいしゅうの　きんようびの　午後(ごご)　1時(じ)から

2 こんしゅうの　きんようびの　午後(ごご)　3時(じ)から

3 らいしゅうの　きんようびの　12時半(じはん)から

4 らいしゅうの　きんようびの　午後(ごご)　3時(じ)から

答え
①②③④

第35題

track 2-36

1 かんこくで　アルバイトを　したいから

2 かんこくの　かていを　見(み)たいから

3 かんこくごの　べんきょうを　したいから

4 かんこくの　だいがくに　行(い)きたいから

答え

①②③④

2 もんだい　翻譯與解題　第 29 題

先聽一次考題　track 2-30

1　てんぷらのおみせ
2　すしのおみせ
3　ステーキのおみせ
4　ハンバーグのおみせ

單字

食事（用餐，吃飯）
予約（預約）
確か（的確，確實）
坂（斜坡）
ステーキ【steak】（牛排）
上がる（上漲；上昇，昇高）

日文對話與問題

男の人と女の人が話しています。二人が食事を予約したのは、何のお店ですか。

M：どこだろう。お店は確か、坂の上だと聞いたんだけどな。

F：坂の上には、ステーキのお店とハンバーグのお店だけよ。予約した天ぷらのお店はないわ。

M：ええと、坂を間違えたかもしれない。右側ではなく、左側の坂を上がっていくのかもしれない。

F：では、行ってみましょう。

M：ああ、やっぱり左側だった。お店が見えてきたよ。

二人が予約したのは、何のお店ですか。

02 對話與問題中譯

男士和女士正在交談。請問兩人預約了什麼樣的餐廳用餐呢？

M：到底在哪裡啊？印象中聽過那家餐廳位於山坡上。

F：在山坡上的只有牛排館和漢堡排餐廳，沒有我們預約的日式炸物餐廳呀。

M：我看看……或許是我走錯路了。可能不是從右邊，而要從左邊的山坡上去。

F：那我們就去看看吧。

M：喔，果然在左邊！我看到那家餐廳了！

請問兩人預約了什麼樣的餐廳呢？

1　日式炸物餐廳。
2　壽司店。
3　牛排館。
4　漢堡排餐廳。

03 攻略的要點

答案：1

» 這種題型有時會在對話中輕描淡寫的講出答案，所以要專注聆聽每一句話。

» 對話中提到「予約（よやく）した天（てん）ぷらのお店（みせ）は～／已預約的日式炸物餐廳是…」，是本題的解題關鍵，其他內容都是用來混淆考生的，因此一開始務必要仔細聆聽並記住問題。

再聽一次對話內容 track 2-30

2 もんだい　翻譯與解題　第30題

先聽一次考題 track 2-31

1　1ばんめ
2　9ばんめ
3　20ばんめ
4　21ばんめ

單字

席（席位；座位；職位）

コンサート【concert】（音樂會）

会場（會場）

日文對話與問題

コンサート会場で、女の人と男の人が話しています。二人の席は前から何番目ですか。

F：大きな会場ですね。私たちの席はどこでしょう。

M：ええっと、前から1番目だね。

F：違います、これは「1」じゃなくて「I」ですよ。「A」が1番目です。

M：ああ、そうか。じゃあ、前から何番目だろう……。ああ、ここだね。

F：9番目だから、1番目より見やすそうですね。

M：うん。それに、20と21だから、真ん中だ。

二人の席は前から何番目ですか。

02 對話與問題中譯

女士和男士正在演唱會會場裡交談。請問兩人的座位是從前面數來的第幾排呢？

F：這個場地真寬敞。我們的位置在哪裡呢？

M：我看看……是最前面第一排。

F：不是吧，這不是「1」而是「I」喔。「A」才是第一排。

M：喔，這樣啊。那……是從前面數來的第幾排呢……。啊，是這裡吧？

F：坐在第9排座位，感覺比第1排看得更清楚耶。

M：嗯，而且我們是 20 跟 21 號，是正中間的位置。

請問兩人的座位是從前面數來的第幾排呢？

1　第1排。
2　第9排。
3　第20排。
4　第21排。

03 攻略的要點　答案：2

» 對話中提到「これはいちじゃなくてI（アイ）ですよ／這不是1，而是I哦！」。女士說「A（エー）が一番目（いちばんめ）です／A才是第一排」，因此可知女士說的是拉丁字母。女士說「9番目（ばんめ）だから／因為是第9排座位」因此可知正確答案是2。補充，拉丁字母「I」是第9個字母。

» 談話中還提到號碼20和21，雖然沒有明確說明是什麼的數字，但從後面的「真ん中（まんなか）だ／是正中間的位置」可知，它們是表示在「I」這一排中，從橫向算起的第幾個位置。

再聽一次對話內容 track 2-31

2 もんだい　翻譯與解題　第 31 題

先聽一次考題　track 2-32

1　午前 10 時
2　午前 11 時
3　午後 1 時
4　午後 2 時

單字

ヘルパー【helper】（幫傭；看護）

～はずだ（〈按理說〉應該…）

法律（法律）

用事（工作，有事）

そろそろ（漸漸地；快要，不久；緩慢）

安心（安心）

日文對話與問題

家で女の人と男の人が話しています。この家にヘルパーは何時に来ますか。

F：きょうはヘルパーの中村さんが来る日だから、中村さんが来たら私は出かけるつもりよ。

M：中村さんは、午後に来ると言っていたね。

F：そうなの。確か、1 時に来るはずよ。今日は、私、法律事務所にちょっと行ってきます。2 時から用事があるの。あなたは、そろそろ会社に行く時間でしょう。10 時から会議よね。

M：ああ、そうだね。おばあさんは、けさは元気だから安心だね。

F：ええ、朝ご飯も全部食べましたよ。

M：よかった。では、私は出かけるよ。

この家にヘルパーは何時に来ますか。

02 對話與問題中譯

女士和男士正在家中交談。請問幫傭會在幾點到家裡呢？

F：今天幫傭中村小姐會來，我想等她來了再出門。

M：中村小姐說過是下午來吧？

F：對，應該會在下午 1 點來。我今天要去一趟律師事務所，2 點以後有事。你差不多該去公司了吧？ 10 點要開會。

M：喔，是啊。奶奶今天早上挺有精神的，讓人安心多了。

F：是呀，早飯也全部吃完了。

M：太好了。那麼，我出門囉。

請問幫傭會在幾點到家裡呢？

1　上午 10 點
2　上午 11 點
3　下午 1 點
4　下午 2 點

03 攻略的要點　答案：3

» 這題提到的人物多，還提到男士和女士兩人的各種時間安排，要注意聽題目問的是幫傭來家裡的時間才不會搞混。

» 對於幫傭中村小姐要來的時間，兩人在對話中提到「午後(ごご)に来(く)ると言(い)っていたね／她說下午會來吧」、「確(たし)か、1時(じ)に来(く)るはずよ／好像是一點會來哦」。

» 幫傭是指幫忙做家事等的人。這裡是指來照顧奶奶的看護。

再聽一次對話內容 track 2-32

先聽一次考題 track 2-33

1 10人分（にんぶん）のおべんとうをかってくる
2 10人分（にんぶん）のおかしをかってくる
3 10人分（にんぶん）のおかしとおちゃをかってくる
4 かんげいかいのためにへやのそうじをする

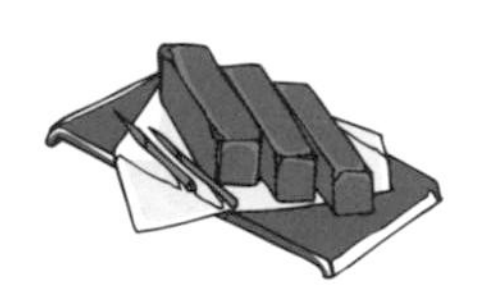

單字

歓迎会（かんげいかい）（歡迎會，迎新會）

お＋名詞、ご＋名詞（您…、貴…）

心配（しんぱい）（擔心；照顧）

日文對話與問題

事務所（じむしょ）で女（おんな）の人（ひと）が男（おとこ）の人（ひと）に話（はな）しています。男（おとこ）の人（ひと）は、何（なに）を頼（たの）まれましたか。

F：田中（たなか）さん、今日（きょう）、新（あたら）しく入（はい）った人（ひと）の歓迎会（かんげいかい）をするから、ちょっと買（か）い物（もの）をしてきてください。5,000円（えん）渡（わた）すから、10人分（にんぶん）のお菓子（かし）を買（か）ってきてください。

M：お茶（ちゃ）はどうしますか。

F：お茶（ちゃ）は事務所（じむしょ）で用意（ようい）します。中山（なかやま）さんたちに頼（たの）むから、お茶（ちゃ）のことは心配（しんぱい）しなくていいですよ。

M：はい、わかりました。

男（おとこ）の人（ひと）は、何（なに）を頼（たの）まれましたか。

02 對話與問題中譯

女士正在事務所裡和男士交談。請問這位男士被拜託了什麼事呢？

F：田中先生，今天要幫新進員工舉辦迎新會，麻煩幫忙買點東西。
這是 5000 圓，請買 10 人份的甜點回來。

M：需要買茶嗎？

F：茶水由事務所這邊準備。我會請中山先生他們協助，茶水就交給我們負責了。

M：好的，我知道了。

請問這位男士被拜託了什麼事呢？

1　買 10 人份的便當回來。
2　買 10 人份的甜點回來。
3　買 10 人份的甜點和茶水回來。
4　打掃房間準備舉辦歡迎會。

03 攻略的要點　答案：2

» 這是一題問事題，邊聽邊刪除被否定的選項。

» 對話中提到「5000円渡（えんわた）すから、10人分（にんぶん）のお菓子（かし）を買（か）ってきてください／這是5000圓，請買10人份的點心回來」、「お茶（ちゃ）のことは心配（しんぱい）しなくていいですよ／不用擔心茶水哦（茶水由我來準備就好）」。

再聽一次對話內容 track 2-33

2 もんだい　翻譯與解題　第 33 題

先聽一次考題　track 2-34

1　こうばんのとなりのとなりのビルの３がい
2　こうばんのとなりのビルの３がい
3　えきのとなりのとなりのビルの３がい
4　えきのとなりのビルの５かい

單字

課長（かちょう）（課長，股長）
訪（たず）ねる（拜訪，訪問）
事務所（じむしょ）（辦事處；辦公室）
隣（となり）（隔壁，鄰居）
ビル【building 之略】（高樓，大廈）

日文對話與問題

会社（かいしゃ）で課長（かちょう）が女（おんな）の人（ひと）と話（はな）しています。課長（かちょう）がこれから訪（たず）ねる事務所（じむしょ）はどこですか。

M：鈴木（すずき）さんの事務所（じむしょ）は、どこだろう。
F：駅（えき）の大通（おおどお）りをまっすぐ行（い）くと、角（かど）に交番（こうばん）がありますが、交番（こうばん）の隣（となり）の隣（となり）のビルの３階（がい）です。
M：わかった。交番（こうばん）の隣（となり）のビルの３階（がい）だね。
F：違（ちが）いますよ。交番（こうばん）の隣（となり）の隣（となり）のビルですよ。間違（まちが）えないでくださいね。
M：ありがとう。では、行（い）ってくるよ。

課長（かちょう）がこれから訪（たず）ねる事務所（じむしょ）はどこですか。

02 對話與問題中譯

課長和女士正在公司裡交談。請問這位課長接下來要拜訪的事務所位於什麼地方呢？

M：鈴木先生的事務所在哪裡啊？

F：沿著車站的大馬路直走，轉角有間警局，事務所就在警局隔壁、再隔壁那棟大樓３樓。

M：知道了。警局隔壁大樓的３樓，對吧？

F：不對，是警局隔壁、再隔壁那棟大樓喔，請不要走錯了。

M：謝謝。那麼，我出發了。

請問這位課長接下來要拜訪的事務所位於什麼地方呢？

1　警局隔壁、再隔壁那棟大樓３樓。
2　警局隔壁的大樓３樓。
3　車站隔壁、再隔壁那棟大樓３樓。
4　車站隔壁的大樓５樓。

03 攻略的要點　答案：1

» 女士一開始就說出答案，「隣（となり）の隣（となり）のビルの３階（がい）です／警局隔壁、再隔壁那棟大樓３樓」。

» 課長說「交番（こうばん）の隣（となり）のビルの３階（がい）だね／警局隔壁那棟大樓的３樓」是用來混淆考生的陷阱，而後女士回答「違（ちが）いますよ。交番（こうばん）の隣（となり）の隣（となり）のビルですよ／不對。是警局隔壁的隔壁那棟大樓哦」，再一次強調答案。

再聽一次對話內容 track 2-34

2 もんだい　翻譯與解題　第 34 題

先聽一次考題　track 2-35

1　らいしゅうのきんようびの午後1時から
2　こんしゅうのきんようびの午後3時から
3　らいしゅうのきんようびの12時半から
4　らいしゅうのきんようびの午後3時から

單字

社長（總經理；社長；董事長）
予定（預定）
出発（出發;起步）
食事（用餐）

日文對話與問題

会社で女の人と社長が話しています。会議は何曜日の何時からですか。

F：社長、来週の金曜日は、神奈川県で会議がある予定です。
M：会議は何時からでした？
F：午後3時からです。会場までは、ここから1時間半かかります。
M：ああ、そう。じゃあ、12時半に出発しよう。途中で、1時間ほど食事をしていくことにするよ。だから、お昼の用意はいらないよ。
F：わかりました。

会議は何曜日の何時からですか。

02 對話與問題中譯

女士和社長正在公司裡交談。請問會議將於星期幾的幾點舉行呢？

F：社長，下週五有一場會議將在神奈川縣舉行。

M：幾點開始開會？

F：下午３點。從這裡出發到會場需要１個半小時。

M：唔，好。那麼……12 點半出發吧。預留１小時左右在半路用餐，所以當天不必為我準備午餐。

F：好的。

請問會議將於星期幾的幾點舉行呢？

1　下星期五的下午１點開始。
2　下星期五的下午３點開始。
3　下星期五的 12 點半開始。
4　下星期五的下午３點開始。

03 攻略的要點　答案：4

» 對話中出現多個時間點，仔細聆聽題目的問題，才不會混淆喔。

» 對話中提到「来週(らいしゅう)の金曜日(きんようび)は、神奈川県(かながわけん)で会議(かいぎ)がある予定(よてい)です／預定下週五要去神奈川縣開會」、「午後(ごご)３時(じ)からです／下午３點開始」，因此答案就相當明確了。

再聽一次對話內容 track 2-35

先聽一次考題 track 2-36

1　かんこくでアルバイトをしたいから

2　かんこくのかていを見たいから

3　かんこくごのべんきょうをしたいから

4　かんこくのだいがくに行きたいから

單字

学生（學生）

国（國家）

何故（為什麼）

通う（來往，往來，通勤）

日文對話與問題

男の学生と女の学生が話しています。女の学生は、なぜ韓国に留学したいのですか。

M：来年１年間留学するんだって？

F：そうなんです。

M：へえ、どこの国に？

F：韓国です。韓国の家庭においてもらって、そこから大学に通います。アルバイトもしたいと思います。

M：韓国の家庭を見てみたいの？それとも韓国でアルバイトをしたいの？

F：いえ、韓国語を勉強したいのです。

女の学生は、なぜ韓国に留学したいのですか。

02 對話與問題中譯

男同學和女同學正在交談。請問這位女學生為什麼想去韓國留學呢？

M：聽說妳明年要出國留學１年？

F：是呀。

M：真的哦，到哪一國？

F：韓國。我會在韓國家庭寄宿，從那裡去學校上課，還有也想打工。

M：是想體驗韓國的家庭生活，還是想在韓國打工？

F：不是，我是去學韓語的。

請問這位女學生為什麼想去韓國留學呢？

1　因為想在韓國打工。
2　因為想體驗韓國的家庭生活。
3　因為想學韓語。
4　因為想上韓國的大學。

03 攻略的要點　答案：3

»「なぜ」也是問原因的問法，要注意原因相關指標字詞。

» 女學生最後說「韓国語（かんこくご）を勉強（べんきょう）したいのです／因為想學韓語」。「～のです／因為…」是說明理由或狀況的說法。雖然女學生說「韓国（かんこく）の家庭（かてい）においてもらって／住在韓國的家庭」、「アルバイトもしたい／也想打工」，但這並不是她想去韓國留學的理由。

再聽一次對話內容 track 2-36

第36題

track 2-37

1 えき

2 みなと

3 アメリカ

4 ひこうじょう

答え

①②③④

第37題

track 2-38

1 彼氏（かれし）

2 父（ちち）

3 「ぼく」

4 ともだち

答え

①②③④

第38題

track 2-39

1 新聞社（しんぶんしゃ）

2 スーパー

3 本屋（ほんや）

4 食堂（しょくどう）

答え
①②③④

第39題

track 2-40

1 10月（がつ）20日（か）

2 11月（がつ）20日（か）

3 9月（がつ）20日（か）

4 9月（がつ）2日（か）

答え
①②③④

第40題

track 2-41

1　テレビを　見(み)て　まつ

2　ざっしを　よんで　まつ

3　はみがきを　して　まつ

4　まんがを　よんで　まつ

答え
①②③④

第41題

track 2-42

1　じんじゃの　しゃしん

2　女(おんな)の　人(ひと)が　おどって　いる　しゃしん

3　男(おとこ)の　人(ひと)が　おどって　いる　しゃしん

4　たこやきの　しゃしん

答え
①②③④

第 42 題

track 2-43

1　明日(あした)の　2時(じ)から

2　あさっての　2時(じ)から

3　あさっての　9時(じ)から

4　あさっての　10時(じ)から

答え
①②③④

先聽一次考題 track 2-37

1 えき
2 みなと
3 アメリカ
4 ひこうじょう

單字

向（む）かう（面向）
運転手（うんてんしゅ）（駕駛員；司機）
飛行場（ひこうじょう）（飛機場）
アメリカ【America】（美國）

日文對話與問題

タクシーの中（なか）で運転手（うんてんしゅ）と客（きゃく）が話（はな）しています。タクシーは、どこへ向（む）かっていますか。

M：駅（えき）の近（ちか）くは、車（くるま）が多（おお）いので、時間（じかん）がかかりますよ。

F：大丈夫（だいじょうぶ）です。時間（じかん）はありますから。

M：駅（えき）の向（む）こうは、広（ひろ）い通（とお）りなので、飛行場（ひこうじょう）までまっすぐ行（い）くことができます。お客（きゃく）さんはどちらに行（い）くんですか。

F：アメリカに行（い）きます。

M：それは、いいですね。

タクシーは、どこへ向（む）かっていますか。

02 對話與問題中譯

駕駛和乘客正在計程車裡交談。請問這輛計程車要開往哪裡呢？

M：車站附近車多壅塞，會花一點時間喔。

F：沒關係，我不趕時間。

M：車站的另一側有條寬敞的大馬路，從那裡到機場就一路暢通了。請問小姐要去哪裡呢？

F：我要去美國。

M：真不錯呢。

請問這輛計程車要開往哪裡呢？

1　車站。
2　港口。
3　美國。
4　機場。

03 攻略的要點　答案：4

» 注意題目的問題，這題問的是「タクシーはどこへ向かっていますか／計程車要開到哪裡？」。對話中計程車司機提到「飛行場までまっすぐ行くことができます／可以直接到機場」。

其他選項

1 雖然提到「駅の近くは～／車站附近…」、「駅の向こうは～／車站對面…」，但車站並不是目的地。

2 對話中沒有提到「港／港口」。

3 雖然客人回答「アメリカに行きます／我要去美國」，但這是指到達機場、下計程車後要去的地方。

再聽一次對話內容 track 2-37

先聽一次考題 track 2-38

1 彼氏(かれし)
2 父(ちち)
3 「ぼく」
4 ともだち

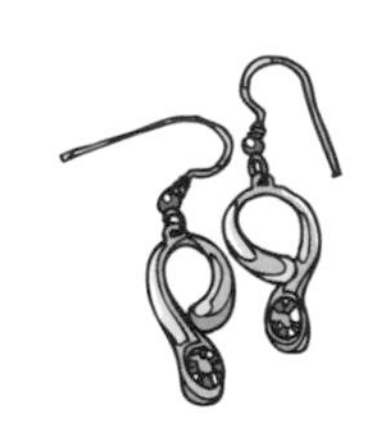

單字

イヤリング（耳環）

プレゼント【present】（禮物）

贈り物(おくりもの)（贈品，禮物）

だから（所以，因此）

家内(かない)（妻子）

日文對話與問題

男(おとこ)の人(ひと)と女(おんな)の人(ひと)が話(はな)しています。女(おんな)の人(ひと)にイヤリングをプレゼントしたのは、誰(だれ)ですか。

M：きれいな石(いし)だね。

F：ああ、このイヤリングの石(いし)ですか。

M：彼氏(かれし)からのプレゼント？

F：残念(ざんねん)でした。父(ちち)からのプレゼントなんです。大学卒業(だいがくそつぎょう)の時(とき)の贈(おく)り物(もの)なので大切(たいせつ)にしています。父(ちち)はアクセサリーを作(つく)る仕事(しごと)をしているので、特別(とくべつ)な石(いし)で作(つく)ってもらいました。

M：ああ、そうか。だから、すばらしいんだね。今度(こんど)、僕(ぼく)も家内(かない)へのプレゼントに、頼(たの)もうかな。

F：じゃあ、話(はな)しておきます。

M：お願(ねが)いするよ。

女(おんな)の人(ひと)にイヤリングをプレゼントしたのは誰(だれ)ですか。

02 對話與問題中譯

男士和女士正在交談。請問是誰送了耳環給這位女士呢？

M：好漂亮的石頭喔。

F：哦，你是說這副耳環上的石頭嗎？

M：是男朋友送的禮物？

F：很可惜，猜錯了。是爸爸送我的。這是大學畢業時爸爸送的禮物，我一直很珍惜。爸爸從事製作飾品的工作，所以用了罕見的石頭為我做了這副耳環。

M：喔，原來如此，難怪這麼別緻。下次我要送內人的禮物，也可以拜託令尊嗎？

F：那我跟爸爸說一聲。

M：麻煩妳了。

請問是誰送了耳環給這位女士呢？

1　男朋友。
2　父親。
3　我（對話中的男士）。
4　朋友。

03 攻略的要點　答案：2

» 女士明確的說「父（ちち）からのプレゼントなんです／這是爸爸給我的禮物」，是解題關鍵句。

其他選項

1 對於男士問的「彼氏（かれし）からのプレゼント／是男朋友送的禮物嗎？」，女士回答：「残念（ざんねん）でした／很可惜，不是。」

3 女士的爸爸的工作是首飾製作。男士說「今度（こんど）、僕（ぼく）も家内（かない）へのプレゼントに、頼（たの）もうかな／下次我要送內人的禮物，就拜託你們了吧！」。「家内（かない）／內人」是指妻子。

4 對話中沒有提到「ともだち／朋友」。

再聽一次對話內容 track 2-38

先聽一次考題 track 2-39

1 新聞社
2 スーパー
3 本屋
4 食堂

單字

将来（將來）
新聞社（報社）
勤める（勤務）
スーパー【supermarket之略】（超級市場）

日文對話與問題

男の学生と先生が話しています。男の学生は、どこでアルバイトをしたいですか。

M：夏休みにアルバイトをしたいと思っているのですが、何かありませんか。
F：どんな仕事がいいの。
M：できれば将来の仕事に役に立つところがいいと思っています。
F：そう。君は、将来どんな仕事をしたいの。
M：新聞社に勤めたいです。
F：新聞社でアルバイトをしたいという学生は多いから、無理かもしれない。スーパーや本屋なんかはどう？
M：新聞社にアルバイトがなければしかたがありません。

男の学生は、どこでアルバイトをしたいですか。

02 對話與問題中譯

男同學和老師正在交談。請問這位男同學想去哪裡打工呢？

M：暑假我想去打工，請問有沒有什麼職缺呢？

F：你想做什麼樣的工作呢？

M：可以的話，希望能到對未來的工作有所幫助的地方。

F：這樣呀。你將來想從事什麼工作呢？

M：我想在報社上班。

F：想去報社打工的學生很多，恐怕沒有名額了。超市或書店這些地方如何？

M：如果沒辦法在報社打工，也只能這樣了。

請問這位男同學想去哪裡打工呢？

1　報社。
2　超市。
3　書店。
4　餐館。

03 攻略的要點　答案：1

» 題目問的是男學生想在哪裡打工。

» 男學生說希望打工能對將來的工作有所幫助。因為他將來想去報社工作，所以正確答案是報社。

其他選項

2、3 選項２超市和選項３書店是老師推薦的，學生回答「這樣的話也沒辦法」，但這並不是學生想做的打工。

4 對話沒有提到餐館。

再聽一次對話內容 track 2-39

先聽一次考題 track 2-40

1　10月20日
2　11月20日
3　9月20日
4　9月2日

單字

退院（出院）
入院（住院）
以上（～以上）
ケーキ【cake】（蛋糕）

日文對話與問題

女の人と男の人が話しています。木村さんの退院予定はいつですか。

F：木村さんの退院が決まったらしいよ。
M：それはよかった。長い入院だったからね。9月2日からだから、もう1か月以上だよ。
F：先週お見舞いに行ったときも、早く退院したいと言っていたよね。10月20日の予定らしいよ。
M：退院したら、お祝いにみんなで集まりたいね。
F：うん。木村さんはケーキが好きだから、ケーキでお祝いしようよ。

木村さんの退院予定はいつですか。

02 對話與問題中譯

女士和男士正在交談。請問木村先生將於什麼時候出院呢？

F：木村先生的出院日期好像確定了喔。

M：那可真是太好了，他住院好久了。自從９月２號住進醫院，已經超過一個月了。

F：上週我去探望他，他也表示很想快點出院。聽說預計將在 10 月 20 號出院喔。

M：等他出院，大家聚在一起慶祝慶祝。

F：嗯。木村先生喜歡吃蛋糕，送個蛋糕為他祝賀吧！

請問木村先生將於什麼時候出院呢？

1　10 月 20 日。
2　11 月 20 日。
3　9月 20 日。
4　9月２日。

03 攻略的要點　答案：1

» 看到選項時，先默念選項的日文念法，聆聽時就會更敏銳喔。

» 男士說「9月２日からだから、もう１か月以上だよ／9月２日開始住院，已經住院超過一個月了啊」。可知住院日是９月２日，而他已經住院一個月以上了。

» 女士說「退院が決まったらしいよ／似乎已經決定出院了哦」、「10月20日の予定らしいよ／好像是預定10月20日出院哦」，可知答案。

再聽一次對話內容 track 2-40

先聽一次考題 track 2-41

1　テレビを見てまつ
2　ざっしをよんでまつ
3　はみがきをしてまつ
4　まんがをよんでまつ

單字

歯医者（牙科，牙醫）
受付（接受；詢問處；受理）
宜しい（好，可以）
漫画（漫畫）

日文對話與問題

歯医者で、男の人と受付の人が話しています。男の人は、何をして歯医者の順番を待ちますか。

M：浅井ですが、歯が痛いので、お願いします。
F：今日は予約がいっぱいなので、お待たせしますが、よろしいですか。
M：はい。待っています。そこにある漫画を読んでいてもいいですか。
F：自由にお読みください。雑誌もありますよ。
M：漫画がいいです。漫画を読んでいると、歯が痛いのを少し忘れられるかもしれませんので。
F：なるべく早くお呼びしますから、お待ちください。

男の人は、何をして歯医者の順番を待ちますか。

02 對話與問題中譯

男士和櫃台人員正在牙醫診所裡交談。請問這位男士在等待牙醫叫號期間會做什麼來消磨時間呢？

M：敝姓淺井，牙齒很疼，麻煩掛號。

F：今天預約的患者很多，需要等一陣子，可以嗎？

M：好的，我可以等。擺在那邊的漫畫可借閱嗎？

F：請自由翻閱，另外也有雜誌喔。

M：我比較喜歡看漫畫。看漫畫的時候或許可以暫時忘記牙痛。

F：我們會盡快叫號，敬請稍候。

請問這位男士在等待牙醫叫號期間會做什麼來消磨時間呢？

1　邊看電視邊等待。
2　邊看雜誌邊等待。
3　邊刷牙邊等待。
4　邊看漫畫邊等待。

03 攻略的要點　答案：4

» 對於男士說「漫画を読んでいてもいいですか／可以看漫畫嗎？」櫃檯人員說「自由にお読みください／請自由取閱」。雖然櫃檯人員說了「雑誌もありますよ／也有雜誌哦」來混淆考生，但男士回答「漫画がいいです／我想看漫畫」再次強調了答案。

再聽一次對話內容 – track 2-41

翻譯與解題 第 41 題

先聽一次考題 track 2-42

1 じんじゃのしゃしん
2 女の人がおどっているしゃしん
3 男の人がおどっているしゃしん
4 たこやきのしゃしん

單字

御祭り（廟會；慶典，祭典）
神社（神社）
写す（抄；照相；描寫，描繪）
踊る（跳舞，舞蹈）
恥ずかしい（羞恥，丟臉，害羞；難為情）
此方（這裡，這邊）
変（反常；奇怪，怪異；意外）

日文對話與問題

女の人と男の人が話しています。どんな写真がありましたか。

F：この前のお祭りのときの写真を見に行きましょうよ。
M：えっ、どこにあるの？
F：神社の前に貼ってあるそうよ。私が写っている写真もあるかもしれない。
M：あ、踊っているのは僕だ。恥ずかしいな。
F：川口さんは踊りが上手だから、恥ずかしいことはないよ。こっちの、たこ焼きを食べている私の顔の方が変だよ。

どんな写真がありましたか。

02 對話與問題中譯

女士和男士正在交談。請問有什麼樣的照片呢？

F：我們去看看前陣子舉辦慶典時拍的照片吧。

M：咦？在哪裡？

F：就貼在神社前面呀。說不定有拍到我喔。

M：啊，那個在跳舞的人是我！真難為情。

F：川口先生的舞技精湛，不必覺得不好意思，哪像我被拍到這張正在吃章魚燒時的表情才叫做好笑呢！

請問有什麼樣的照片呢？

1　神社的照片。
2　女士跳著舞的照片。
3　男士跳著舞的照片。
4　章魚燒的照片。

03 攻略的要點　答案：3

» 這題要理解內容，再回到選項尋找符合的答案。

» 男士和女士去看照片。看了照片，男士說「踊っているのは僕だ／在跳舞的是我」，所以要選選項３。

其他選項

1 對話中提到「お祭りのときの写真が神社に貼ってある／祭典時的照片貼在神社前」，而不是「神社の写真／神社的照片」。

2 跳舞的是男士而非女士。

4 女士看了照片後說「たこ焼きを食べている私の顔の方が～／我吃章魚燒的表情才…」。「たこ焼き／章魚燒」是食物的名稱。

雖然有女士正在吃章魚燒的照片，但那並不是「たこ焼きの写真／章魚燒的照片」。

再聽一次對話內容 – track 2-42

2 もんだい　翻譯與解題　第 42 題

先聽一次考題　track 2-43

1　明日の２時から
2　あさっての２時から
3　あさっての９時から
4　あさっての 10 時から

單字

確か（確實，可靠；大概）
知る（知道）
部長（經理，部長）
～過ぎる（過於～）

日文對話與問題

会社で男の人と女の人が話しています。会議が始まるのはいつですか。

M：明日の会議、２時からだったよね。

F：あれっ、確か部長が急な用事ができたので、あさってになりましたよ。

M：えっ、知らなかったよ。何時から。

F：９時だと早すぎるという人がいたから、10 時からになったはずですよ。

M：そう。わかりました。

会議が始まるのはいつですか。

02 對話與問題中譯

男士和女士正在公司裡交談。請問開會時間是幾點呢？

M：明天的會議是2點，對吧？

F：咦，我記得經理說過有急事，所以改成後天開會了。

M：什麼？我沒聽說啊！幾點開會？

F：有人覺得9點太早了，所以應該是從10點開始。

M：是哦。我知道了。

請問開會時間是幾點呢？

1　明天2點開始。
2　後天2點開始。
3　後天9點開始。
4　後天10點開始。

03 攻略的要點　答案：4

» 這題要掌握談話內容才能作答。

» 關鍵在於女士說「あさってになりましたよ／改到後天了哦」、「10時(じ)からになったはずですよ／應該是從10點開始哦」。

再聽一次對話內容 track 2-43

一次搞懂尊敬語和謙讓語

日文中的3大敬語

丁寧語

也就是大家熟知的です、ます型，是最常用、最基本的敬語。用來向**聽話對象**表示敬意。

尊敬語

說話人藉由抬高對方的動作，來表示尊敬話題裡主體的人。除了用在受尊敬人的動作以外，也用在受尊敬人的名稱及物品上。所以尊敬語是**抬高對方動作**的尊敬用語。

謙讓語

說話人藉由矮化、貶低自己的動作，來表示尊敬話題裡接受行為的人。所以謙讓語是**矮化、貶低自己動作**的謙虛用語。

尊敬語、謙讓語一覽圖

尊敬語 - 對方	丁寧語	謙讓語 - 自己	
ご存知（ぞんじ）	知（し）ります	存（ぞん）じ上（あ）げる	知道，清楚
いただきます	食（た）べます、飲（の）みます	召（め）し上（あ）がる	吃，喝，開動，享用
なさる	します	致（いた）す	做某事
×	聞（き）きます	伺（うかが）う	 請教，打聽
ご覧（らん）になる	見（み）ます	拝見（はいけん）	看，讀

尊敬語 - 對方	丁寧語	謙讓語 - 自己	
いらっしゃる、おいでになる	行（い）きます、来（き）ます	参（まい）る、伺（うかが）う	光臨，拜訪，來，去

尊敬語 - 對方	丁寧語	謙讓語 - 自己	
おっしゃる	言（い）います	申（もう）す、申（もう）し上（あ）げる	說，講，叫

×	丁寧語	謙讓語 - 自己	
×	です	でございます	是，在

尊敬語 - 對方	丁寧語	謙讓語 - 自己	
おいでになる、いらっしゃる	居（い）ます	居（お）る	在

授受表現

やる、あげる

給地位較高的人 ➡ 差（さ）し上（あ）げる

給平輩、晚輩、動植物 ➡ やる、あげる

（我）給，送，獻出，交出

地位較高的人給我 ➡ 下（くだ）さる

平輩、晚輩給我或為我做某事 ➡ くれる

くれる

（別人）給予，給（我）

從地位較高的人那裡收到 ➡ 頂（いただ）く・戴（いただ）く

從平輩、晚輩那裡收到 ➡ もらう

いただく

收到，拿到

尊敬與謙讓的文法補充

尊敬語 - 對方

お／ご～になる

接續 お＋｛動詞ます形｝＋になる；ご＋｛動詞ます形｝＋になる

說明 尊敬的抬高對方的動作，比「（ら）れる」的尊敬程度要高。

先生（せんせい）がお書（か）きになった小説（しょうせつ）を読（よ）みたいです。

我想看老師所寫的小說。

（ら）れる

接續 ｛［一段動詞・カ變動詞］被動形｝＋られる；｛五段動詞被動形；サ變動詞被動形さ｝＋れる

說明 在表示敬意之對象的動作上使用，尊敬程度低於「お／ご～になる」。

社長（しゃちょう）は明日（あした）パリへ行（い）かれます。

社長明天要前往巴黎。

お／ご＋名詞

說明 後接跟對方有關的行為、狀態或所有物，表示尊敬、親愛。名詞如果是日本原有的和語就接「お」，例如「お仕事／您的工作」、「お名前／您的姓名」；是中國漢語則接「ご」，例如「ご住所／您的住址」、「ご兄弟／您的兄弟姊妹」。

もうすぐお正月（しょうがつ）ですね。

馬上就要新年了。

謙讓語 - 自己

お／ご～する

接續 お＋｛動詞ます形｝＋する；ご＋｛サ變動詞詞幹｝＋する

說明 與「お／ご～になる」相反，透過降低自己來提高對方的地位。

それはこちらでご用意(ようい)します。

那部分將由我們為您準備。

お／ご～いたす

接續 お＋｛動詞ます形｝＋いたす；ご＋｛サ變動詞詞幹｝＋いたす

說明 比「お／ご～する」更謙讓的用法。

ただいまお茶(ちゃ)をお出(だ)しいたします。

我馬上就端茶出來。

熱身練習 1

以下這些尊敬語和謙讓語分別是什麼意思呢？請將相同意思的詞彙連在一起。

1 召(め)し上(あ)がる　　　知(し)る a

2 参(まい)る　　　言(い)う b

3 ご覧(らん)になる　　　食(た)べる、飲(の)む c

4 申(もう)し上(あ)げる　　　行(い)く、来(く)る d

5 ご存知(ぞんじ)　　　見(み)る e

解答

1c　2d　3e　4b　5a

熱身練習 2 日文中的「給予」、「得到」要用哪一個字，還要看說話的對象才行。請將適當的詞語填入（　　）中。

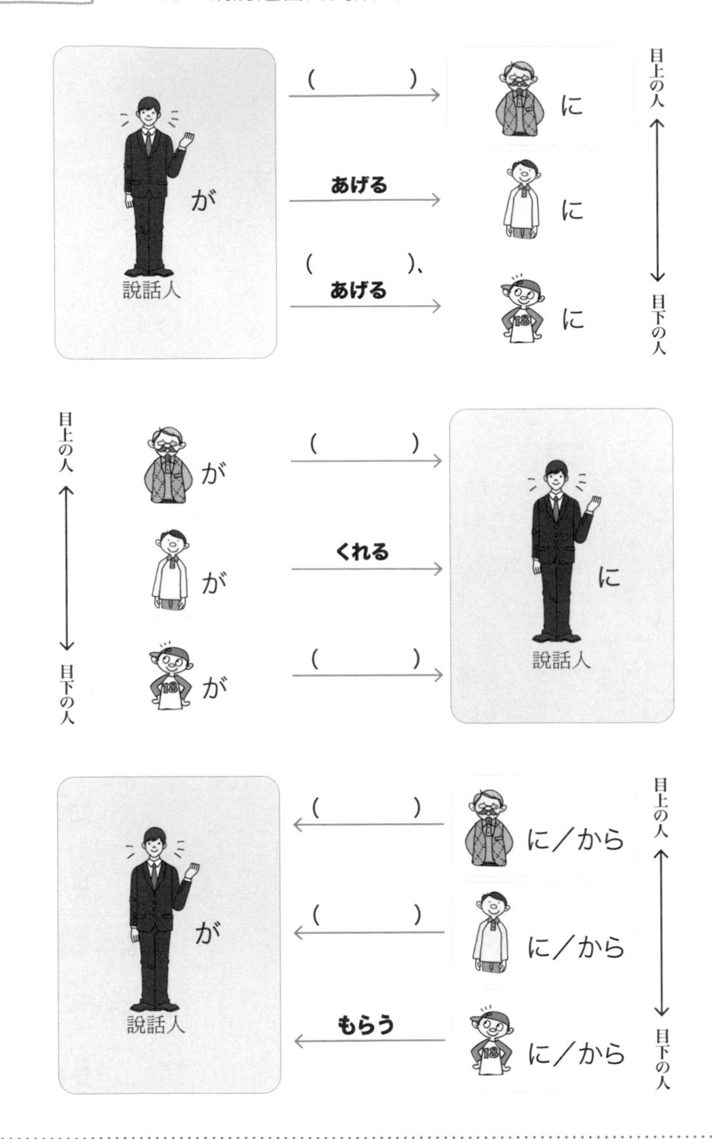

解答

さしあげる　やる　くださる　くれる　いただく　もらう

（　　）裡應填入哪一個選項呢？請從 4 個選項中選出最佳的答案。

1 先生（せんせい）、 私（わたし）が　この町（まち）を　ご案内（あんない）（　　）。

① です　　② します

③ くださいます　　④ なさいます

2 部長（ぶちょう）は　もう　お（　　）に　なりました。

① かえり　　② かえる

③ かえった　　④ かえって

3 私（わたし）が　パソコンの　使（つか）い方（かた）に　ついて　ご説明（せつめい）（　　）。

① ございます　　② なさいます

③ いたします　　④ くださいます

4 ちょっと　道（みち）を（　　）します。

① ご聞（き）き　　② お聞（き）き

③ お聞（き）く　　④ ご聞（き）く

5 どうぞ　こちらに　お座（すわ）り（　　）。

① に　なる　　② いたす

③ します　　④ ください

解答

1② **2**① **3**③ **4**② **5**④

N4 聽力模擬考題 問題3

適切話語

共 30 題

track 3-1

錯題數：

もんだい3では、えを　見（み）ながら　しつもんを　聞（き）いて　ください。
➡（やじるし）の　人（ひと）は　何（なん）と　言（い）いますか。1から3の　中（なか）から、いちばん　いい　ものを　一（ひと）つ　えらんで　ください。

例

track 3-1

答え
①②③

第1題

track 3-2

答え
①②③

第2題

track 3-3

答え
①②③

第3題

track 3-4

答え

①②③

第4題

track 3-5

答え

①②③

第5題

track 3-6

答え

①②③

3 もんだい　翻譯與解題

もんだい３では、えを　見ながら　しつもんを　聞いて　ください。
➡（やじるし）の　人は　何と　言いますか。１から３の　中から、いちばん　いい　ものを　一つ　えらんで　ください。

例　日文對話與翻譯

答案：1

出された食べ物の食べ方がわかりません。何と言いますか。

F：1　これは、どのようにして食べるのですか。
　 2　これは食べられますか。
　 3　これを食べますか。

譯 端上桌的料理不知道該用什麼方式食用。請問這時候該說什麼呢？

F：1　請問這個該怎麼吃呢？
　 2　請問這個可以吃嗎？
　 3　要吃這個嗎？

第 1 題　日文對話與翻譯

答案：2

料理をもっと食べるように言われましたが、もうおなかがいっぱいです。何と言いますか。

F：1　おなかが痛くなるので、もういいです。
　 2　おなかがいっぱいなので、もうけっこうです。
　 3　もういやになるほどたくさん食べました。

譯 對方請自己多吃一些，但是已經太飽吃不下了。請問這時候該說什麼呢？

F：1　再吃就要鬧肚疼了，吃不下了。
　 2　我吃飽了，真的已經吃很多了。
　 3　實在吃太多，都快吃膩了。

第３大題，請邊看插圖，邊聽提問。箭頭（→）所指的人應該要說什麼呢？請從１到３的選項中，選出一個最適當的答案。

track 3-1

攻略的要點

» 這一題要問的是「食べ方／食用方法」，而選項一的「どのように／如何」用在詢問方法的時候，相當於「どうやって／怎麼做」、「どのような方法で／什麼方法」的意思。正確答案是 1。「どのように」用法，例如：

・老後に向けてどのように計画したらいいでしょう／對於晚年該如何計畫好呢？

其他選項

2 如果問題是問「出される食べ物は食べられるかどうか／端上桌的食物能不能吃呢」的話則正確。

3 如果問題是問「出される食べ物を食べるかどうか／端上桌的食物要不要吃呢」的話則正確。

單字・慣用句・文法 **～方**（～方法）

track 3-2

攻略的要點

» 前面的情境提示並沒有說到選項１的「おなかが痛くなる／會肚子痛」。選項３的「嫌になるほど／幾乎吃膩了」等同於「嫌になるくらい／幾乎厭煩了」，意思是吃太多都已經膩了，而這樣的措辭相當失禮。

» 選項２的「けっこうです／已經夠了」是想表示「いりません／不用了」的禮貌說法。日文「結構」的原意是「とてもよい／相當完美」，延伸為「これ以上必要ない／不需要再多了」、「もう十分だ／已經足夠」的婉拒用語。例句：

・A：駅まで送りましょう／送你去車站吧？

　B：けっこうですよ。タクシーで帰りますから／不用了，我搭計程車回去就好。

第2題

日文對話與翻譯

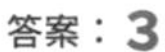
答案：3

今日、退院します。看護師さんに何と言いますか。

M：1　じゃあ、これで帰ります。
　　2　退院、おめでとうございます。
　　3　どうもお世話になりました。

譯 今天就要出院。請問這時該向護理師說什麼呢？

M：1　那麼，我要回家了。
　　2　恭喜出院。
　　3　非常感謝您的照顧。

第3題

日文對話與翻譯

答案：1

お客様に、お父さんが、今、家にいないことを伝えます。何と言いますか。

F：1　父はただ今出かけております。
　　2　父が何時に帰るか、分かりません。
　　3　父はどこかに行ってしまいました。

譯 要告知來客父親現在不在家。請問這時候該說什麼呢？

F：1　父親外出了。
　　2　不知道父親幾點會回來。
　　3　父親出門不知道去哪裡了。

攻略的要點

track3-3

» 選項1並沒有表達出謝意，因此不適合做為出院時的致謝詞。選項2的說話者應該是護理師而非病患。

單字・慣用句・文法 退院（たいいん）（出院）　世話（せわ）（照顧，照料）

攻略的要點

track 3-4

» 選項1的「ただ今（いま）／目前」是「今（いま）／現在」的禮貌用語，「～ております／正…在」是「～ています／正…在」的謙讓語。選項2並非用於「家（いえ）にいないことを伝（つた）える／轉達不在家」的語句，所以不是正確答案。另外，面對客人不適合說選項3這樣的話。

第 4 題

日文對話與翻譯

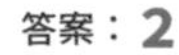
答案：2

旅行のおみやげをおばさんにわたします。何と言いますか。

F：1　おみやげ、ほしいですか。
　　2　旅行のおみやげです。どうぞ。
　　3　おみやげ、いただきました。

譯 要將旅遊時購買的伴手禮送給伯母。請問這時候該說什麼呢？

F：1　你想要伴手禮嗎？
　　2　這是旅行時買回來的伴手禮，請笑納。
　　3　伴手禮，我收下了。

第 5 題

日文對話與翻譯

答案：3

先生の声が小さくて聞こえません。先生に何と言いますか。

M：1　すみませんが、ずいぶん大きい声で話してください。
　　2　すみませんが、もっと大きい声で話していいですか。
　　3　すみませんが、もう少し大きい声で話してください。

譯 老師的聲音太小了聽不見。請問這時該向老師說什麼呢？

M：1　不好意思，請用頗大的聲音說話。
　　2　不好意思，可以更大聲說話嗎？
　　3　不好意思，說話的音量麻煩稍微提高一些。

攻略的要點 track 3-5

» 選項２在「どうぞ／請」的後面省略了「食べてください／請用」、「受け取ってください／請笑納」之類的句子。選項１的「ほしいですか／想要嗎？」是失禮的措辭，當詢問是否要幫對方添茶時，應該說「もう１杯いかがですか／再幫您添些茶好嗎？」而不是問「もう１杯ほしいですか／你想再喝一杯嗎？」。選項３的「いただきました／那就不客氣了」是「もらいました／收下了」的謙讓語。

單字・慣用句・文法 **叔母**（伯母，姨母，舅媽，姑媽） **頂く／戴く**（接收，領取；吃，喝）

攻略的要點 track 3-6

» 選項１「ずいぶん／頗為」是用於表示感想或驚訝的副詞，不能用在表示委託之意的「～ください／請…」的句型中。例句：

・今日はずいぶん暑いね／今天好熱喔！

・たかし君は、１年でずいぶん大きくなったね／才過一年，小隆就長這麼高了呀！

» 選項２「～話していいですか／我可以說…嗎」，但本題問的不是自己說話的音量，所以不是正確答案。

單字・慣用句・文法 **随分**（相當地）

第6題

track 3-7

答え
①②③

第7題

track 3-8

答え
①②③

第8題

track 3-9

答え
①②③

第9題

track 3-10

答え
①②③

第10題

track 3-11

答え
①②③

3 もんだい　翻譯與解題

第 6 題

日文對話與翻譯

答案：**1**

友達の家に電話したら、お母さんが出ました。友達をよんでほしいです。何と言いますか。

F：1　萌さん、いますか。
　　2　萌を出してよ。
　　3　萌は？

譯 打電話到朋友家，接電話的是朋友的媽媽，想請她叫朋友來聽電話。請問這時應該怎麼說才好呢？

F：1　請問萌小姐在嗎？
　　2　叫萌來接啦。
　　3　萌呢？

第 7 題

日文對話與翻譯

答案：**2**

医者に、おなかが痛いことを伝えます。何と言いますか。

F：1　おなかが痛かった。
　　2　おなかが痛いです。
　　3　おなかに痛みです。

譯 想告訴醫師自己肚子痛。請問這時應該說什麼呢？

F：1　我之前肚子很痛。
　　2　我肚子痛。
　　3　我肚子有疼痛。

track 3-7

攻略的要點

» 朋友的媽媽是長輩（年齡或地位在自己之上），所以要用客氣的說法，包括在向朋友媽媽提到朋友的名字時也必須加上「さん／小姐、先生」的稱謂。

track 3-8

攻略的要點

» 選項１是過去式，所以不是正確答案。選項３是「痛(いた)み／疼痛感」的名詞形式，如果這句話改成「おなかに痛(いた)みがあります／肚子有疼痛感」則為正確答案。

第 8 題　日文對話與翻譯

答案：3

ぼうし売(う)り場(ば)で、お母(かあ)さんが子(こ)どものぼうしを選(えら)んで持(も)ってきました。子(こ)どもに何(なん)と言(い)いますか。

F：1　このぼうしを着(き)てみましょう。
　 2　このぼうしをかざってみましょう。
　 3　このぼうしをかぶってみましょう。

譯 媽媽在帽子專櫃挑了一頂童帽拿過來。請問這時媽媽對孩子該說什麼呢？

F：1　穿穿看這頂帽子。
　 2　裝飾看看這頂帽子。
　 3　戴戴看這頂帽子。

第 9 題　日文對話與翻譯

答案：1

まちがったところに電話(でんわ)をかけてしまいました。何(なん)と言(い)いますか。

F：1　すみません、まちがえました。
　 2　すみません、番号(ばんごう)が変(か)わりました。
　 3　すみません、どなたですか。

譯 撥錯電話號碼了。請問這時該說什麼呢？

F：1　不好意思，我撥錯電話號碼了。
　 2　不好意思，電話號碼改了。
　 3　不好意思，請問您是哪位？

攻略的要點

track 3-9

» 戴帽子這個動作的動詞要用「かぶる／戴」。

其他選項

2 的動詞是「飾（かざ）る／擺飾」。例句：

・棚（たな）の上（うえ）に人形（にんぎょう）を飾（かざ）る／將人偶擺飾於架子上。

※請記得以下詞語對應的動詞：

・シャツ／襯衫、セーター／毛衣、コート／大衣→着（き）る／穿

・ズボン／褲子、くつ／鞋子、くつした／襪子→履（は）く／穿

・ぼうし／帽子→かぶる／戴

・眼鏡（めがね）／眼鏡→かける／戴

・時計（とけい）／手錶、指輪（ゆびわ）／戒指→つける／戴、する／戴

攻略的要點

track 3-10

» 撥錯電話時應當向對方說「すみません、間違（まちが）えました／不好意思，我打錯了」。

其他選項

2 是用於通知別人自己換了電話號碼。

3 是用於接到電話但不知道對方身分時詢問的句子。「どなた／哪一位」是「誰（だれ）／什麼人」的禮貌用法。

單字・慣用句・文法　変（か）わる（變化，改變）

第 10 題

日文對話與翻譯

答案：3

先生（せんせい）にはさみを借（か）りたいです。何（なん）と言（い）いますか。

M：1　先生（せんせい）、はさみ。
　　2　先生（せんせい）、はさみを借（か）りてください。
　　3　先生（せんせい）、はさみを貸（か）してください。

譯 想向老師借用剪刀。請問這時該說什麼呢？

M：1　老師，剪刀。
　　2　老師，請借剪刀去用。
　　3　老師，請借我剪刀。

解題攻略特搜！

把祕技都記下來

track 3-11

攻略的要點

» 想向別人借用物品時應當說「貸（か）してください／請借給我」。

第11題

track 3-12

答え

①②③

第12題

track 3-13

答え

①②③

第13題

track 3-14

答え

①②③

第 14 題

track 3-15

答え
① ② ③

第 15 題

track 3-16

答え
① ② ③

第 11 題

日文對話與翻譯

答案：1

シャツを売(う)っていた店(みせ)を知(し)りたいです。何(なん)と言(い)いますか。

F：1　かわいいシャツね。どこで買(か)ったの。
　　2　かわいいシャツね。どこで売(う)ったの。
　　3　かわいいシャツね。なんで買(か)ったの。

譯 想知道販售襯衫的是哪間店家。請問這時應該怎麼說才好呢？

F：1　這件襯衫好可愛喔！在哪裡買的？
　　2　這件襯衫好可愛喔！在哪裡賣的？
　　3　這件襯衫好可愛喔！為什麼買它？

第 12 題

日文對話與翻譯

答案：2

小学生(しょうがくせい)が漢字(かんじ)を読(よ)めるのに驚(おどろ)いています。何(なん)と言(い)いますか。

F：1　小学生(しょうがくせい)なのに、そんな漢字(かんじ)も読(よ)めないの？
　　2　小学生(しょうがくせい)なのに、そんな漢字(かんじ)を読(よ)めるの？
　　3　小学生(しょうがくせい)でも、そんな漢字(かんじ)ぐらい読(よ)めるね？

譯 對於小學生會唸漢字這件事感到驚訝。請問這時應該怎麼說才好呢？

F：1　一個小學生居然連這種程度的漢字也不會唸？
　　2　一個小學生居然會唸這種程度的漢字？
　　3　就算只是個小學生，這種程度的漢字總該會唸吧？

攻略的要點

track 3-12

» 詢問者想問的是「あなたは（このシャツを）どこで買(か)いましたか／你是在哪裡買到（這件襯衫）的呢？」，口語可簡化為「どこで買(か)ったの？／在哪裡買的？」

攻略的要點

track 3-13

»「のに／卻」是逆接的接續助詞，用於呈現說話者對於事實覺得意外或遺憾的感受。例句：

・今日(きょう)は雨(あめ)なのに、暖(あたた)かいね／今天雖然下雨，但挺暖和的。

・もう昼(ひる)なのに、まだ寝(ね)てる／都中午了還在睡！

»「でも／即使」也是表示逆接的副助詞，表示並非理所當然的結果。例句：

・この料理(りょうり)は簡単(かんたん)だから、子供(こども)でもできる／這道菜很容易做，連小孩子都會。〈小孩子其實不擅長做菜，卻能夠做這道菜〉

其他選項

1 是對於小學生居然看不懂漢字而感到訝異。

3 是認為小學生雖然不懂太多漢字，但是那個漢字挺簡單的，應該看得懂吧。

單字・慣用句・文法 驚(おどろ)く（吃驚，驚奇）

第13題

日文對話與翻譯

答案：3

入院している人をお見舞いに行きました。何と言いますか。

M：1　こちらこそ、失礼します。
　　2　もう帰りますか。
　　3　お体の具合はいかがですか。

譯 前去探望了住院患者。請問這時應該怎麼說才好呢？

M：1　打擾您了，我才不好意思。
　　2　要回家了嗎？
　　3　您身體狀況還好嗎？

第14題

日文對話與翻譯

答案：1

何か助けることはないか聞きます。何と言いますか。

F：1　何かお手伝いすることはありませんか。
　　2　何かお助けください。
　　3　助けることができますよ。

譯 想問有什麼可以幫忙的地方。請問這時應該怎麼說才好呢？

F：1　有什麼我可以幫忙的嗎？
　　2　請您幫我一下。
　　3　我可以幫忙喔。

攻略的要點

track 3-14

» 去醫院探病時，應該問候對方的身體狀況。「いかがですか／還好嗎」是「どうですか／如何」的禮貌用法。

單字・慣用句・文法 具合（情況；〈健康等〉狀況，方法）

攻略的要點

track 3-15

»「お手伝いする／幫您」是以「お（動詞ます形）する／我為您（們）做…」的形式表示謙讓。例句：

・先生、お荷物をお持ちします／老師，東西請交給我拿。

其他選項

2 是向人求援的句子，但正確說法應該是「どうか助けてください／懇求您的鼎助」。

3 的句子有些失禮，用於這個場合不符情理。

第15題

日文對話與翻譯

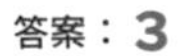

答案：3

冷房を止めてほしいです。何と言いますか。

F：1　冷房をつけないでください。
　　2　冷房はほしいですか。
　　3　冷房をとめていただけますか。

譯 想請對方關掉冷氣，請問這時應該怎麼說才好呢？

F：1　請不要開冷氣。
　　2　你想要冷氣嗎？
　　3　可以請您關掉冷氣嗎？

解題攻略特搜！

把祕技都記下來

攻略的要點

track 3-16

»「(動詞て形) ていただけますか／可否請您」或「(動詞て形) ていただけませんか／可以請您…嗎」表示禮貌性的請託。

其他選項

1 已經開著冷氣了，不會再說「つけないでください／請不要開（冷氣）」。

2 問題已經說「冷房（れいぼう）を止（と）めてほしいです／請幫忙關冷氣」，不會再問「冷房（れいぼう）はほしいですか／想要冷氣嗎」。

第 16 題

track 3-17

答え
①②③

第 17 題

track 3-18

答え
①②③

第 18 題

track 3-19

答え
①②③

第19題

track 3-20

答え
①②③

第20題

track 3-21

答え
①②③

第 16 題

日文對話與翻譯

答案：2

友達の家で出されたお昼ご飯がとてもおいしかったです。何と言いますか。

F：1　いただきます。
　　2　ごちそうさまでした。
　　3　どうぞ召し上がってください。

譯 在朋友家被招待了一頓相當豐盛的午餐。請問這時應該怎麼說才好呢？

F：1　我要開動了。
　　2　感謝豐盛的款待。
　　3　敬請享用。

第 17 題

日文對話與翻譯

答案：2

約束の時間より遅れて着きました。何と言いますか。

F：1　もうしばらくお待ちください。
　　2　お待たせして、すみませんでした。
　　3　もし遅れたら、失礼です。

譯 比原先約定的時間晚到了。請問這時應該怎麼說才好呢？

F：1　請稍待片刻。
　　2　不好意思，讓您久等了。
　　3　如果遲到了，是不禮貌的。

攻略的要點 track 3-17

» 因為題目中提到「おいしかった／很好吃」，所以要回答吃飽後的招呼語。

其他選項

1「いただきます／我開動了」是開動前的招呼語。

3「召し上がる／吃、享用」是「食べる／吃」的尊敬語。

「召し上がってください／請享用」是把食物端出來時會說的話。「どうぞ／請用」是客氣地請對方用餐的詞語。

攻略的要點 track 3-18

»「お待たせする／讓您等候了」是由「待つ／等」的使役形「待たせる／讓…等」，配合「お（動詞ます形）します」的用法，變成謙讓的用法。意思是「私があなたを待たせて／我讓您久等了」，含有「すみません／抱歉」的意味。

第 18 題

日文對話與翻譯

答案：1

自分で作ったお菓子をお客様に出します。何と言いますか。

F：1　どうぞ召し上がってみてください。
　　2　おいしくないですが、食べてください。
　　3　おいしいかどうか、食べられてみてください。

譯 端出親手做的甜點招待客人。請問這時應該怎麼說才好呢？

F：1　敬請享用。
　　2　雖然不好吃，還是請用。
　　3　請嚐嚐看好不好吃。

第 19 題

日文對話與翻譯

答案：3

お店の棚の上にあるかばんを見たいと思います。何と言いますか。

F：1　あのかばんをご覧になってください。
　　2　あのかばんを見せてはどうですか。
　　3　あのかばんを見せていただきたいのですが。

譯 想看看擺在商店陳列架上面的包包。請問這時應該怎麼說才好呢？

F：1　請您看一下那只包包。
　　2　讓我看一下那只包包，可以吧？
　　3　我想要看一下那只包包。

攻略的要點 track 3-19

»「召(め)し上(あ)がる／吃、享用」是「食(た)べる／吃」的尊敬語。「～てみる／試試…」有試試看的意思。

・靴(くつ)を買(か)う前(まえ)に、履(は)いてみます／買鞋之前先試穿。
・この本面白(ほんおもしろ)いですよ。ぜひ読(よ)んでみてください／這本書很有趣。請務必讀讀看。

其他選項

2「おいしくないですが／雖然不好吃」不適合用來勸別人。

3「おいしいかどうか／不確定是否好吃」也不是適當的句子。

「食(た)べられる／吃」是「食(た)べる／吃」的尊敬語。

攻略的要點 track 3-20

»「(動詞て形）ていただきたい（です）／希望能…」是「(動詞て形）てほしい（です）／想要…」的尊敬表現。

其他選項

1「ご覧(らん)になります／過目」是「見(み)ます／看」的尊敬語。因為這句話的意思是向對方說「あのかばんを見(み)てください／請看那個包包」，所以不正確。

2「(動詞て形）てはどうですか／…怎麼樣呢」是勸對方進行某種（動詞）行為的說法。和「(動詞た形）たらどうですか／做…怎麼樣呢？」意思相同。

・そんなに疲(つか)れたなら、明日(あす)は休(やす)んではどうですか／如果真的那麼累，明天休息一天怎麼樣？
・会議(かいぎ)の時間(じかん)をもっと短(みじか)くしてはどうでしょうか／開會的時間再縮短一點怎麼樣？

選項２沒有呈現出拜託對方讓自己看包包的意思表達，是不自然的說法。

單字・慣用句・文法 ご覧(らん)になる（〈尊敬語〉看，觀覽，閱讀）

第 20 題

日文對話與翻譯

答案：2

先生の家に行っていましたが、夕方になったので帰ります。先生に何と言いますか。

M：1　ようこそ、いらっしゃいました。
　　2　そろそろ、失礼いたします。
　　3　どうぞよろしくお願いします。

譯 到老師家拜訪，由於時間已近傍晚而準備離開。請問這時應該對老師說什麼才好呢？

M：1　歡迎大駕光臨。
　　2　差不多該告辭了。
　　3　請多多指教。

解題攻略特搜！

把祕技都記下來

track 3-21

攻略的要點

» 「失礼致します／叨擾了」是「失礼します／不好意思」的謙讓說法，是到別人家作客後告辭時的招呼語。要進別人家拜訪時也可以使用。題目句是告辭別人家時的情形。「そろそろ／快要、差不多」表示就快到某個時間了。

其他選項

1 是歡迎別人來時的說法。

3 是要拜託別人時的說法。

單字・慣用句・文法 **致す**（〈「する」的謙恭說法〉做，辦；致）

第21題

track 3-22

答え
① ② ③

第22題

track 3-23

答え
① ② ③

第23題

track 3-24

答え
① ② ③

第 24 題

track 3-25

答え
①②③

第 25 題

track 3-26

答え
①②③

第21題

日文對話與翻譯

答案：2

風邪(かぜ)をひいて、早(はや)く帰(かえ)る人(ひと)がいます。何(なん)と言(い)いますか。

F：1　お見舞(みま)いされてください。
　　2　お大事(だいじ)になさってください。
　　3　お元気(げんき)をもってください。

譯 有人感冒了，要提早回家休息。請問這時候該說什麼呢？

F：1　請被探望。
　　2　請保重。
　　3　請保持精神。

第22題

日文對話與翻譯

答案：1

長(なが)い間(あいだ)、会(あ)わなかった友達(ともだち)に会(あ)いました。何(なん)と言(い)いますか。

F：1　お久(ひさ)しぶりです。
　　2　見(み)なかったです。
　　3　お目(め)にしなかったです。

譯 見到了許久不見的朋友。請問這時候該說什麼呢？

F：1　好久不見。
　　2　那時沒看到。
　　3　沒見過面。（語法錯誤）

攻略的要點

track 3-22

» 對生病或受傷的人說的話是「お大事になさってください／請您多多保重」。這是「大事にしてください／請多保重」的謙讓說法。

其他選項

1「お見舞い／探病」是指去探望、送禮給生病或受傷的人。例句：

・入院している叔父のお見舞いに行く／去探望住院的叔叔。

・お見舞いに果物を買って行こう／買水果去探望病人吧！

3 沒有「元気を持つ」這種說法。

可以對病人說「早く元気になってください／祝您早日康復」等等。

單字・慣用句・文法 **御見舞い**（慰問品；探望） **大事**（重要的，保重，重要）

攻略的要點

track 3-23

» 對一陣子沒有見面的人可以說「お久しぶりです／好久不見」。「久しぶり／好久不見」是指從上次見面到現在已經過了很久。例句：

・こんなにいい天気は久しぶりだ／好久沒有這麼好的天氣了。

・彼の笑顔を久しぶりに見た／看見他久違的笑容。

其他選項

3 的「目にする／過目」和「見る／看」是相同意思。「お目にかかる／見面」是「会う／見面」的謙讓語。

單字・慣用句・文法 **久しぶり**（好久不見，許久，隔了好久）

第 23 題

日文對話與翻譯

答案：3

名前だけ知っていて、初めて会う人がいます。何と言いますか。

F：1　お名前は、聞き上げております。
　　2　お名前は、お知っております。
　　3　お名前は、存じ上げております。

譯 對方是初次見面，只知道名字。請問這時候該說什麼呢？

F：1　已聞大名。（語法錯誤）
　　2　知曉大名。（語法錯誤）
　　3　久仰大名。

第 24 題

日文對話與翻譯

答案：3

新しく知り合いになった人を自分の家によぼうと思います。何と言いますか。

F：1　どんどん、私の家にいらっしゃりください。
　　2　かならず、私の家に来なさい。
　　3　ぜひ、私の家においでください。

譯 想招待剛認識的人來自己家裡。請問這時候該說什麼呢？

F：1　請盡量來我家。
　　2　非來我家不可。
　　3　請務必光臨寒舍。

攻略的要點 track 3-24

» 在「知っています／知道」的謙讓語「存じております／知道」中加上抬高對方地位的「上げる」，變成「存じ上げております／我知道」，這是正確答案。

其他選項

1 沒有「聞き上げる」這種說法。

2「知っている／知道」的謙讓說法是「存じている／知道」。

單字・慣用句・文法 **御存知**（你知道；您知道〈尊敬語〉）

攻略的要點 track 3-25

»「おいで」是「来て／來」和「行って／去」的鄭重說法。例句：

・みんな待ってるから、早くおいで／大家都在等你，快點過來。

・先生がおいでになった／老師已經到了。（和「先生がいらっしゃった／老師已經到了」意思相同）

»「ぜひ／務必」是懇切邀請別人的說法。

其他選項

1「いらっしゃりください」這種說法不正確。「来て／來」的尊敬語是「いらっしゃって／來」。

2「来なさい／過來」是命令形，這是不禮貌的用法。

單字・慣用句・文法 **どんどん**（連續不斷，接二連三;〈炮鼓等連續不斷的聲音〉咚咚;〈進展〉順利；〈氣勢〉旺盛） **いらっしゃる**（來，去，在〈尊敬語〉） **必ず**（必定；一定，務必，必須） **是非**（務必；好與壞）

第 25 題

日文對話與翻譯

答案：3

会場の入り口で客の名前を聞きます。何と言いますか。

M：1　名前は何かな。
　　2　お名前は何というのか。
　　3　お名前は何とおっしゃいますか。

譯 在會場門前詢問賓客的名字。請問這時候該說什麼呢？

M：1　名字叫什麼來著？
　　2　你叫什麼名字呢？
　　3　請教貴姓大名？

解題攻略特搜！

把祕技都記下來

攻略的要點

track 3-26

»「おっしゃいます／說」是「いいます／說」的尊敬語。「お名前（なまえ）／姓名」的「お」是鄭重說法。

其他選項

1「～かな／…吧」是對親近的人，或是上位者對下位者說話時的用法，屬於口語用法，對客人這樣說不禮貌。

2「なんというのか／怎麼說呢」也是普通形的說法，並不鄭重，所以不禮貌。

單字・慣用句・文法 仰る（おっしゃる）（說，講，叫）

第 26 題

track 3-27

答え

①②③

第 27 題

track 3-28

答え

①②③

第 28 題

track 3-29

答え

①②③

第 29 題

track 3-30

答え
①②③

第 30 題

track 3-31

答え
①②③

第 26 題

日文對話與翻譯

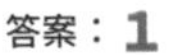

答案：1

相手が、知っているかどうかを聞きます。何と言いますか。

F：1　このことをご存じですか。
　　2　このことを知り申してますか。
　　3　このことを知りなさるですか。

譯 詢問對方是否知道。請問這時該說什麼呢？

F：1　您知道這件事嗎？
　　2　您是否知曉此事？（古代語法）
　　3　您是否知悉此事？（古代語法）

第 27 題

日文對話與翻譯

答案：1

結婚する人に、お祝いを言います。何と言いますか。

F：1　おめでとうございます。
　　2　ありがとうございます。
　　3　しあわせでございます。

譯 向即將結婚的新人祝賀。請問這時該說什麼呢？

F：1　恭喜！
　　2　謝謝！
　　3　我很幸福！

攻略的要點

track 3-27

»「知(し)っていますか／你知道嗎？」的尊敬說法是「ご存(ぞん)じですか／您知道嗎？」。

其他選項

2、3 是古代說法，不適合用在這裡。

攻略的要點

track 3-28

»祝賀對方時說的話是「おめでとうございます／恭喜」。

其他選項

2「ありがとうございます／謝謝」是聽到祝賀後的致謝。這是接受祝賀的人說的話。

3「～でございます」是「～です」的鄭重說法。例句：

・こちらが当社(とうしゃ)の新製品(しんせいひん)でございます／這是我們公司的新產品。

單字・慣用句・文法 お目出度(めでと)うございます（恭喜）

第 28 題

日文對話與翻譯

答案：2

社長（しゃちょう）から用事（ようじ）を頼（たの）まれて返事（へんじ）をします。何（なん）と言（い）いますか。

F：1　やってあげます。
　　2　承知（しょうち）しました。
　　3　すみませんでした。

譯 社長交辦事宜後的回答。請問這時該說什麼呢？

F：1　我幫你做。
　　2　我知道了。
　　3　很抱歉。

第 29 題

日文對話與翻譯

答案：3

人（ひと）からお菓子（かし）をもらいます。何（なん）と言（い）いますか。

F：1　なんとかいただきます。
　　2　やっといただきます。
　　3　えんりょなくいただきます。

譯 收到了贈送的甜點。請問這時該說什麼呢？

F：1　會想辦法吃掉的。
　　2　終於收到了。
　　3　我就不客氣收下了。

攻略的要點 track 3-29

»「承知しました／我知道了」是「分かりました／我知道了」的謙讓說法。例句：

・部長：木村君、明日までにこの資料をまとめてくれませんか／經理：木村，明天之前可以幫我整理好這些資料嗎？
木村：承知しました／木村：好的，我知道了。

其他選項

1「（動詞て形）てあげる」的意思是「我為你做某事」，是上對下的說法，對上位者這麼說非常不禮貌。例句：

・絵本を読んであげるから、早く布団に入りなさい／我來念故事書給你聽，趕快上床了。

3「すみませんでした／對不起」是道歉時說的話。

攻略的要點 track 3-30

»「遠慮なく／那就不推辭了」用在收到物品，或是別人為自己做了某事時，是表達感謝的說法。傳達「我很高興（我很感激），那我就不客氣了。」的心情。

其他選項

1「なんとか／想方設法」表示努力做到某事的樣子。「お菓子をなんとかいただく／努力吃完點心」的「いただく／享用」是「食べる／吃」的謙讓語，因此這句話帶有「其實不想吃，但還是勉強吃了」的語感。例句：

・A：宿題の作文はできたの／你寫作文作業了嗎？
B：朝までかかって、なんとか書けたよ／一直努力到早上，總算寫完了。

2「やっと／終於」表示等待著的事情實現了。例句：

・山道を１時間歩いて、やっとホテルに着いた／走了一個小時的山路，終於到達飯店了。

第 30 題

日文對話與翻譯

答案：**2**

大事(だいじ)なチケットを人(ひと)にあげます。何(なん)と言(い)いますか。

M：1　チケットをお渡(わた)りします。

　　2　チケットを差(さ)し上(あ)げます。

　　3　チケットを申(もう)し上(あ)げます。

譯 將珍貴的門票送給對方。請問這時該說什麼呢？

M：1　這張票交給您。

　　2　這張票贈送您。

　　3　這張票報告您。（語法錯誤）

解題攻略特搜！ 把祕技都記下來

攻略的要點

track 3-31

»「差し上げます／贈予」是「あげます／給」的謙讓說法。

其他選項

1 沒有「お渡りします」這種說法。他動詞「渡します／交給」的謙讓說法是「お渡しします／交付」。

3「申し上げます／說」是「言います／說」的謙讓說法。

コラム 4 寒暄語用法加油站

行って参ります

我走了。是比「行ってきます」更有禮的謙讓用法，多用於職場上要出門辦事時，對上司或同事說。

實際應用

▶ 取材に行って参ります。
我取材去了。

▶ 出張に行って参ります。
我出差去了。

いってらっしゃい

路上小心，慢走。是目送他人離開時的寒暄語，原本「いってらっしゃい」其實是敬語，但因為太多人會對自己的家人或孩子使用，因此正式場合會說「いってらっしゃいませ」，可以對客人、前輩或要前往出差的上司使用。

實際應用

▶ いってらっしゃい、よい旅を！
祝您有一趟美好的旅程，路上小心！

▶ ご出張、いってらっしゃいませ。
您出差路上小心。

▶ お気をつけていってらっしゃいませ。
路上小心，慢走。

お帰りなさい

你回來了。是對從外面回來的家人或上司、同事朋友說的話。上對下也可以只說「おかえり」，對上司則也可以說「お疲れ様でした／您辛苦了」。旅館人員對客人則會說「おかえりなさいませ」。

實際應用

▶ おかえり。楽(たの)しかった？
你回來啦。好玩嗎？

▶ おかえりなさい。待(ま)ってたよ。
你回來啦。我在等你呢！

よくいらっしゃいました

歡迎光臨。是在私人的場合，對從遠方特地蒞臨自己家的客人說的話。語意中含有對對方特地前來的感謝。

實際應用

▶ 今日(きょう)はよくいらっしゃいました。
今天真是大駕光臨。

ようこそ

歡迎。是對從遠方前來的人表示歡迎的說法，在網路上的部落格等也能使用。一般會用「某處＋へようこそ」、「ようこそ＋某處へ」、「某處＋にようこそ」等接續方式，更尊敬的用法則是「ようこそ、おいでくださいました」。

實際應用

▶ 日本(にほん)へようこそ。
歡迎來到日本。

▶ ようこそ我(わ)が家(や)へ。
歡迎來到我家。

▶ ようこそ、いらっしゃいませ。
歡迎光臨。

お陰

托福；承蒙關照。用於句中，多用於受到他人幫助而獲得良好的成果時，表達感謝之意。有時前面也會接某事物，表示多虧了前項，才有後面的好結果。

實際應用

▶ 先生のおかげで大学に合格できました。
托老師的福，我考上大學了。

▶ あなたのお陰で仕事が無事に終わりました。
托您的福，工作順利完成了。

▶ あなたのお陰で助かりました。
多虧您幫了大忙。

お蔭様で

托福，多虧。是比「おかげで」更尊敬的用法，用於句首，後面可以接感謝對方的話，或一件順利進行的大事，表示多虧對方，才有現在的好成果。另外，被問到「お元気ですか？」時，也作為基本的寒暄語，可以回覆對方「おかげさまで」。

實際應用

▶ おかげさまで、合格できました。
托您的福，我通過測驗了。

▶ おかげさまで、だいぶよくなりました。
托您的福，病情好多了。

▶ おかげさまで退院が無事にできました。
托您的福，我才能順利出院。

お大事(だいじ)に

珍重，請多保重。用於關心生病的親友，或醫生關心病人，以及寫信問候對方時，意思是請對方注意身體健康。

實際應用

▶ お体(からだ)を大事(だいじ)にしてください。
請保重身體。

▶ お大事(だいじ)にどうぞ。
請保重。

▶ お大事(だいじ)にお過(す)ごしください。
請照顧好自己。

かしこまりました

知道，了解。是「わかりました」的謙讓語，多用於回覆商業郵件、回覆上司，以及服務員接待客人，給予回覆時。

實際應用

▶ かしこまりました。すぐにお持(も)ちします。
我知道了。立刻為您送上。

▶ かしこまりました。少々(しょうしょう)お待(ま)ちください。
我知道了。請稍候一下。

▶ かしこまりました。以上(いじょう)でよろしいですか。
我知道了。其他還需要嗎？

お待(ま)たせしました

讓您久等了。多用於日本餐廳店員上菜時，或客人排了很長的隊終於排到時，店員也會這麼說。另外，還可以用在職場上對上司，或和客人通話時請對方稍等再繼續通話的情況。和朋友約定好時間，自己準時抵達，朋友卻已經先到了的時候，許多日本人也會禮貌性地問候一下，但如果自己遲到了，最好還是先表達一下歉意比較好喔。

實際應用

▶ お待(ま)たせして、すみません。
抱歉，讓您久等了。

▶ お待(ま)たせしました。アイスコーヒーです。
讓您久等了。這是冰咖啡。

▶ 大変(たいへん)お待(ま)たせいたしました。
真是讓您久等了。

お目出度(めでと)うございます

恭喜。用於祝賀他人畢業、結婚、出院等場合，和親近的朋友或晚輩則會省略只說「おめでとう」。另外每年過了1月1號，互相祝福新年快樂時則會說「明(あ)けましておめでとうございます」。

實際應用

▶ お誕生日(たんじょうび)おめでとうございます。
生日快樂。

▶ ご結婚(けっこん)おめでとうございます。
祝新婚快樂。

▶ 誠(まこと)におめでとうございます。
誠摯地恭喜您。

それはいけませんね

那可不行。用於聽到對方某個不好的消息時給予對方回應，表示同情或擔心。

實際應用

▶ 風邪（かぜ）をひきましたか。それはいけませんね。
你感冒了嗎？那可不行啊。

▶ それはいけませんね。病院（びょういん）に行（い）きましたか。
那可不行。去過醫院了嗎？

メモ

N4 聽力模擬考題 問題4

即時應答

track 4-1

共48題

錯題數：＿＿＿＿＿＿

もんだい４では、えなどが　ありません。まず　ぶんを　聞いて　ください。それから、そのへんじを　聞いて、１から３の　中から、いちばん　いい　ものを　一つ　えらんで　ください。

例

track 4-1

- メモ -

答え
①②③

第1題

track 4-2

- メモ -

答え
①②③

第2題

track 4-3

- メモ -

答え
①②③

第3題

track 4-4

- メモ -

答え
①②③

第4題

track 4-5

- メモ -

答え
① ② ③

第5題

track 4-6

- メモ -

答え
① ② ③

第6題

track 4-7

- メモ -

答え
①②③

第7題

track 4-8

- メモ -

答え
①②③

第8題

track 4-9

- メモ -

答え
①②③

4 もんだい　翻譯與解題

もんだい４では、えなどが　ありません。まず　ぶんを　聞いて　ください。それから、そのへんじを　聞いて、１から３の　中から、いちばん　いい　ものを　一つ　えらんで　ください。

れい

日文對話與翻譯

答案：1

メモ

F：もう朝ご飯はすみましたか。

M：1　いいえ、これからです。

2　はい、まだです。

3　はい、すみません。

譯 F：吃過早飯了嗎？

M：1　還沒，現在才要吃。

2　對，還沒吃。

3　對，不好意思。

第1題

日文對話與翻譯

答案：1

メモ

F：けがをしたところはまだ痛いですか。

M：1　もう大丈夫です。

2　きっと痛くないです。

3　たぶん痛いです。

譯 F：受傷的地方還會痛嗎？

M：1　已經沒事了。

2　一定不會痛。

3　應該會痛。

第４大題，沒有插圖，請先聽提問再聽回答，並從１到３的回答中，選出一個最適當的答案。

攻略的要點 track 4-1

»「もう～したか／已經…了嗎」用在詢問「行為或事情是否完成了」。如果是還沒有完成，可以回答：「いいえ、まだです／不，還沒有」、「いいえ、〇〇です／不，〇〇」、「いいえ、まだ～ていません／不，還沒…」。如果是完成，可以回答：「はい、～した／是，…了」。

»這一題問「もう朝ご飯はすみましたか／早餐已經吃了嗎」，「ご飯はすみましたか／吃飯了嗎」是詢問「吃飯了沒」的慣用表現方式。而選項１回答「いいえ、これからです／不，現在才要吃」是正確答案。

其他選項

2 如果回答「はい、食べました／是的，吃了」或「いいえ、まだです／不，還沒」則正確。

3 如果回答「はい、すみました／是的，吃了」則正確。「すみません／抱歉、謝謝、借過」用在跟對方致歉、感謝或請求的時候。可別聽錯了喔！

單字・慣用句・文法 **済む**（〈事情〉完結，結束；過得去，沒問題；〈問題〉解決，〈事情〉了結）

攻略的要點 track 4-2

»選項２的「きっと／想必」和選項３的「たぶん／恐怕」都是表示推測的副詞，不會用在描述自己的句子裡。選項１則省略了「いいえ／不」。

»關於推測副詞的程度，「きっと」的可能性比「たぶん」更高。

單字・慣用句・文法 **怪我**（受傷）

第 2 題

日文對話與翻譯

答案：2

メモ

M：向（む）こうに着（つ）いたら、はがきをくださいね。

F：1　はがきを楽（たの）しみにしています。

2　はい、きっと出（だ）します。

3　はい、たぶん出（だ）すかもしれません。

譯 F：受傷的地方還會痛嗎？

M：1　已經沒事了。

2　一定不會痛。

3　應該會痛。

第 3 題

日文對話與翻譯

答案：3

メモ

F：あなたのクラスには、生徒（せいと）が何人（なんにん）くらいいますか。

M：1　けっこう多（おお）くないです。

2　去年（きょねん）よりだいぶ少（すく）なくなりました。

3　30 人（にん）ぐらいです。

譯 F：你班上大約有幾個學生呢？

M：1　相當不多。

2　比去年來得少多了。

3　30 人左右。

攻略的要點

track 4-3

» 選項１是收到明信片的人說的話。選項３的「たぶん／大概」表示推測，但是自己推測自身會不會「はがきを出す／寄明信片」的行動是不合邏輯的。例句：

・彼はたぶん来ないでしょう／他大概不來了吧。

» 選項２的「きっと／一定」和「出します／會寄」這樣展現意志的動詞放在同一個句子裡，表示強烈的決心。例句：

・彼はきっと来ないでしょう／想必他不來了吧。〈推測〉

・私はきっと行きます／我一定會去！〈意志〉

單字・慣用句・文法　楽しみ（期待，快樂）

攻略的要點

track 4-4

» 題目詢問的是「何人（くらい）～いますか／…（大約）有多少人？」，所以應該回答「○人います／有○人」或「○人です／○人」。

第 4 題

日文對話與翻譯

答案：**1**

メモ

M：夏休み(なつやす)みはどんな予定(よてい)ですか。
F：1　国(くに)に帰(かえ)るつもりです。
　2　忙(いそが)しいですか。
　3　どうしますか。

譯 M：暑假有什麼計畫嗎？
F：1　我打算回國。
　2　你很忙嗎？
　3　要怎麼做呢？

第 5 題

日文對話與翻譯

答案：**2**

メモ

F：パンは、何個(なんこ)ずつもらっていいですか。
M：1　全部(ぜんぶ)で 16 個(こ)あります。
　2　一人(ひとり) 2 個(こ)ずつです。
　3　今日(きょう)のお弁当(べんとう)にします。

譯 F：請問每個人可以各拿幾個麵包呢？
M：1　總共有 16 個。
　2　一個人各拿 2 個。
　3　我要當作今天的便當。

攻略的要點

track 4-5

» 選項２和選項３是疑問句，不能用疑問句來回答提問。題目問的是「どんな予定ですか／有何計畫？」，而選項１具體說明「国に帰る／要返鄉」，因此是正確答案。例句：

・A：林先生はどんな人ですか／林老師是個什麼樣的人呢？
　B：厳しいですが、親切です／雖然嚴格，但很親切。

»「（動詞辭書形／ない形）つもりです／預計」是用於表示預定或計畫的句型。例句：

・将来は外国で働くつもりです／我計畫以後在國外工作。
・夏休みはどこも行かないつもりです／暑假我打算哪裡都不去。

單字・慣用句・文法 予定（預定）

攻略的要點

track 4-6

» 本題問的是「何個もらっていいですか／可以拿幾個呢？」，所以應該回答「○個もらっていいです／可以拿個○」或「○個です／○個」。

»「ずつ／各」是量詞（○個、○片、○杯等等），表示固定的同數量分配，或者固定的數量反覆出現。例句：

・お菓子は一人三つずつ取ってください／每個人請各拿３片餅乾。
・漢字を10回ずつ書いて、覚えます／每個漢字各寫10遍並且記起來。

其他選項

1 是回答「全部で何個ありますか／總共多少個？」的答案，所以不正確。

第 6 題

日文對話與翻譯

答案：3

メモ

F：お茶（ちゃ）でもいかがですか。

M：1　どうぞ召（め）し上（あ）がってください。

2　コーヒーでもいいです。

3　ありがとうございます。いただきます。

譯 F：要喝點茶嗎？

M：1　請用餐。

2　咖啡也可以。

3　謝謝，那就不客氣了。

第 7 題

日文對話與翻譯

答案：3

メモ

F：ねえ、散歩（さんぽ）しない？

M：1　うん、散歩（さんぽ）しない。

2　ううん、するよ。

3　そうだね、しよう。

譯 F：欸，散個步吧？

M：1　嗯，不要散步。

2　不要，我要去。

3　也好，一起走吧。

攻略的要點 track 4-7

»「いかがですか／是否要喝杯（吃些）…」是請對方享用飲食時的「どうですか／如何」的禮貌詢問用語。當對方詢問「お茶はいかがですか／要不要喝杯茶呢？」的時候，應當回答「はい、いただきます／好的，請給我一杯」或是「ありがとうございます。いただきます／謝謝，請給我一杯」。

»「お茶でも～／要不要喝杯茶之類的…」的「でも／之類的」意思是「お茶でもコーヒーでも紅茶でもいいですが、何か飲み物はいかがですか／我可以為您準備綠茶或咖啡或紅茶等等飲料，請問您要不要喝點什麼呢？」

» 當不想喝茶時，可以回答「（いいえ、）結構です／（不，）不用了」。

其他選項

1 是請對方吃東西或喝飲料時的句子。「召し上がる／請用」是「食べる／吃」或「飲む／喝」的尊敬語。

單字・慣用句・文法 **召し上がる**（〈敬〉吃，喝）

攻略的要點 track 4-8

»「（動詞ない形）ない？／要不要…？」是「（動詞ます形）ませんか／是否…？」的口語形（普通體），用於邀請對方時的句子。當有人詢問自己「散歩しない？／要不要散步？」時應該回答「うん、する／嗯，要」、「うん、しよう／嗯，走吧」或是「ううん、しない／不，不要」。

第8題

日文對話與翻譯

答案：2

メモ

F：休(やす)みの日(ひ)は、どうしていますか。

M：1　どうするか、まだ決(き)めていません。

2　ゆっくり休(やす)んでいます。

3　田舎(いなか)へ行(い)きました。

譯 F：平常是如何度過假日的呢？

M：1　還沒決定要怎麼過。

2　總是放鬆休息。

3　去了鄉下。

解題攻略特搜！

把祕技都記下來

攻略的要點

track 4-9

» 「～ています／通常…」用於表示反覆的狀態，題目的意思是「休(やす)みの日(ひ)は、いつもどうしていますか／您假日通常做些什麼呢？」。

» 選項１是對於「どうしますか／打算做什麼」的答覆。選項３是對於「どうしましたか／做了些什麼」的答覆。既然題目問的是「～ていますか／通常…呢？」，因此應該回答「～ています／通常…」。

單字・慣用句・文法 決(き)める（決定；規定；認定）　田舎(いなか)（鄉下）

第9題

track 4-10

- メモ -

答え
①②③

第10題

track 4-11

- メモ -

答え
①②③

第11題

track 4-12

- メモ -

答え
① ② ③

第12題

track 4-13

- メモ -

答え
① ② ③

第 13 題

track 4-14

- メモ -

答え
①②③

第 14 題

track 4-15

- メモ -

答え
①②③

第15題

track 4-16

- メモ -

答え
①②③

第16題

track 4-17

- メモ -

答え
①②③

第9題

日文對話與翻譯

答案：1

メモ

F：お母(かあ)さんはいつごろ家(いえ)に帰(かえ)られますか。

M：1　午後(ごご)4時(じ)には戻(もど)ります。

2　午後(ごご)4時(じ)から帰(かえ)ります。

3　午後(ごご)4時(じ)までいます。

譯 F：請問令堂大約幾點回到家裡呢？

M：1　下午4點會回來。

2　下午4點之後回去。

3　下午4點以前都在。

第10題

日文對話與翻譯

答案：2

メモ

M：旅行(りょこう)は楽(たの)しかったかい。

F：1　1週間(しゅうかん)でした。

2　ええ、とても。

3　とても楽(たの)しみです。

譯 M：旅行玩得開心嗎？

F：1　去了一個星期。

2　是的，很開心。

3　非常期待。

track 4-10

攻略的要點

»「戻ります／回來」是指回到家裡或原來的地方、狀態的意思，與「帰ります／回到」的詞意相同。「午後４時には／在下午４點的時候」是在「４時までに／在４點之前」的基礎上再加上表示強調語氣的「は」，意思是「一番遅くて４時／最晚４點」、「４時までに／在４點之前」。

其他選項

2「４時から／從４點起」的「から／從」是不合邏輯的用法。

track 4-11

攻略的要點

»「楽しかったかい／開心嗎」句尾的「かい／嗎」與「か？／嗎？」意思相同，通常是上對下，尤其是男性的詢問用語。選項２的「ええ、とても／是的，相當…」之後省略了「楽しかったです／開心」，這是口語的習慣用法。

其他選項

1 當對方詢問「旅行はどのくらい行ったの（ですか）／旅行去了幾天（呢）？」時的回答。

3「楽しみです／期待」則用於形容即將展開的旅程。

第 11 題

日文對話與翻譯

答案：3

メモ

F：お元気（げんき）でしたか。

M：1　これからもがんばりましょう。

2　お元気（げんき）でしたら何（なに）よりです。

3　1 週間（しゅうかん）ほど入院（にゅういん）しましたが、もう、大丈夫（だいじょうぶ）です。

譯 F：您最近好嗎？

M：1　接下來也要好好加油。

2　您身體健康，真是再好不過了。

3　住院將近一個星期，所幸現在已經沒事了。

第 12 題

日文對話與翻譯

答案：1

メモ

M：あの人（ひと）はどなたですか。

F：1　この会社（かいしゃ）の社長（しゃちょう）です。

2　すばらしい人（ひと）ですよ。

3　今年（ことし） 72 歳（さい）だそうです。

譯 M：請問那是哪一位呢？

F：1　是這家公司的總經理。

2　是個了不起的人喔。

3　聽說今年 72 歲了。

攻略的要點 track 4-12

»「元気ですか／好嗎」是詢問目前的狀態，而「元気でしたか／過得好嗎」則是詢問從前陣子到今天為止的狀態。

»聽到對方問候「元気でしたか／過得好嗎」，應該回答選項３的「入院していたが、今は元気だ／前陣子住院，不過現在沒事了」。

其他選項

1 無法做為「元気でしたか／過得好嗎」的回答。

2 當聽到對方回答「はい、元気です／是，我很好」之後說的話。「何より／再好不過」的意思是「それが何よりも大切／那勝過一切」，也就是「（あなたが）お元気なら、それが一番良いことです／再沒有聽到比（您）身體健康更好的消息了」的寒暄用語。

攻略的要點 track 4-13

»「どなた／哪一位」是「誰／什麼人」的禮貌用語。選項２是用於回答「あの人はどんな人ですか／他是個什麼樣的人呢？」。

第13題

日文對話與翻譯

答案：2

メモ

F：ふう、重(おも)いなあ。

M：1　手伝(てつだ)わせましょうか。

2　荷物(にもつ)、お持(も)ちしましょうか。

3　荷物(にもつ)、持(も)たれてください。

譯 F：呼……好重唷。

M：1　讓人幫忙吧！

2　我來幫忙拿東西吧！

3　請把東西給別人拿。

第14題

日文對話與翻譯

答案：3

メモ

F：無理(むり)するなって、言(い)っただろう。

M：1　だから、そう言(い)いました。

2　無理(むり)を言(い)ってすみません。

3　でも、仕方(しかた)がなかったのです。

譯 F：就跟你說過了，不要勉強嘛。

M：1　所以就這麼說了啊。

2　對不起，勉強妳了。

3　可是，沒別的辦法啊。

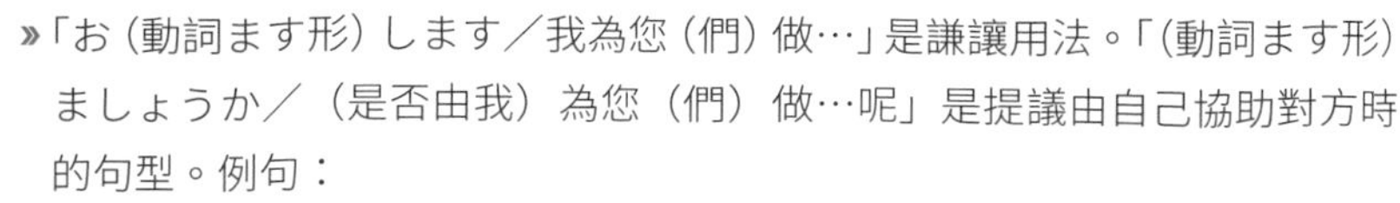

攻略的要點　track 4-14

»「お（動詞ます形）します／我為您（們）做…」是謙讓用法。「（動詞ます形）ましょうか／（是否由我）為您（們）做…呢」是提議由自己協助對方時的句型。例句：

・寒いですね。暖房をつけましょうか／好冷哦…我們開暖氣好嗎？

其他選項

1 如果改成「（わたしが）手伝いましょうか／需要（我）幫您嗎？」即為正確答案；或者維持「手伝わせる／由我來幫您」的使役形，把主詞換成我兒子，「私の息子に（あなたを）手伝わせましょうか／要不要我兒子來幫（您）呢？」亦是正確答案。

3 如果是「（わたしに）（荷物を）持たせてください／讓（我）來為您提（行李）」的使役形則沒有問題，但選項寫的是「持たれて／被提」，因此不是正確答案。

攻略的要點　track 4-15

»「無理する／勉強」是不顧一切去做之意。例句：

・熱があるのに、無理をして会社に行った／都發燒了，還拖著病體去公司上班。

・無理をして働き続け、体を壊した／一直硬撐著工作，結果把自己累倒了。

»「するな／別做」是禁止形，用於形容「～と言ったのに、無理をした、残念だ／都已經叮嚀過…，結果還是不聽勸，太遺憾了」的心情。

» 選項３是解釋雖然知道那件事超過自己的能力但沒有其他辦法了，所以是正確答案。

其他選項

1 被數落的人不應當這樣辯駁。

2「無理を言う／不講理」是指提出無理的要求，語意不同於「無理をする／勉強」。

第 15 題

日文對話與翻譯

答案：3

メモ

F：いったいどのくらい食べたの？
M：1　うん、すごくうまかった。
　　2　いっしょに食べようよ。
　　3　カレーライスをお皿に３杯。

譯 F：到底吃了多少啊？
M：1　嗯，超好吃的！
　　2　一起吃嘛。
　　3　３盤咖哩飯。

第 16 題

日文對話與翻譯

答案：2

メモ

F：今、ちょっとよろしいですか。
M：1　どうぞよろしく。
　　2　はい、何でしょうか。
　　3　ありがとうございます。

譯 F：請問現在方便嗎？
M：1　請多關照。
　　2　請說，有什麼事嗎？
　　3　謝謝您。

track 4-16

攻略的要點

» 因為題目問的是「どのくらい／大約多少」，應該說明吃下去的份量，所以答案是選項３。

»「どのくらい」（詢問程度或數量）的範例，例句：

・A：いつもどのくらい走るの／你通常跑多久？
　B：１時間くらい／差不多一個鐘頭。

・A：この店にはどのくらい来ますか／這家店你大約多久光顧一次呢？
　B：１週間に２、３回は来ますよ／每星期來兩三趟呀。

» 在疑問句中的「一体／到底」用於表示極度驚訝的感受。

track 4-17

攻略的要點

»「よろしい／可以」是「いい／可以」的禮貌說法。想要請教事情，或是想請對方幫忙時，可以用這個方式詢問。

» 選項２是聽到有人叫自己時，反問有什麼事嗎，所以是正確答案。

其他選項

1 為「どうぞよろしくお願いします／請多多指教」的簡單形式，是請對方往後惠予關照時的寒暄語。

第17題

track 4-18

- メモ -

答え

① ② ③

第18題

track 4-19

- メモ -

答え

① ② ③

第 19 題

track 4-20

- メモ -

答え
①②③

第 20 題

track 4-21

- メモ -

答え
①②③

第21題

track 4-22

- メモ -

答え

①②③

第22題

track 4-23

- メモ -

答え

①②③

第23題

track 4-24

- メモ -

答え
① ② ③

第24題

track 4-25

- メモ -

答え
① ② ③

日文對話與翻譯

第 17 題

答案：**1**

メモ

F：どちらにいらっしゃるのですか。

M：1　友達（ともだち）の家（いえ）に行（い）ってきます。

2　いってらっしゃい。

3　大丈夫（だいじょうぶ）ですよ。

譯 F：您要去哪裡呢？

M：1　去朋友家。

2　請慢走。

3　沒問題的。

日文對話與翻譯

第 18 題

答案：**2**

メモ

M：国（くに）に帰（かえ）ったら何（なに）がしたいですか。

F：1　来月（らいげつ）帰（かえ）るつもりです。

2　友達（ともだち）と会（あ）いたいです。

3　友達（ともだち）が待（ま）っています。

譯 M：回國後想做什麼呢？

F：1　打算下個月回去。

2　想和朋友見面。

3　朋友在等我。

攻略的要點

track 4-18

» 「いらっしゃる」是「行く／去」、「来る／來」、「いる／在」的尊敬語，選項１可以做為「どこに行くのですか／您要去哪裡呢？」的回答。換言之，必須知道題目的「いらっしゃる」是「行く」的尊敬語才能作答。

其他選項

2「いってらっしゃい／路上小心」是臨別時目送者對家人、顧客等送別的用語。回答時用「行ってきます／我出門了」。

攻略的要點

track 4-19

» 題目問的是想做什麼事，因此答覆自己想做之事的選項２為正確答案。

其他選項

1 是當對方詢問「いつ帰りますか／什麼時候回來？」時的答覆。

3 只是敘述朋友正在等候的事實，而不是說明自己想做的事，因此不是正確答案。

第19題

日文對話與翻譯

答案：3

メモ

F：あなたはいつ今の家に引っ越したのですか。
M：1　3か月あとです。
　2　なかなか住みやすい所です。
　3　2年前です。

譯 F：你是什麼時候搬到目前的住處呢？
M：1　3個月之後。
　2　這裡住起來還蠻舒服的。
　3　2年前。

第20題

日文對話與翻譯

答案：1

メモ

M：大学には何で通っていますか。
F：1　地下鉄です。
　2　歩くと遠いです。
　3　経済学です。

譯 M：你都怎麼去大學的？
F：1　搭地下鐵。
　2　走路的話有點遠。
　3　我讀經濟學。

攻略的要點 track 4-20

» 由於題目是以過去式「引っ越した／搬家了」提問，由此可知已經搬家了。這裡問的是「いつ／什麼時候」，因此回答過去日期的選項３為正確答案。

※ 描述時間的字句：

「前／前」→過去之事。

「後／後」→未來之事。

例句：

・祖母は３年前に亡くなりました／家祖母已於３年前過世了。

・検査の結果は２週間後に分かります／檢驗結果將於兩週後出爐。

攻略的要點 track 4-21

»「何で／採用何種…」的「で」是表示手段或方法。本題是詢問前往大學的交通方式。例句：

・自転車でスーパーへ行きました／騎自行車去了超市。

其他選項

3 用於答覆「大学で何を勉強していますか／在大學研修什麼課程呢？」

※ 請留意「何で／為啥」是詢問原因的口語體，與「どうして／為什麼」的意思一樣。例句：

・A：昨日は、何で休んだの／昨天為啥請假？

B：熱があったから／因為發燒了。

單字・慣用句・文法 **経済学**（經濟學）

第 21 題

日文對話與翻譯

答案：2

メモ

F：この犬(いぬ)は何(なに)が好(す)きですか。

M：1　妹(いもうと)です。

2　肉(にく)が好(す)きです。

3　弟(おとうと)は猫(ねこ)が好(す)きです。

譯 F：這隻狗喜歡什麼呢？

M：1　是妹妹。

2　喜歡吃肉。

3　弟弟喜歡貓咪。

第 22 題

日文對話與翻譯

答案：3

メモ

F：冷(つめ)たいコーヒーと熱(あつ)いコーヒーのどちらがいいですか。

M：1　どうぞお飲(の)みください。

2　コーヒーをください。

3　熱(あつ)いほうがいいです。

譯 F：冰咖啡和熱咖啡，您想要哪一種呢？

M：1　敬請飲用。

2　請給我咖啡。

3　我要熱的。

攻略的要點

track 4-22

» 因為題目問的是狗兒喜歡的東西，所以是選項２。選項１的妹妹是人而不是物品，如果題目的問法是「誰(だれ)が好(す)きですか／喜歡誰」則為正確答案。

攻略的要點

track 4-23

» 當對方詢問「ＡとＢのどちらが～ですか／…Ａ和Ｂ的哪一種…呢」的時候，可以回答「Ａのほうがいいです／Ａ比較好」。

第 23 題

日文對話與翻譯

答案：3

メモ

F：あ、川俣君（かわまたくん）、こんにちは。どこに行（い）くの？

M：1　映画（えいが）に行（い）っているところだよ。

2　映画（えいが）に行（い）ったところ、おもしろかったよ。

3　映画（えいが）に行（い）くところだよ。

譯 F：嘿，川俁，你好啊。要去哪裡呢？

M：1　正在去看電影的路上啊。

2　剛看完電影回來，蠻有意思的喔。

3　正要去看電影呢。

第 24 題

日文對話與翻譯

答案：2

メモ

F：風邪（かぜ）はもうよくなりましたか。

M：1　いいえ、よくなりました。

2　おかげさまでよくなりました。

3　なかなかよくなりました。

譯 F：感冒已經好多了嗎？

M：1　沒有，好多了。

2　託您的福，好多了。

3　好了相當多。

攻略的要點

track 4-24

»「どこに行くの／要去哪裡？」的意思是「今からどこに行くの／現在要去哪裡？」。可用「(動詞辭書形) ところです／正要…」的句型回答即將要做的事。

※學習「～ところです」的用法

「(動詞辭書形) ところです／正要…」表示即將要做。例句：

・今からご飯を食べるところです／現在正要吃飯。〈還沒吃〉

「(動詞て形) ているところです／正在…」表示正在進行。例句：

・今ご飯を食べているところです／現在正在吃飯。〈目前用餐中〉

「(動詞た形) たところです／剛…過」表示剛剛完成。例句：

・今ご飯を食べたところです／現在剛吃過飯。〈恰好吃完了〉

攻略的要點

track 4-25

»「おかげ様で／託福」是寒暄語，完整語意是「あなたのおかげで／託您的福」。

其他選項

1 如果改成「いいえ、よくなりません／不，還沒好」或「いいえ、まだです／不，還沒」，則為正確答案。

3 「なかなか／遲遲」和選項１的「いいえ／不」相同，後面應該接否定形，如果改成「なかなかよくなりません／遲遲沒有好轉」即為正確答案。

※「おかげ様で」是常用的寒暄語，未必代表真的蒙受過對方的恩惠。例句：

・A：お元気ですか／近來可好？

B：はい、おかげ様で／託您的福，一切都好。

單字・慣用句・文法　**お蔭様で**（託福，多虧）　**中々**（相當；〈後接否定〉總是無法）

第25題

track 4-26

- メモ -

答え
① ② ③

第26題

track 4-27

- メモ -

答え
① ② ③

第 27 題

track 4-28

- メモ -

答え
①②③

第 28 題

track 4-29

- メモ -

答え
①②③

第29題

track 4-30

- メモ -

答え

①②③

第30題

track 4-31

- メモ -

答え

①②③

第31題

track 4-32

- メモ -

答え
①②③

第32題

track 4-33

- メモ -

答え
①②③

第 25 題

日文對話與翻譯

答案：**2**

メモ

F：昨日(きのう)は急(きゅう)に休(やす)んでどうしたのですか。

M：1　はい、ありがとうございます。

2　頭(あたま)が痛(いた)かったのです。

3　あまり行(い)きたくありません。

譯 F：你昨天突然請假，怎麼了嗎？

M：1　是的，謝謝妳。

2　因為那時頭非常痛。

3　不太想去。

第 26 題

日文對話與翻譯

答案：**3**

メモ

M：そろそろ出(で)かけましょう。

F：1　どうして行(い)かないのですか。

2　いいえ、まだ誰(だれ)も来(き)ません。

3　では、急(いそ)いで準備(じゅんび)をします。

譯 M：時間差不多了，我們出門吧。

F：1　為什麼不去呢？

2　不，都還沒有人來。

3　那麼，我趕快準備一下。

攻略的要點

track 4-26

» 題目是問昨天請假的原因。題目句說的「昨日は（～休んで）どうしたのですか／昨天…為什麼（請假）呢？」和「昨日（休んだのは）どうしてですか／昨天（請假）是為什麼呢？」意思相同。

其他選項

3 如果是「あまり行きたくなかったのです／因為不太想去」則正確。

攻略的要點

track 4-27

»「そろそろ／快要、差不多」表示接近某個時間。

・もう暗いですね。そろそろ帰ります。／天色已經很暗了呢，差不多該回去了。

・私の両親もそろそろ60になります。／我的父母就快要60歲了。

» 題目說的是「出かけましょう／我們出門吧」，所以應該回答「（それ）では、～（出かける）準備をします／（那麼），…我去準備一下（以便出門）吧」。

第 27 題

日文對話與翻譯

答案：2

メモ

F：今年はいつお花見に行く予定ですか。

M：1　去年行きました。

2　まだ決めていません。

3　私は朝が一番好きです。

譯 F：今年打算什麼時候去賞櫻呢？

M：1　去年已經去過了。

2　還沒有決定。

3　我最喜歡早晨。

第 28 題

日文對話與翻譯

答案：2

メモ

M：あなたに会えてとてもうれしいです。

F：1　どういたしまして。

2　私も同じ気持ちです。

3　いつになるか、まだわかりません。

譯 M：非常高興能見到妳！

F：1　別客氣。

2　我也一樣高興！

3　目前還不知道會是什麼時候。

攻略的要點 track 4-28

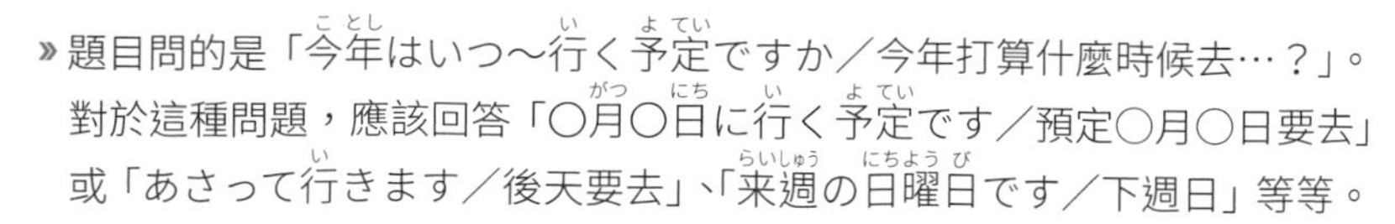

» 題目問的是「今年はいつ～行く予定ですか／今年打算什麼時候去…？」。對於這種問題，應該回答「○月○日に行く予定です／預定○月○日要去」或「あさって行きます／後天要去」、「来週の日曜日です／下週日」等等。

» 「お花見／賞花」是指在春天享受賞櫻花的樂趣。

其他選項

1 題目問的是未來的計畫，選項１回答的是過去的事情，所以不正確。

3 回答的是喜歡的時間，所以不正確。另外，「今年の予定／今年的計畫」問的不是早上或晚上，而是問哪一天。

攻略的要點 track 4-29

» 男士說「嬉しいです／很開心」表達自己的心情。

其他選項

1 「どういたしまして／不客氣」是當對方說「ありがとう（ございます）／謝謝您」時的回答。

3 是當對方說「～はいつですか／…是什麼時候」時的回答。

單字・慣用句・文法 気持ち（心情；〈身體〉狀態）

第 29 題

日文對話與翻譯

答案：1

メモ

F：お正月は何をしていましたか。

M：1　家で家族とテレビを見ていました。

2　友人と一緒にいたいです。

3　木村さんが行ったはずです。

譯 F：過年在家做了些什麼？

M：1　和家人在家裡一起看了電視。

2　想和朋友在一起。

3　木村先生應該已經去了。

第 30 題

日文對話與翻譯

答案：3

メモ

M：どうぞこの部屋をお使いください。

F：1　どうしてなのかはわかりません。

2　どちらでもかまいません。

3　ご親切にありがとうございます。

譯 M：請使用這個房間。

F：1　不知道是什麼原因。

2　哪一個都無所謂。

3　很感謝您的好意。

track 4-30

攻略的要點

» 題目問「何(なに)をしていましたか／你做了些什麼？」，所以要回答「～をしていました／我在…」說明自己正在做的事的是選項１。

其他選項

2 若為「友人(ゆうじん)と一緒(いっしょ)にいました／和朋友在一起」則正確。

3 若為「木村(きむら)さんと～へ行(い)きました／和木村先生一起去了…」則正確。

※相對於「～をしました／做了…」，「～をしていました／做了…」表示有一定長度的時間。

・昨日(きのう)は海(うみ)で泳(およ)ぎました／昨天去海邊游泳。

・夏休(なつやす)みは毎日海(まいにちうみ)で泳(およ)いでいました／暑假每天都去海邊游泳。

track 4-31

攻略的要點

»「お使(つか)いください／敬請使用」是「使(つか)ってください／請使用」的尊敬說法。「どうぞ／請」是客氣邀請對方使用時的說法。

其他選項

1 是當對方問「（～は）どうしてですか／…是為什麼呢？」時的回答。

2 是當對方問「（～と～と）どちらにしますか／（…和…）你要哪一個？」、「どちらがいいですか／哪一個比較好？」等等時的回答。

單字・慣用句・文法　**構(かま)う**（介意；在意，理會；逗弄）　**親切(しんせつ)**（親切，客氣）

第 31 題

日文對話與翻譯

答案：1

メモ

F：このお菓子(かし)は食(た)べたことがありますか。

M：1　いいえ、甘(あま)い物(もの)はあまり食(た)べません。

2　はい、食(た)べ過(す)ぎではないと思(おも)います。

3　もう結構(けっこう)です。十分(じゅうぶん)いただきました。

譯 F：您吃過這種甜點嗎？

M：1　沒有，我不太吃甜食。

2　是的，我不認為我吃得太多。

3　不用了，謝謝。已經吃好多了。

第 32 題

日文對話與翻譯

答案：2

メモ

F：テストのことが心配(しんぱい)ですか。

M：1　はい。あなたのおかげです。

2　いいえ。一生懸命(いっしょうけんめい)にやりましたので。

3　あなたも心配(しんぱい)ですか。

譯 F：擔心考試結果嗎？

M：1　對。託妳的福。

2　沒有。已經盡全力了。

3　妳也擔心嗎？

track 4-32

攻略的要點

»「(動詞た形) たことがあります／曾經…」表示經驗。選項１「いいえ、(私(わたし)はいつも) ～食(た)べません／不 (我總是) 不吃…」描述性質或習慣，解釋自己不曾體驗過。

單字・慣用句・文法 **十分(じゅうぶん)**（十分；充分，足夠）

track 4-33

攻略的要點

» 因為題目問「～ですか／…嗎」所以要回答「はい／是」或「いいえ／不是」。選項２說因為努力過了，所以並不擔心。

其他選項

1「あなたのおかげです／托您的福」是向對方表示感謝時說的話。例如：

・大学合格(だいがくごうかく)おめでとう／恭喜你考上大學！

※「～さんのおかげで／托…的福」和「おかげ様(さま)で／托您的福」意思相同。不會寫作「～さんのおかげ様(さま)で」，請特別注意。

單字・慣用句・文法 **一生懸命(いっしょうけんめい)**（拼命）　**御蔭(おか)げ**（多虧）

第33題

track 4-34

\- メモ -

答え
①②③

第34題

track 4-35

\- メモ -

答え
①②③

第35題

track 4-36

- メモ -

答え
①②③

第36題

track 4-37

- メモ -

答え
①②③

第37題

track 4-38

- メモ -

答え
① ② ③

第38題

track 4-39

- メモ -

答え
① ② ③

第39題

track 4-40

- メモ -

答え
①②③

第40題

track 4-41

- メモ -

答え
①②③

第 33 題

日文對話與翻譯

答案：2

メモ

F：あなたは、どんなパソコンを使(つか)っていますか。

M：1　前(まえ)のパソコンが使(つか)いやすかったです。

2　ノートパソコンです。

3　友達(ともだち)に借(か)りています。

譯 F：你目前使用的是哪種電腦呢？

M：1　之前那台電腦操作很順手。

2　筆記型電腦。

3　向朋友借用。

第 34 題

日文對話與翻譯

答案：2

メモ

M：何色(なにいろ)の糸(いと)を使(つか)いますか。

F：1　太(ふと)い糸(いと)です。

2　赤(あか)です。

3　絹(きぬ)の糸(いと)です。

譯 M：要使用什麼顏色的線呢？

F：1　粗的線。

2　紅色。

3　絲綢的線。

track 4-34

攻略的要點

» 對於題目句的「どんな（名詞）～か」，回答應為名詞，並且能說明性格或樣子的句子。例句：

・A：木村さんはどんな人ですか／木村先生是什麼樣的人呢？
　B：明るくて元気な人です／他是個開朗又有朝氣的人。
・A：どんな映画が好きですか／你喜歡什麼樣的電影？
　B：面白い映画が好きです／我喜歡有趣的電影。

» 選項２把「ノートパソコンを使っています／我使用筆記型電腦」簡化了，變成「ノートパソコンです／是筆記型電腦」。

其他選項

1 題目問的明明是現在正在使用的電腦，但回答卻是以前的電腦，所以不正確。如果回答「新しいパソコンを使っています／我用新的電腦」則正確。

3 的回答方式不正確。如果回答「友だちに借りたパソコンを使っています／我用的是向朋友借來的電腦」則正確。
但是，對於對方問電腦種類或型號的問題，「友だちのパソコン／這是朋友的電腦」這個回答不夠完整。

track 4-35

攻略的要點

» 因為對方問的是「何色の～／什麼顏色的…」，所以要選回答「赤／紅色」這個顏色的選項２。

其他選項

3「絹／絲綢」表示線的材質。其他線或布的材料還有「綿／棉質」或「麻／麻料」等等。

單字・慣用句・文法　糸（線；〈三弦琴的〉弦）　絹（絲織品；絲）

第35題

日文對話與翻譯

答案：1

メモ

F：新(あたら)しい先生(せんせい)は、どんな人(ひと)ですか。

M：1　優(やさ)しそうな人(ひと)です。

2　おっしゃるとおりです。

3　とても大切(たいせつ)です。

譯 F：新來的老師是個什麼樣的人呢？

M：1　是個看起來很和善的人。

2　正如您所說的。

3　非常重要。

第36題

日文對話與翻譯

答案：3

メモ

M：あなたの隣(となり)にいる人(ひと)はだれですか。

F：1　友達(ともだち)になりたいです。

2　父(ちち)にとても似(に)ています。

3　小学校(しょうがっこう)からの友達(ともだち)です。

譯 M：在你旁邊的人是誰呢？

F：1　我想和他做朋友。

2　與家父十分神似。

3　從讀小學時認識到現在的朋友。

track 4-36

攻略的要點

» 因為對方問「先生はどんな人ですか／老師是什麼樣的人？」，所以回答老師的性格和模樣的選項１是正確答案。

»「優しそうな／溫柔的樣子」是在形容詞「優しい／溫柔的」後面加上表示樣態的「～そうな／…的樣子」。表示看起來是這個樣子。例句：

・わあ、おいしそうなケーキだね／哇，這蛋糕看起來真好吃啊！
・女の子は恥ずかしそうに笑った／女孩害羞地笑了。

單字・慣用句・文法 **優しい**（優美的，溫柔，體貼）

track 4-37

攻略的要點

» 因為對方問旁邊的人是誰，所以要回答「（隣にいるのは）～さんです／（旁邊的是）…先生」的選項。選項３的「小学校からの友達／從小學到現在的朋友」的意思是從小學開始交往到現在的朋友Ａ先生。

其他選項

1、2 沒有回答到「隣にいるのはだれか／旁邊的人是誰」。

1 若是「（隣にいるのは）リュウさんです。私はリュウさんと友達になりたいです／（旁邊的是）劉先生。我想和劉先生交朋友」則正確。

2 若回答「（隣にいるのは）私の兄です。兄は父にとても似ています／（旁邊的是）我哥哥。我哥哥和爸爸長得很像」則正確。

單字・慣用句・文法 **似る**（相似；相像，類似）

第 37 題

日文對話與翻譯

答案：1

メモ

F：塩をどのくらい足しますか。
M：1　ほんの少し足してください。
　　2　砂糖も足してください。
　　3　ゆっくり足してください。

譯 F：還要加多少鹽呢？
M：1　請再加一點點就好。
　　2　也加一點砂糖。
　　3　請慢慢添加。

第 38 題

日文對話與翻譯

答案：3

メモ

M：その店は、いつ開くのですか。
F：1　自由にお入りください。
　　2　5時にしまります。
　　3　朝の 10 時です。

譯 M：請問那家店幾點開門呢？
F：1　請隨意入內。
　　2　5點打烊。
　　3　早上 10 點。

track 4-38

攻略的要點

» 因為對方問「どのくらい／大概多少」，所以要回答份量或數量、長度或大小等的答案。例句：

・A：駅(えき)から大学(だいがく)までどのくらいかかりますか／從車站走到大學要花多少時間。

B：10分(ぷん)くらいかかります／大約10分鐘。

» 選項中有回答到鹽分份量的是選項１。

»「ほんの少(すこ)し／一點點」的「ほんの／少許」用於強調「少(すこ)し／一點」。

其他選項

3 可以回答「ゆっくり～／充裕」的疑問詞是「どのように／怎麼樣」。

單字・慣用句・文法 **足(た)す**（足夠，補足，增加）

track 4-39

攻略的要點

»「いつ／何時」是詢問時間的疑問詞。因為對方問的是開店的時間，選項３是正確答案。

其他選項

1 並沒有回答到時間。

2 回答的是關店時間，所以不正確。

「開(あ)く／開門」⇔「閉(し)まる／關閉」。

第 39 題

日文對話與翻譯

答案：2

メモ

F：あなたのかばんが私（わたし）にぶつかりましたよ。

M：1　ああ、そうですか。

2　失礼（しつれい）しました。

3　お大事（だいじ）に。

譯 F：你的包包撞到我了喔。

M：1　是哦，這樣啊。

2　不好意思。

3　請保重。

第 40 題

日文對話與翻譯

答案：1

メモ

F：おなかのどの辺（へん）が痛（いた）いですか。

M：1　下（した）のほうです。

2　とても痛（いた）いです。

3　昨日（きのう）からです。

譯 F：肚子的什麼部位會痛呢？

M：1　下方。

2　非常痛。

3　從昨天開始的。

track 4-40

攻略的要點

» 自己的包包撞到別人時，必須向對方道歉。道歉的是選項２。

其他選項

3「お大事(だいじ)に／請多保重」是對生病或受傷的人說的話，並不是為自己的過錯而道歉的詞語。

單字・慣用句・文法 **失礼(しつれい)**（失禮，沒禮貌；失陪）

track 4-41

攻略的要點

»「どの辺(へん)／哪邊」是詢問大概位置的說法。例句：

・A：テーブルはどの辺(へん)に置(お)きますか／桌子要放在哪邊？
　B：窓(まど)の近(ちか)くに置(お)いてください／請放在窗邊。
・A：この辺(へん)にコンビニはありますか／這附近有便利商店嗎？
　B：この道(みち)をまっすぐ行(い)くと右側(みぎがわ)にありますよ／這條路直走後就在右手邊喔。

» 回答地點的是選項１。

其他選項

2 是詢問「どのくらい痛(いた)いですか／有多痛呢」的回答。

3 是詢問「いつから痛(いた)いですか／從什麼時候開始痛的呢」的回答。

第41題

track 4-42

- メモ -

答え
①②③

第42題

track 4-43

- メモ -

答え
①②③

第43題

track 4-44

- メモ -

答え
① ② ③

第44題

track 4-45

- メモ -

答え
① ② ③

第 45 題

track 4-46

\- メモ -

答え

①②③

第 46 題

track 4-47

\- メモ -

答え

①②③

第 47 題

track 4-48

- メモ -

答え
①②③

第 48 題

track 4-49

- メモ -

答え
①②③

第 41 題

日文對話與翻譯

答案：3

メモ

F：あの二人(ふたり)はどのような関係(かんけい)ですか。

M：1　なかなかかわいい人(ひと)です。

2　花粉症(かふんしょう)かもしれません。

3　先生(せんせい)と生徒(せいと)という関係(かんけい)です。

譯 F：那兩個人是什麼關係呢？

M：1　是相當可愛的人。

2　或許是花粉熱。

3　是師生關係。

第 42 題

日文對話與翻譯

答案：2

メモ

M：電車(でんしゃ)はどのぐらい遅(おく)れましたか。

F：1　30 分(ぷん)以外(いがい)遅れました。

2　30 分(ぷん)以上(いじょう)遅れました。

3　30 分(ぷん)以内(いない)遅れました。

譯 M：電車大約誤點多久了？

F：1　誤點 30 分鐘以外。

2　誤點 30 分鐘以上。

3　誤點 30 分鐘以內。

track 4-42

攻略的要點

» 題目問的是兩人的關係。說明兩人關係的是選項３。

其他選項

1 是針對「あの人はどんな（どのような）人ですか／那個人是怎樣的人？」的回答。

2「花粉症／花粉熱」是一種疾病的名稱。

track 4-43

攻略的要點

»「～以上／…以上」是「～より多い／比…多」的意思。例句：
・5000円以上買うと、送料が無料になります／只要購物金額到達5000，可享有免運費服務。

其他選項

1「～以外／…以外」是「～の他／…之外的」的意思。例句：
・関係者以外は立ち入り禁止です／除工作人員禁止進入。

3「～以内／…以內」表示「～より少ない範囲／比…小的範圍」。例句：
・１時間以内に戻ります／我一小時以內就回來。

第 43 題

日文對話與翻譯

答案：3

メモ

F：研究室（けんきゅうしつ）は、ここから遠（とお）いですか。

M：1　必（かなら）ず遠（とお）くないです。

2　きっと遠（とお）くないです。

3　それほど遠（とお）くないです。

譯 F：從這裡到研究室遠不遠？

M：1　必定不遠。

2　一定不遠。

3　沒那麼遠。

第 44 題

日文對話與翻譯

答案：1

メモ

M：夕方（ゆうがた）になったので、もう帰（かえ）りましょうか。

F：1　そうですね。そろそろ失礼（しつれい）しましょう。

2　そうですね。どんどん失礼（しつれい）しましょう。

3　そうですね。いろいろ失礼（しつれい）しましょう。

譯 M：都傍晚了，我們回去吧。

F：1　說得也是，我們差不多該告辭了。

2　說得也是，我們接二連三地告辭吧。

3　說得也是，我們各式各樣地告辭吧。

track 4-44

攻略的要點

»「それほど～ない／沒有那麼…」用來表示「あまり～ない／不太…」的意思。例句：

・昨日は寒かったけど、今日はそれほどでもないね／雖然昨天很冷，但是今天不怎麼冷呢。

其他選項

1「必ず／必定」表示強烈的意志或義務等等。後面不會接「～ない」這種表示否定的說法。例句：

・必ず行きます／我一定去。

・必ず来てください／請務必前來。

2「きっと／一定」表示推測或意志等。和「必ず／必定」意思相同，不過「きっと／一定」可以接否定。例句：

・彼はきっと来ないと思う／我覺得他一定不會來。

track 4-45

攻略的要點

»「そろそろ／快要、差不多」表示「鄰近某個時間點、就快到了要做某事的時候」的狀況。例句：

・そろそろお父さんが帰って来る時間だ／這個時間爸爸差不多快回來了。

・もういい歳なんだから、そろそろ将来のことを考えなさい／你年紀也差不多了，是時候好好規劃未來了。

其他選項

2「どんどん／漸漸」指「氣勢十足地前進的狀態」。例句：

・人口はどんどん増えて、1億人を超えた／人口不斷增加，已經超過一億人了。

3「いろいろ／各式各樣」指種類繁多。例句：

・春にはいろいろな花が咲きます／春天時會開各種各樣的花。

第 45 題

日文對話與翻譯

答案：2

メモ

F：社長（しゃちょう）さんはいらっしゃいますか。

M：1　はい、部長（ぶちょう）がいます。

2　社長（しゃちょう）は、ただ今（いま）、おりません。

3　社長（しゃちょう）は、今（いま）は、いないよ。

譯 F：請問貴公司社長在嗎？

M：1　是的，社長在。

2　社長目前不在。

3　社長現在不在喔。

第 46 題

日文對話與翻譯

答案：3

メモ

M：すみません。お弁当（べんとう）は、まだ、できあがらないのですか。

F：1　お待（ま）ちしました。今（いま）、できました。

2　お待（ま）たせします。今（いま）、できました。

3　お待（ま）たせしました。今（いま）、できました。

譯 M：不好意思，請問便當還沒好嗎？

F：1　等待了，剛剛做好了。

2　讓您等待，剛剛做好了。

3　讓您久等了，剛剛做好了。

track 4-46

攻略的要點

»「おりません／沒有」是「いません／沒有」的謙讓說法。對公司外的人提起自己公司的同事時，就算提的是上司也要用謙讓語。「ただ今／現在」是「今／現在」的鄭重說法。

其他選項

3 提問用鄭重說法的「～ますか／…嗎」，所以也應該要用鄭重的「～です」、「～ます」回答。在工作場合中的對話要用普通說法或鄭重說法。但是，依據兩人的關係，選項３也可能是正確答案。例句：

・学生：先生、明日は大学にいらっしゃいますか／學生：教授，您明天會來學校嗎？
　先生：うん、明日も来るよ／教授：會，明天也會來哦。

單字・慣用句・文法 **唯今／只今**（馬上，剛才；我回來了）　**居る**（〈謙讓語〉有）

track 4-47

攻略的要點

»讓對方等待時說的招呼語是「お待たせしました／讓您久等了」。例句：

・（食堂で）お待たせ致しました。焼肉定食です／（在餐館中）讓您久等了，這是烤肉套餐。

※「待たせる／讓（某人）等」是「待つ／等」的使役形。例句：

・寝坊して、友達を１時間も待たせてしまいました／我睡過頭，讓朋友足足等了一個小時。

其他選項

1 若是女士正在等待的情況，才可以用「お待ちしました／恭候大駕、等了一段時間」的說法。如果是正在等待的情況，可以說「お待ちしていました／正在恭候大駕、正在等候」。

2 因為選項２提到「お待たせします」，應該要用過去式的「お待たせしました／讓您久等了」。

單字・慣用句・文法 **お待たせしました**（久等了）

第 47 題

日文對話與翻譯

答案：1

メモ

F：彼は明日こそ来るんでしょうね。

M：1　きっと来るはずです。

2　特に来るといいです。

3　決して来るかもしれません。

譯 F：明天他總該來了吧？

M：1　一定會來的。

2　尤其是來了的話就好了。

3　或許絕對會來的。

第 48 題

日文對話與翻譯

答案：2

メモ

F：これから帰るけど、お父さんは今何してるの？

M：1　お風呂に入るよ。

2　お風呂に入っているところだよ。

3　お風呂に入ってもいいよ。

譯 F：我現在就回去，爸爸在做什麼？

M：1　要去洗澡囉。

2　正在洗澡呢。

3　可以去洗個澡喔。

track 4-48

攻略的要點

» 題目問的是「彼は明日来ますか／他明天會來嗎」的意思，「（動詞）んでしょうね／總該（動詞）吧」是向對方確認的強硬說法，「こそ／正是」用於強調「明日／明天」。題目句是對於某人至今為止已經爽約好幾次了，女士在表達憤怒的心情。

» 「きっと／一定」表示強烈的推測，「はず／理應」則有「因為某種原因，所以確信某事」的意思。

※「～んでしょうね／總該…吧」的例句：

・この間貸したお金、返してもらえるんでしょうね／你前一陣子借的錢，總該還我了吧？

其他選項

3 「決して／絕對」接否定形，表示強烈的決心或禁止做某事。例句：

・この窓は決して開けないでください／請絕對不要打開這扇窗戶。

單字・慣用句・文法 **決して**（決定；〈後接否定〉絕對〈不〉）

track 4-49

攻略的要點

» 題目問的是正在做什麼。用「（動詞て形）ている＋ところです／正在…」的句型來表示某個動作正在進行中的樣子。例句：

・A：（電話で）こんにちは。今いいですか／（電話中）您好，請問現在方便接電話嗎？

B：ごめんなさい、今ご飯を食べているところなので、後でかけ直します／不好意思，我正在吃飯，稍後回電給您。

N4 常考分類單字

時間、時刻、時

□ 始(はじ)める	開始；開創
□ 終(お)わり	結束，最後
□ 急(いそ)ぐ	快，急忙
□ 直(す)ぐに	馬上
□ 間(ま)に合(あ)う	來得及；夠用
□ 朝寝坊(あさねぼう)	賴床；愛賴床的人
□ 起(お)こす	叫醒；發生
□ 昼間(ひるま)	白天
□ 暮(く)れる	天黑；到了尾聲
□ 此(こ)の頃(ごろ)	最近

老幼與家人

□ 祖父(そふ)	祖父，外祖父
□ 祖母(そぼ)	祖母，外祖母
□ 親(おや)	父母；祖先
□ 夫(おっと)	丈夫
□ 主人(しゅじん)	老公；主人
□ 妻(つま)	妻子，太太
□ 家内(かない)	妻子
□ 赤(あか)ちゃん	嬰兒
□ 赤(あか)ん坊(ぼう)	嬰兒；不暗世故的人

態度、性格

□ 親切(しんせつ)	親切，客氣
□ 丁寧(ていねい)	客氣；仔細
□ 熱心(ねっしん)	專注；熱心
□ 真面目(まじめ)	認真；誠實
□ 一生懸命(いっしょうけんめい)	拼命地；一心
□ 優(やさ)しい	溫柔的；親切的
□ 適当(てきとう)	適度；隨便
□ 可笑(おか)しい	奇怪的；不正常的
□ 細(こま)かい	細小；仔細
□ 騒(さわ)ぐ	吵鬧；慌張
□ 酷(ひど)い	殘酷；過分

人際關係

□ 関係(かんけい)	關係；影響
□ 紹介(しょうかい)	介紹
□ 世話(せわ)	幫忙；照顧
□ 別(わか)れる	分別，分開
□ 挨拶(あいさつ)	寒暄，打招呼
□ 喧嘩(けんか)	吵架
□ 遠慮(えんりょ)	客氣；謝絕
□ 失礼(しつれい)	失禮；失陪
□ 褒(ほ)める	誇獎
□ 役(やく)に立(た)つ	有幫助，有用

服裝、配件與素材

□ 着物(きもの)	衣服；和服
□ 下着(したぎ)	內衣，貼身衣物
□ 手袋(てぶくろ)	手套
□ イヤリング [earring]	耳環

□ 財布（さいふ） 錢包
□ サンダル [sandal] 涼鞋
□ 履く（はく） 穿（鞋、襪）
□ 指輪（ゆびわ） 戒指
□ スーツ [suit] 套裝
□ ハンドバッグ [handbag] 手提包
□ 付ける（つける） 裝上；塗上

疾病與治療

□ 熱（ねつ） 高溫；發燒
□ インフルエンザ [influenza] 流行性感冒
□ 怪我（けが） 受傷；損失
□ 花粉症（かふんしょう） 花粉症
□ 倒れる（たおれる） 倒下；垮台；死亡
□ 入院（にゅういん） 住院
□ 注射（ちゅうしゃ） 打針
□ お見舞い（おみまい） 探望
□ 具合（ぐあい） 狀況；方便
□ 治る（なおる） 治癒，痊愈
□ 退院（たいいん） 出院
□ ヘルパー [helper] 幫傭；看護
□ お医者さん（おいしゃさん） 醫生

體育與競賽

□ テニス [tennis] 網球
□ テニスコート [tennis court] 網球場
□ 柔道（じゅうどう） 柔道
□ 水泳（すいえい） 游泳
□ 試合（しあい） 比賽
□ 勝つ（かつ） 勝利；克服
□ 失敗（しっぱい） 失敗
□ 負ける（まける） 輸；屈服

氣象

□ 雲（くも） 雲
□ 月（つき） 月亮
□ 星（ほし） 星星
□ 地震（じしん） 地震
□ 台風（たいふう） 颱風
□ 季節（きせつ） 季節
□ 冷える（ひえる） 變冷；變冷淡
□ やむ 停止
□ 下がる（さがる） 下降;降低（溫度）

烹調與食物味道

□ 漬ける（つける） 浸泡；醃
□ 包む（つつむ） 包起來；隱藏
□ 焼く（やく） 焚燒；烤
□ 沸かす（わかす） 煮沸；使沸騰
□ 味見（あじみ） 試吃，嚐味道
□ 苦い（にがい） 苦；痛苦
□ 大匙（おおさじ） 大匙，湯匙
□ 小匙（こさじ） 小匙，茶匙
□ ラップ [wrap] 保鮮膜；包裹

餐廳用餐

□ 外食（がいしょく） 外食，在外用餐

- ☐ 喫煙席（きつえんせき）　吸煙席，吸煙區
- ☐ 禁煙席（きんえんせき）　禁煙席，禁煙區
- ☐ 合（ごう）コン　聯誼
- ☐ 歓迎会（かんげいかい）　歡迎會，迎新會
- ☐ 送別会（そうべつかい）　送別會
- ☐ 食（た）べ放題（ほうだい）　吃到飽，盡量吃
- ☐ 飲（の）み放題（ほうだい）　喝到飽，無限暢飲
- ☐ おつまみ　下酒菜，小菜
- ☐ サンドイッチ [sandwich]　三明治
- ☐ ケーキ [cake] 蛋糕
- ☐ サラダ [salad] 沙拉
- ☐ ステーキ [steak]　牛排
- ☐ 天（てん）ぷら　天婦羅
- ☐ レジ [register 之略]　收銀台

場所、空間與範圍

- ☐ 裏（うら）　裡面；內部
- ☐ 表（おもて）　表面；外面
- ☐ 内（うち）　…之內；…之中
- ☐ 真（ま）ん中（なか）　正中間
- ☐ 周（まわ）り　周圍，周邊
- ☐ 隅（すみ）　角落
- ☐ 手前（てまえ）　眼前；靠近自己這一邊
- ☐ 手元（てもと）　身邊，手頭

內部格局與居家裝潢

- ☐ 屋上（おくじょう）　屋頂 (上)
- ☐ 応接間（おうせつま）　客廳；會客室
- ☐ 押（お）し入（い）れ・押入（おしい）れ　（日式的）壁櫥
- ☐ 引（ひ）き出（だ）し　抽屜
- ☐ 布団（ふとん）　棉被
- ☐ カーテン [curtain]　窗簾；布幕

居住

- ☐ 建（た）てる　建造
- ☐ ビル [building 之略]　高樓，大廈
- ☐ エスカレーター [escalator]　自動手扶梯
- ☐ お宅（たく）　您府上，貴府
- ☐ 住所（じゅうしょ）　地址
- ☐ 近所（きんじょ）　附近；鄰居
- ☐ 留守（るす）　不在家；看家
- ☐ 引（ひ）っ越（こ）す　搬家
- ☐ 下宿（げしゅく）　寄宿，住宿
- ☐ 二階建（にかいだ）て　二層建築

家具、電器與道具

- ☐ 鏡（かがみ）　鏡子
- ☐ 棚（たな）　架子，棚架
- ☐ スーツケース [suitcase]　手提旅行箱
- ☐ 冷房（れいぼう）　冷氣
- ☐ 暖房（だんぼう）　暖氣
- ☐ 電灯（でんとう）　電燈
- ☐ ガスコンロ [gas—]　瓦斯爐，煤氣爐
- ☐ 乾燥機（かんそうき）　乾燥機，烘乾機

□ コインランドリー [coin-operated laundry] 自助洗衣店

□ 携帯電話（けいたいでんわ） 手機，行動電話

□ ベル [bell] 鈴聲

使用道具

□ 点（つ）ける 打開（家電類）；點燃

□ 点（つ）く 點上，(火) 點著

□ 回（まわ）る 轉動；旋轉

□ 運（はこ）ぶ 運送，搬運

□ 止（と）める 關掉；停止；戒掉

□ 故障（こしょう） 故障

□ 壊（こわ）れる 壞掉；故障

□ 割（わ）れる 破掉；分裂

□ 無（な）くなる 不見；用光了

□ 取（と）り替（か）える 交換；更換

□ 直（なお）す 修理；改正

□ 直（なお）る 修理；回復

各種機關與設施

□ 床屋（とこや） 理髮店；理髮室

□ 事務所（じむしょ） 辦公室

□ 教会（きょうかい） 教會

□ 神社（じんじゃ） 神社

□ 寺（てら） 寺廟

□ 動物園（どうぶつえん） 動物園

□ 美術館（びじゅつかん） 美術館

□ 駐車場（ちゅうしゃじょう） 停車場

□ 空港（くうこう） 機場

□ 飛行場（ひこうじょう） 機場

□ 港（みなと） 港口，碼頭

□ 工場（こうじょう） 工廠

交通工具與交通

□ 乗（の）り物（もの） 交通工具

□ オートバイ [auto bicycle] 摩托車

□ 普通（ふつう） 普通；普通車

□ 急行（きゅうこう） 急行；快車

□ 特急（とっきゅう） 特急列車；火速

□ 通（とお）り 道路，街道

□ 事故（じこ） 意外，事故

□ 工事中（こうじちゅう） 施工中；(網頁) 建製中

□ 忘（わす）れ物（もの） 遺忘物品，遺失物

□ 帰（かえ）り 回來；回家途中

□ 番線（ばんせん） 軌道線編號，月台編號

交通相關

□ 近道（ちかみち） 捷徑，近路

□ 横断歩道（おうだんほどう） 斑馬線

□ 指定席（していせき） 劃位座，對號入座

□ 自由席（じゆうせき） 自由座

□ 通行止（つうこうど）め 禁止通行，無路可走

□ 急（きゅう）ブレーキ [—brake] 緊急剎車

□ 終電（しゅうでん） 末班車

□ 駐車違反（ちゅうしゃいはん） 違規停車

使用交通工具

- □ 運転（うんてん）　駕駛；運轉
- □ 乗り換える（のりかえる）　轉乘，換車
- □ 車内アナウンス（しゃない）[— announce]　車廂內廣播
- □ 止まる（とまる）　停止；止住
- □ 下りる（おりる）・降りる（おりる）　下來；下車
- □ 通う（かよう）　來往；通連
- □ 戻る（もどる）　回到；折回
- □ 寄る（よる）　順道去…；接近

學校與科目

- □ 試験（しけん）　試驗；考試
- □ レポート [report]　報告
- □ 卒業式（そつぎょうしき）　畢業典禮
- □ 答え（こたえ）　答覆；答案
- □ 間違える（まちがえる）　錯；弄錯
- □ 点（てん）　（得）分；方面
- □ 落ちる（おちる）　掉落；降低
- □ 復習（ふくしゅう）　複習

職業、事業

- □ 受付（うけつけ）　詢問處；受理
- □ 運転手（うんてんしゅ）　司機
- □ 看護師（かんごし）　護士，護理師
- □ 警察（けいさつ）　警察；警察局
- □ 校長（こうちょう）　校長
- □ 公務員（こうむいん）　公務員
- □ 歯医者（はいしゃ）　牙醫
- □ アルバイト [arbeit]　打工，副業
- □ 新聞社（しんぶんしゃ）　報社
- □ 工業（こうぎょう）　工業

數量、次數

- □ 以下（いか）　不到…；在…以下
- □ 以内（いない）　不超過…；以內
- □ 以上（いじょう）　超過；上述
- □ 足す（たす）　補足，增加
- □ 足りる（たりる）　足夠；可湊合
- □ 増える（ふえる）　增加

心理及感情

- □ 安心（あんしん）　放心，安心
- □ 素晴しい（すばらしい）　出色，很好
- □ 怖い（こわい）　可怕，害怕
- □ 邪魔（じゃま）　妨礙；拜訪
- □ 心配（しんぱい）　擔心，操心
- □ 恥ずかしい（はずかしい）　丟臉；難為情

理由與決定

- □ ため　為了；因為
- □ 何故（なぜ）　為什麼
- □ 原因（げんいん）　原因
- □ 理由（りゆう）　理由，原因
- □ 訳（わけ）　原因；意思
- □ 必要（ひつよう）　需要

□ 宜(よろ)しい　好，可以
□ 無理(むり)　勉強；不講理
□ 駄目(だめ)　不行；沒用
□ つもり　打算；當作
□ 決(き)まる　決定；規定
□ 反対(はんたい)　相反；反對

時間副詞

□ 急(きゅう)に　突然
□ これから　接下來，現在起
□ 暫(しばら)く　暫時，一會兒
□ そろそろ　快要；逐漸
□ 偶(たま)に　偶爾
□ 到頭(とうとう)　終於
□ 久(ひさ)しぶり　許久，隔了好久
□ もう直(す)ぐ　不久，馬上
□ やっと　終於，好不容易

程度副詞

□ 幾(いく)ら…ても　無論…也不…
□ 随分(ずいぶん)　相當地；不像話
□ すっかり　完全，全部
□ 全然(ぜんぜん)　完全不…；非常
□ そんなに　那麼，那樣
□ それ程(ほど)　那麼地
□ 大体(だいたい)　大部分；大概
□ 大分(だいぶ)　相當地
□ ちっとも　一點也不…
□ 出来(でき)るだけ　盡可能地
□ 中々(なかなか)　非常；不容易
□ なるべく　盡量，盡可能
□ ばかり　僅只；幾乎要
□ 非常(ひじょう)に　非常，很
□ 別(べつ)に　分開；除外
□ 殆(ほとん)ど　大部份；幾乎
□ 割合(わりあい)に　比較地

絕對合格 26

絕對合格 全攻略！

新制日檢N4必背必出聽力（25K）

——MP3 + 朗讀 qr-code

發行人 林德勝

著者 吉松由美・西村惠子・田中陽子
山田社日檢題庫小組

出版發行 山田社文化事業有限公司
地址 臺北市大安區安和路一段112巷17號7樓
電話 02-2755-7622 02-2755-7628
傳真 02-2700-1887

郵政劃撥 19867160號 大原文化事業有限公司

總經銷 聯合發行股份有限公司
地址 新北市新店區寶橋路235巷6弄6號2樓
電話 02-2917-8022
傳真 02-2915-6275

印刷 上鎰數位科技印刷有限公司

法律顧問 林長振法律事務所 林長振律師

定價 新台幣 349 元

初版 2022年 07 月

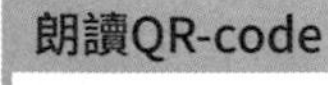

© ISBN : 978-986-246-692-6